À PROPOS DE L'AUTRICE

Cassandra Du Lac a toujours aimé s'inventer des personnages hauts en couleur vivant des aventures palpitantes dans un cadre de cape et d'épée. Grande amatrice de romances historiques et de Bit-Lit, c'est en Normandie, auprès de ses proches, qu'elle parvient à créer ses personnages aux caractères riches et variés, dans des lieux à la beauté sauvage.

La guerrière des Highlands

Collection : VICTORIA

HARPERCOLLINS FRANCE
83-85, boulevard Vincent-Auriol, 75646 PARIS CEDEX 13
Service Lectrices — Tél. : 01 45 82 47 47 - www.harlequin.fr
ISBN 978-2-2804-5840-5 — ISSN 2493-013X

Composé et édité par HarperCollins France.
Imprimé en mars 2022 par CPI Black Print (Barcelone)
en utilisant 100% d'électricité renouvelable.
Dépôt légal : avril 2022.

FSC
www.fsc.org
MIXTE
Papier issu de sources responsables
FSC® C159065

Pour limiter l'empreinte environnementale de ses livres, HarperCollins France s'engage à n'utiliser que du papier fabriqué à partir de bois provenant de forêts gérées durablement et de manière responsable.

CASSANDRA DU LAC

La guerrière des Highlands

Victoria

HARLEQUIN

Prologue

Mai 1188, Cuidrach, île de Skye, Écosse

Tout était arrivé si vite ! À peine les drakkars avaient-ils été repérés que le chaos s'était déversé. Les membres du clan avaient pris la direction du château, avant de se faire intercepter par les envahisseurs. À présent, Gwenn ne pouvait absolument rien faire d'autre que d'assister au massacre, impuissante. Les hommes, autour d'elle, tombaient les uns après les autres. L'air empestait le sang et la mort. Le sable perdait son bel éclat doré pour se parer d'une couleur rubis. Les femmes, terrifiées, essayaient de protéger les enfants derrière leurs jupes. Comme Gwenn, ceux-ci étaient effrayés et pleuraient à chaudes larmes. Mais elle, au lieu de se cacher, restait là, choquée par le drame qui se déroulait devant ses yeux innocents.

Un cri plus fort que les autres arriva sur sa droite et brisa la paralysie qui s'était emparée d'elle. Son père, Fergus MacDonald, chef du clan MacDonald de Skye, s'était interposé entre un Viking et elle.

— Gwenn ! Cours ! Va rejoindre ta mère ! lui hurla-t-il.

Saisissant ses jupes de ses petites mains, elle courut en direction de sa mère, de sa tante Deirdre, des autres enfants et de leurs mères, qui s'étaient déplacés le long de la digue. Elle dut enjamber plusieurs corps avant de trébucher sur l'un d'eux. Le corps en question n'était autre que celui de son oncle Angus ; il avait la tête fracassée par une hache, les yeux ouverts, perdus dans le vide. Gwenn crut sentir son repas remonter dans sa gorge. Elle serra les dents, s'obligea à se relever et continua d'avancer. Mais, après quelques mètres, ses sandales imbibées de sang glissant sur le sable, et les yeux remplis de larmes, elle peinait à distinguer la silhouette de sa mère dans la foule. S'arrêter lui sembla alors une bonne idée. Se rouler en boule et se boucher les oreilles pour oublier cette horreur. Mais, si elle le faisait, elle savait très bien qu'elle ne reverrait jamais sa famille. Elle se força donc à avancer, pas après pas, jusqu'à sa destination.

Arrivée près de sa mère, elle alla rejoindre sa sœur, Alana, derrière ses jupes. Son père se trouvait toujours sur la plage. Ses jambes tremblaient sous l'effort qu'il leur imposait, son bras droit était couvert de sang, ainsi que son flanc gauche. C'était effrayant !

Soudain, un immense Viking aux cheveux blonds, sales, et à la joue entaillée, surgit derrière lui et lui trancha la tête d'un coup d'épée. Un hurlement déchira l'air. Était-ce elle qui l'avait poussé ? Sa mère ? Sa sœur ? Elle n'en savait rien. Tout ce qu'elle savait, c'était que son père, l'homme le plus fort qu'elle connaissait, était mort à cause de cet homme au visage tailladé. Un visage qu'elle ne pourrait jamais oublier…

Bientôt, tous les hommes du clan MacDonald furent

tués, et le combat prit fin. Le balafré, qui avait décapité son père, ordonna à un certain Harald de diviser les femmes en deux groupes, les jeunes d'un côté, les plus âgées de l'autre. Sa mère et sa tante se retrouvèrent dans la première catégorie, tandis que les autres étaient égorgées sous leurs yeux. Mais l'horreur ne s'arrêta pas là.

Cinq hommes furent désignés pour rester auprès des enfants, tandis que les autres encerclaient les femmes restantes. Sans même se concerter, ils plongèrent sur elles comme un seul homme et leur arrachèrent leurs vêtements. Gwenn n'avait peut-être que neuf ans, mais il lui était déjà arrivé, avec Alana, de surprendre de jeunes couples au coin d'un hangar à bateaux ou dans le grenier à foin, en train de faire ce genre de choses.

Cependant, ce qui se passait devant ses yeux n'était en rien comparable avec ce qu'elle avait cru apercevoir par le passé. Les femmes hurlaient, pleuraient, suppliaient même. D'autres, comme sa mère, essayaient de se défendre sans le moindre résultat. Un géant blond étranglait sa tante, pendant que le fameux Harald la violait. Et, quand Gwenn vit ses mains retomber mollement sur le sol, elle comprit que Deirdre s'en était allée rejoindre le Seigneur. Ce qui n'empêcha nullement le violeur de poursuivre son agression. D'autres femmes avaient, elles aussi, succombé aux assauts de leurs bourreaux, et cette vision d'horreur éveilla une rage sans égal dans le cœur de Gwenn.

Voyant que leurs gardiens avaient le regard rivé sur le carnage, elle attrapa la main de sa sœur et décida de fuir à travers la forêt, pour mander l'aide du chef de clan voisin, ami de son père : Calum MacLeod. Leur fuite avait entraîné celle d'autres enfants, et le bruit de leurs pas attira l'attention des Vikings. Un cri de guerre inhumain, poussé par l'un d'eux, lui glaça le sang. Des flèches s'abattirent aussitôt sur eux, et la plupart des enfants furent rattrapés ou tués. La peur au ventre, les jambes en feu et les poumons sur le point d'exploser, Gwenn continuait de courir, tenant toujours la main de sa sœur. Elle ne savait pas du tout où elles allaient, elle avait perdu tous ses repères. À droite ? À gauche ? Tout droit ? Elle n'en avait pas la moindre idée, mais elles fuyaient, encore et encore. Elles escaladèrent un tronc, traversèrent un ruisseau, rampèrent sous des ronces et avancèrent à travers des fougères. Cette forêt qu'elle connaissait pourtant si bien lui paraissait étrangère, tout comme le calme qu'elle remarqua enfin.

Un coup d'œil derrière elle lui apprit que les Vikings avaient abandonné la poursuite. Il n'y avait plus personne. Elles avaient réussi ! L'euphorie qui saisit Gwenn s'éteignit aussi vite qu'elle s'était allumée. Elles étaient sauves, oui, mais leur mère était toujours là-bas. Elle devait à tout prix prévenir…

— Gwenn, je…, murmura sa sœur.

— Alana ! s'exclama Gwenn en la voyant s'effondrer sur le sol.

Une flèche transperçait sa poitrine et la plaie saignait abondamment. Comment avait-elle pu courir aussi longtemps avec une blessure pareille ?

— Ça va aller, ne t'inquiète pas. Je vais m'occuper de toi.

Elle essaya de se remémorer les leçons de sa mère. Tout d'abord, casser la flèche, puis retirer la pointe.

Ce qui était plus facile à dire qu'à faire. La flèche était solide et le moindre mouvement faisait hurler Alana de douleur. Torturer sa sœur de cette manière était vraiment trop insupportable, et Gwenn préféra abandonner pour s'occuper du saignement qui empirait. Il lui fallait impérativement nettoyer cette blessure avec de l'eau. Sauf qu'il n'y en n'avait pas la moindre goutte à proximité ! Tant pis, son jupon ferait l'affaire.

L'opération lui prit plus de temps que prévu à cause du sang qui imbibait le tissu et du manque d'un outil plus tranchant qu'une simple pierre. Après quelques efforts, elle parvint à obtenir ce qu'elle voulait. Mais par où devait-elle commencer ? Il y avait tellement de sang ! Il était même devenu noir, là où la pointe était fichée. Était-ce normal ? Si seulement elle avait davantage écouté sa mère, à l'époque !

Après avoir épongé le plus de sang possible, Gwenn effectua un bandage de fortune. Alana était tellement pâle ! Comment allait-elle pouvoir la transporter jusqu'au clan Mac…

— Gwenn ?

La voix de sa sœur était si faible.

— Oui ?

— Je vais mourir, murmura Alana en pleurant silencieusement.

— Non, tu es juste fatiguée à cause du sang que tu as perdu, essaya-t-elle de la rassurer.

— Non, je vais mourir, Gwenn, je le sais.

— Ne dis pas cela ! cria-t-elle de désespoir. Tu ne vas pas mourir. Je ne te laisserai pas mourir.

— Je la vois.

— De quoi parles-tu ?

— De la lumière, répondit-elle en la regardant dans les yeux, les larmes coulant toujours sur ses joues. C'est comme grand-mère nous l'avait dit. Elle est si belle ! Est-ce que tu la vois ?

— Non, souffla Gwenn après avoir pris une grande inspiration, ses yeux débordant de larmes.

— Tu veux bien me tenir la main, s'il te plaît ?

— Bien sûr.

— Mon Dieu, Vous qui êtes aux cieux…

Submergée par le chagrin, Gwenn comprit que prier ne servait plus à rien : les yeux d'Alana fixaient le vide. Dieu les avait abandonnées. Il avait laissé ces hommes perpétrer leurs crimes sans rien faire. Il avait laissé sa sœur mourir sans rien faire. Ces Vikings étaient des monstres. Tous les hommes n'étaient que des monstres. Même Dieu ! Plus jamais elle ne laisserait un homme, humain ou divin, influencer sa vie, songea Gwenn. C'était une promesse qu'elle se faisait et qu'elle ne risquait pas d'oublier.

Chapitre 1

Avril 1201, château de Dunvegan, clan MacLeod, île de Skye, Écosse

Penché sur les cartes qui parsemaient son bureau, Rory MacLeod était dans une colère noire. Comment un tel massacre avait-il pu avoir lieu ? Treize ans auparavant, le même carnage s'était produit à Cuidrach, sur les terres des MacDonald, et voilà que l'histoire se répétait aujourd'hui sur celles des MacKinnon !

Quelques rares victimes avaient survécu, à l'époque. Cette fois-ci, toutes les femmes avaient été violées et égorgées, les hommes étaient morts en combattant. Les Vikings avaient ensuite emmené les enfants de moins de treize ans pour les vendre en tant qu'esclaves sur les marchés de Constantinople.

C'est du moins ce qu'avait affirmé l'un d'entre eux, laissé pour mort par ses acolytes. Il avait également dit venir de Norvège, plus précisément des Orcades, et que son chef et ses hommes s'étaient établis à Caisteal Maol.

Rory s'était méfié de ses paroles et, afin de démêler le vrai du faux, Lachlan avait décidé d'interroger le guerrier, à sa manière. Il lui avait alors bien fallu reconnaître qu'il ne leur mentait pas.

La guerre était lancée. Il faudrait faire très attention, la moindre bataille perdue aurait des conséquences catastrophiques sur ses gens. Ces Norvégiens n'avaient aucune morale. Meurtre, viol et pillage étaient les seules choses qu'ils comprenaient.

Un coup frappé à la porte lui fit tourner la tête.

— Qu'est-ce que… Mère ? dit-il, surpris de voir cette dernière entrer dans son bureau.

— Ah ! C'est donc ici que tu te caches.

Il soupira.

— Je ne me cache pas, je travaille, ce n'est pas tout à fait la même chose.

— Oui, peu importe. J'ai à te parler.

— Mère, écoute, tu tombes vraiment mal.

— Je n'en aurai pas pour longtemps, ne t'inquiète pas, dit-elle en déambulant dans la pièce. Je suis simplement venue t'annoncer que ta fiancée, enfin future fiancée je l'espère, arrivera dans l'après-midi.

Une fiancée ? Quelle fiancée ?

— Qu'est-ce que… Mais de quoi parles-tu ?

— Je te parle de Gwyneth MacKenzie. De qui d'autre ?

La colère de Rory, qu'il contenait déjà à grand-peine, grimpa d'un cran.

— Tu crois sérieusement que c'est le moment d'envisager un mariage ! J'essaie d'empêcher le massacre du clan, que dis-je, des habitants de l'île entière, et toi, tu viens m'ennuyer avec de telles futilités !

— Un peu de respect, je te prie ! Je suis ta mère.

— Et moi le chef de ce clan, répondit-il en tapant

du poing sur son bureau, et je n'ai pas le temps pour ces histoires ridicules !

Sans s'émouvoir un seul instant devant sa démonstration de fureur, sa mère poursuivie son discours.

— Si tu voulais bien reconsidérer la chose, tu pourrais demander à Connor MacKenzie de t'envoyer des hommes pour nous aider à chasser ces envahisseurs de Skye.

— Sauf que s'il venait à nous en envoyer, ils seraient dans l'obligation de passer devant ce qui reste du clan MacKinnon. Ce clan d'où tu viens, où tu es née et où mes grands-parents viennent d'être tués ! hurla-t-il, hors de lui. C'est maintenant le lieu où ces barbares se sont implantés. Par conséquent, les MacKenzie se feraient tuer eux aussi !

— Mais enfin, tu…

— Mary ! Ma chère, il faut à tout prix que vous descendiez en cuisine, il y a un problème avec le dîner que vous avez demandé pour ce soir.

Rory n'avait jamais été aussi heureux de voir sa grand-mère. En un clin d'œil, il vit sa mère passait de marieuse à tyran domestique. Les sourcils froncés et les poings serrés sur son giron, elle sortit en trombe.

Il plaignait la pauvre personne sur qui elle se défoulerait.

— Merci, grand-mère. Je te dois une fière chandelle, dit-il en soufflant.

— Il n'y a pas de quoi, mon grand. Tu sais que c'est toujours un plaisir pour moi d'ennuyer ta mère, déclara cette dernière.

Il ricana. Il n'y avait aucun risque pour qu'il l'oublie ! Tout son clan savait que Mary MacLeod et sa belle-mère, Nell, passaient leur temps à se chamailler. Elles étaient à l'extrême opposé l'une de l'autre, aussi bien physiquement que mentalement. Sa grand-mère était grande, avec un corps longiligne, des cheveux noirs parsemés de blanc et des yeux bleus aussi foncés que les siens, tandis que sa mère était petite et pulpeuse, avec des cheveux blond-roux et des yeux gris. Par ailleurs, Nell était taquine et sans gêne, alors que sa mère était conventionnelle et guindée. Et plus sa grand-mère vieillissait, plus elle accablait cette dernière avec ses railleries.

— Mais, bien que cela me coûte de le reconnaître, Mary n'a pas totalement tort. Cette alliance ne serait pas complètement ridicule, poursuivit-elle.

— Oui, et j'y ai réfléchi.

— Ah, vraiment ? Et depuis quand as-tu compris que tu pouvais réfléchir avec ta tête et pas uniquement avec ton entrejambe ?

— Grand-mère ! s'écria Rory, choqué par ses propos.

— Oh ! C'est bon ! À mon âge, j'ai bien le droit de m'amuser un peu.

Son aïeule croisa les bras sur sa poitrine dans une mimique boudeuse.

— Tu es réellement insupportable !

— C'est un trait de famille, répliqua-t-elle, les faisant rire tous les deux.

— Très bien, reprit-il, on parlait de cette alliance…

— Je t'écoute.

— J'envisageais de m'associer au clan MacDonald.

Nell cligna rapidement des yeux.

— Les MacDonald ?

— Oui, c'est leur île à eux aussi. En plus, avec le massacre qu'ils ont subi par le passé, ils auront toutes les raisons de vouloir chasser les Vikings hors de Skye, argua-t-il.

— Ton raisonnement est parfaitement logique, j'en conviens, mais avant, dis-moi… Que sais-tu de ce clan ?

Elle s'assit sur un siège, face à son bureau.

— La même chose que tout le monde, répondit-il en croisant les bras, tout en prenant appui sur le bord de sa table de travail. Leur cheffe est Gwenn MacDonald, plus connue sous le nom de l'Empaleuse, et elle serait une redoutable guerrière. Ce qui me paraît exagéré. Mais je veux bien lui laisser le bénéfice du doute.

— Et ? insista Nell.

Et quoi ? Que voulait-elle l'entendre dire exactement. Il n'était pas vraiment proche de cette femme, alors ses renseignements n'étaient pas très nombreux à son sujet.

— Son armée serait constituée en majorité de femmes tout aussi dangereuses qu'elle. On dit que la forteresse qui protège leur terre est inviolable. Et que la plupart des membres de ce clan seraient d'anciens esclaves libérés par l'Empaleuse du joug des Vikings.

— C'est aussi l'une des rares survivantes du massacre de Cuidrach.

Oui, il était déjà au courant de ce détail.

— Raison de plus pour lui demander de l'aide.

— Ce n'est pas ce que je veux t'expliquer.

Elle se redressa et s'inclina vers lui.

— As-tu déjà rencontré cette jeune femme, Rory ?

Il sentit sa fierté se froisser un peu à sa question.

— Non, marmonna-t-il. Elle n'a jamais accepté d'ouvrir ses portes pour cela.

— Moi, je l'ai rencontrée, quand la construction

de la muraille a commencé. C'était environ deux ans après ce qu'il s'est passé à Cuidrach. Tu n'étais pas ici, à cette époque. Ton frère et toi étiez partis parfaire votre entraînement de guerrier chez votre oncle Campbell.

Rory acquiesça lentement en se remémorant cette période de sa vie.

— Oui, je m'en souviens.

— Quand nous avons appris au sujet du chantier entrepris par les MacDonald, tu imagines un peu notre surprise. Alors, ton père et moi nous sommes allés voir de quoi il retournait. À notre arrivée, nous avons constaté que les fondations étaient faites et que la construction des murs avait commencé. Ton père a essayé de discuter avec Lady Gwenn, mais elle l'a rabroué.

Nell fut prise d'un fou rire.

— Je me souviens de la tête qu'il faisait ! C'était à mourir de rire ! Il n'arrivait pas à croire qu'une enfant de onze ans ait osé lui tenir tête.

— Grand-mère, tu t'égares.

— Oui, c'est vrai, excuse-moi.

Elle se racla la gorge et reprit.

— Je disais donc, elle a envoyé promener ton père et, quand celui-ci s'est mis en colère, j'ai décidé d'intervenir. J'ai pris la jeune fille à part et nous avons discuté, toutes les deux. C'est là qu'elle m'a déclaré qu'elle ne voulait pas de notre aide. Quand je lui ai demandé pourquoi, elle m'a répondu qu'il était hors de question que des hommes puissent de nouveau régenter sa vie ou la façonner comme ils le voulaient. J'ai eu beau lui expliquer que personne ne songeait à lui disputer sa place, elle n'a rien voulu entendre.

— Quel est le rapport avec notre situation ? s'enquit Rory, perdant patience.

— Ce que je veux te faire comprendre, c'est que ce n'est pas du tout le genre de femme que tu as l'habitude de fréquenter.

— À t'écouter, on dirait que je ne fréquente que des prostituées ou des idiotes.

— Oh non ! Je sais très bien que tu aimes picorer chez la noblesse, quand tu en as l'occasion.

Ses joues s'empourprèrent. Diantre ! Il n'y avait bien que sa grand-mère pour le faire se sentir à nouveau comme un gamin pris en faute.

— Je ne veux pas savoir comment tu as appris cela.

— Ta réputation n'est plus à faire, mon grand ! Mais, pour en revenir à Lady Gwenn, sache qu'à l'époque, déjà, elle méprisait les hommes de la manière la plus glaciale qu'il m'ait été donné de voir ; et je suis persuadée qu'en grandissant ce sentiment ne se sera pas atténué.

— Je te remercie pour l'information, grand-mère, mais je ne compte pas me laisser éconduire par cette guerrière en jupon. Si elle est ne serait-ce qu'à moitié aussi forte qu'on le prétend, elle me laissera lui parler, et acceptera de conclure une alliance avec moi. Qu'est-ce qu'il y a encore ? hurla-t-il en entendant, une fois de plus, quelqu'un frapper à sa porte.

C'était Lachlan.

— Rory, excuse-moi de te déranger, mais on vient de recevoir un message des patrouilles postées aux frontières.

— Quoi encore ?

— Cuidrach est attaqué par des Vikings…

Chapitre 2

Forteresse de Cuidrach, clan MacDonald

Ils avaient tenu ! Grâce à la forteresse, l'envahisseur n'avait pas réussi à dépasser la plage. Les sentinelles en faction dans les tours nord et nord-ouest avaient lancé l'alarme avant même l'identification des embarcations. Les gongs avaient résonné dans le silence du matin et, avec un sang-froid remarquable, toutes les personnes en dehors des murs étaient rentrées en sécurité. L'opération avait été si bien menée qu'il leur avait fallu attendre encore quelques instants avant déterminer l'identité des nouveaux arrivants.

Quand Gwenn avait enfin repéré les têtes de dragons rouges à leur proue, elle avait ordonné à Wang de faire le nécessaire. Cet ancien esclave venait d'une terre située à l'extrême orient du monde connu. Une terre nommée *Nihon*[1]. Depuis qu'elle lui avait sauvé la vie, il lui avait appris toutes les techniques, ô combien incroyables, de son pays d'origine pour se battre. Il lui avait également

1. « Japon » en Japonais.

enseigné l'art le plus mortel au monde : celui de la poudre noire qu'elle appelait « poussière des Enfers ». Mais cette dernière n'était à utiliser qu'en tout dernier recours, sa constitution demandant des ressources venues d'ailleurs. Elle devait donc veiller à ne pas abuser de son usage. Pour cette raison, la poudre restait bien cachée, à l'abri des regards indiscrets.

Une fois débarqués, les Vikings avaient foncé droit sur la forteresse. À son signal, Wang avait ordonné que l'on verse l'huile de baleine brûlante, via les mâchicoulis. Tous ceux qui se trouvaient sous les ouvertures furent ébouillantés sur-le-champ. Ceux qui avaient eu le temps de reculer étaient revenus plus prudemment, une fois le liquide refroidi. Manœuvre totalement inutile, car, quand Gwenn eut lancé sa torche par-dessus les créneaux, l'huile s'était instantanément enflammée, piégeant la majeure partie des envahisseurs dans les flammes. À l'appel de leur chef, le reste des Vikings étaient repartis, à bord de leurs drakkars.

Gwenn savait très bien que ce n'était que partie remise, mais la victoire n'en était pas moins agréable pour autant. Ordonnant l'ouverture des portes, elle harnacha Rage et se mit en route pour inspecter la plage.

Quand Rory et ses hommes arrivèrent sur les hauteurs surplombant la plage de Cuidrach, une insupportable odeur de feu et de viande brûlée leur agressa les narines.

— Nom de Dieu ! Cette odeur ! C'est une infection, s'écria Angus, l'un de ses hommes.

— Ça vient de là-bas. Regardez ! On dirait qu'il y a eu un incendie au pied des remparts, lança Lachlan.

Effectivement, la dame de pierre protégeant les membres du clan venait d'endurer la douleur d'un incendie. Une poignée de petits foyers brûlaient ici et là, le plus gros de la catastrophe semblant sous contrôle. Cependant, il était difficile d'évaluer l'étendue des dégâts quand on ne distinguait que le sommet du second rempart, et la toiture en ardoises noires du château.

Cette forteresse n'était pas qualifiée d'insaisissable pour rien.

— Allons-y ! déclara Rory en désignant quelques hommes, et en ordonnant au reste de sa troupe de rester sur place.

Accompagné de Lachlan, Angus, Cameron et William, il dévala la colline, avant de se trouver arrêté par un groupe de guerrières armées jusqu'aux dents.

— Qui êtes-vous ? demanda l'une d'elles.

— Doucement ! cria Rory à ses hommes qui venaient de dégainer leur claymore. Nous ne sommes pas venus pour nous battre.

Une fois que ses hommes eurent rangé leur arme, il se retourna vers la guerrière qui l'avait interrogé. Elle n'était pas spécialement grande, avec ses cheveux cuivrés et ses grands yeux noisette dont la pupille ovale rappelait étrangement celle d'un chat.

— Je suis Rory MacLeod, chef du clan MacLeod. Je suis ici pour m'entretenir avec votre cheffe, Gwenn MacDonald.

Au moment où ce nom franchissait ses lèvres, plusieurs têtes se tournèrent en direction de la plage, où un homme et une femme discutaient, un peu en retrait des autres, qui regroupaient les corps.

C'est donc elle, pensa Rory.

Elle lui tournait le dos et il ne distinguait que sa silhouette svelte, ses cheveux acajou, attachés en une très haute queue-de-cheval qui s'arrêtait entre ses omoplates, et un magnifique étalon noir regardant dans la même direction que sa maîtresse.

L'autre guerrier était à peine plus grand qu'elle, et avait de longs cheveux noirs tressés.

Talonnant son hongre pour se porter à sa hauteur, il fut arrêté avant même que Tonnerre n'ait eu le temps de faire le moindre mouvement.

— Vous, restez là ! exigea la guerrière aux yeux de chat tout en lui lançant une œillade noire. Malcolm !

Un guerrier blond aux yeux bleu-vert se rapprocha de leur groupe.

— Peux-tu les surveiller, s'il te plaît, le temps que je prévienne Gwenn de l'arrivée de ces visiteurs ?

— Bien sûr.

Le fusillant une dernière fois du regard, elle lui tourna le dos et se dirigea vers la jeune femme qu'il supposait donc être l'Empaleuse.

— Grand-mère avait raison. Nous ne sommes franchement pas les bienvenus ici, murmura Lachlan.

— *Aye,* il semblerait, en effet.

Après avoir aidé à éteindre l'incendie, Gwenn inspectait le rivage, où trois drakkars avaient été abandonnés.

— Félicitations ! Ta flotte vient de s'agrandir de trois nouveaux vaisseaux ! s'exclama Wang.

Un sourire discret se dessina aux coins de ses lèvres.

— Je te remercie. Ils sont vraiment magnifiques. On

peut dire ce que l'on veut sur ces barbares, il n'empêche que ce sont d'excellents armateurs, dit-elle en examinant les drakkars.

— C'est vrai, mais il vaut mieux, avec les voyages qu'ils font.

— Hum…

Elle dirigea son regard vers la ligne d'horizon.

— Combien ont réussi à s'enfuir, à ton avis ?

Wang se porta à sa hauteur.

— Je ne sais pas, je dirais une bonne centaine.

Reportant son attention sur les navires, elle prit le temps d'effectuer quelques calculs.

— Ces bateaux peuvent accueillir à leur bord entre cent vingt et cent cinquante personnes, on peut donc estimer qu'entre trois cent soixante et quatre cent cinquante Vikings ont débarqué sur la plage.

— Plus la centaine qui s'est échappée.

— Cela fait plus ou moins cinq cents soldats.

— À peu près oui, mais je ne pense pas qu'ils nous aient envoyé un groupe très important.

Oui, c'était aussi la conclusion à laquelle elle était arrivée.

— Je pense qu'ils espéraient reproduire leur attaque d'il y a treize ans, supposa-t-elle. Mais, à l'époque, il devait y avoir trois cents hommes. Quatre cents, grand maximum.

Elle soupira.

— Mais je n'étais qu'une enfant à l'époque. Alors, peut-être en ai-je vu plus qu'il n'y en avait ?

Le regard perdu dans les nervures du mât à sa droite, elle crut percevoir l'écho des cris de ses hommes morts sur la plage, quelques années plus tôt. Le corps de son oncle Angus était d'ailleurs tombé à quelques mètres de là où ils se trouvaient actuellement.

— Ils ont dû entendre les rumeurs sur l'Empaleuse et ont préféré prendre des mesures au cas où, suggéra Wang en se frottant le menton.

Sa voix la ramena à la réalité et elle secoua la tête pour effacer ses souvenirs douloureux.

— Des mesures loin d'être suffisantes si tu veux mon…

— Gwenn ! entendit-elle dans son dos.

Elle jeta un rapide coup d'œil par-dessus de son épaule.

— Awena ? Que se passe-t-il ? Avez-vous trouvé des survivants ?

— Non, tu as de la visite.

— De la visite ? Comment cela ? demanda Gwenn en observant le pied des remparts, les sourcils froncés.

Un groupe de cinq hommes se tenait aux abords de la plage. Cinq guerriers, étant donné les claymores qui brillaient sous les rayons du soleil. Sur la droite, l'un d'eux, chauve, n'avait pas l'air commode. À son côté, un homme blond reluquait sans la moindre discrétion son amie Brianna, qui ramassait les flèches au sol.

Les hommes… pensa-t-elle en grimaçant.

Tout à gauche, un guerrier aux cheveux châtains débattait avec son voisin brun, qui ressemblait comme deux gouttes d'eau à l'homme au centre du groupe, leur chef, manifestement.

Au moment où Gwenn croisa son regard, celui-ci inclina légèrement la tête pour la saluer, faisant naître des frissons le long de sa colonne vertébrale. De peur, de rage, ou d'excitation, ça elle n'aurait su le dire. De là où elle se trouvait, elle voyait mal ses yeux, mais supposait qu'ils étaient noirs ou marron foncé. Il semblait très grand, comme la plupart des Écossais à Skye, mais c'était surtout la largeur de ses épaules qui était impressionnante. Il était taillé comme un colosse ! Même Malcolm, qui était pourtant loin d'être mince, paraissait insignifiant à côté.

Alors, ce sont eux, les fameux jumeaux MacLeod, songea-t-elle.

— Est-ce bien la personne à qui je pense ?

— Si tu penses à Rory MacLeod, le chef du clan MacLeod, alors oui, confirma Awena.

— Je l'aurais parié ! marmonna-t-elle pour elle-même.

— Tu veux qu'on s'en occupe ?

Honnêtement, elle n'avait pas le temps de s'occuper de la venue de son très cher voisin, mais son rôle de chef lui interdisait ce genre de comportement. Surtout après l'attaque qu'ils venaient d'essuyer. Froisser les MacLeod en leur refusant une audience serait une très mauvaise idée.

— Non, je m'en charge. Wang, je te laisse empaler les corps dans la baie. Qu'ils servent d'avertissement, au cas où les Vikings feraient demi-tour.

— Il sera fait selon tes ordres.

— Awena, viens avec moi. Allons voir ce que les MacLeod nous veulent.

Depuis qu'il avait croisé le regard de cette Amazone écossaise, Rory avait beau essayer de rester impassible, ses reins refusaient d'écouter quoi que ce soit. Sa grand-mère avait raison. Il ne pensait qu'avec ce qu'il avait entre les jambes. Mais… Jamais il n'aurait imaginé que celle qui se faisait appeler l'Empaleuse pouvait être aussi belle. Non, pas belle. Sauvage ! Sauvage et puissante.

Si la guerrière qui les avait accueillis lui avait rappelé un chat, celle-ci était une panthère. Une panthère capable de vous arracher un membre d'un simple coup de crocs.

Elle avait des bras fins et musclés, tout comme ses cuisses, qu'il devinait sous ses hauts-de-chausses en cuir noir. C'était une femme qui avait visiblement l'habitude de porter les armes et de monter à cheval. Il n'y avait rien de coquet ou d'apprêté dans sa tenue ou son attitude.

La voyant monter sur son cheval, Rory vérifia, l'air de rien, que son tartan masquait correctement son érection, qui ne s'était nullement calmée.

— Dieu tout-puissant ! murmura Lachlan. Alors c'est elle ?

— Elle est incroyable ! poursuivit Cameron.

— Tu ne risques pas de t'ennuyer avec elle, le railla Angus.

— Fermez-la ! grogna Rory, ce qui provoqua une hilarité discrète chez ses hommes.

Et ces derniers ne se turent qu'en la voyant arriver.

— Rory MacLeod ? demanda Gwenn MacDonald.

— C'est moi, la salua-t-il, et voici mon frère Lachlan.

Elle les jaugea un instant avant de laisser son regard s'envoler au loin derrière, probablement sur le plus gros de son armée.

— Que voulez-vous ?

À travers ses yeux émeraude, il comprit qu'il avait affaire à une personne fière, forte et intelligente. Rien à voir avec les charmantes ladies de la Cour. C'était assez déroutant. Déroutant et très excitant aussi. Œuvrer avec elle ne serait peut-être pas aussi ennuyeux qu'il l'avait imaginé. Restait juste à espérer qu'elle accepterait sa proposition.

— Nous sommes ici à propos de l'attaque qui a eu lieu sur les terres des MacKinnon, et qui semble liée à celle que vous venez d'essuyer.

— Vraiment ? fit-elle en fronçant les sourcils.

— Je suis venu vous proposer une alliance entre nos deux clans, afin de chasser ces envahisseurs de notre île.

— Nous allier ? Les MacLeod et les MacDonald ? Pourquoi ? Vous ne savez pas vous défendre tout seuls ?

Il allait devoir jouer finement. Elle avait déjà décrété qu'elle n'avait pas besoin de lui et, s'il y avait bien une chose que les femmes possédaient en commun, c'était la détermination. À lui de trouver la bonne façon de procéder pour la faire changer d'avis.

D'ordinaire, il usait de son charme auprès de la gent féminine, mais, d'après sa grand-mère, ce n'était pas la bonne méthode avec Gwenn MacDonald. Et ce qu'il voyait lui donnait raison. Faire des courbettes n'était pas dans ses habitudes, et il pressentait qu'elle le chasserait à coups de pied aux fesses, s'il s'y essayait. L'intérêt de l'île ne semblait pas la préoccuper plus que cela. Pourtant, avec le massacre qui avait décimé son clan, il pensait qu'elle aurait voulu se venger…

Il tiqua à cette idée.

La vengeance ! Évidemment, c'était là-dessus qu'il devait jouer.

— Si, nous savons très bien nous défendre. Mais j'ai l'intention de venger la famille de ma mère, qui était une MacKinnon avant d'être une MacLeod, et de ne laisser aucun survivant. Ces barbares ont tué tous les membres du clan et se sont installés dans la forteresse de Caisteal Maol. Une fois que j'en aurai terminé, il ne restera plus rien d'eux. J'aurais pensé qu'avec ce qu'il s'était passé ici par le passé, vous auriez voulu, vous aussi, vous venger de ce qu'ils vous ont fait.

Elle plissa dangereusement les yeux dans sa direction.

— Je n'ai pas besoin de votre aide pour cela, répondit-elle, la colère grondant dans sa voix.

— Écoutez, reprit-il en essayant de calmer le jeu, le clan MacKinnon était le plus puissant de l'île, militairement parlant. Il faut que nous unissions nos forces, si nous voulons les chasser une bonne fois pour toutes.

Elle ne lui répondit pas tout de suite et le silence se prolongea, au point d'en devenir étouffant. Alors qu'il commençait à croire qu'elle ne lui répondrait jamais, sa repartie lui fit l'effet d'une gifle.

— Très bien ! J'ai écouté attentivement votre proposition, vous pouvez partir, à présent.

Avait-il bien entendu ?

— Quoi ? C'est tout ?

— C'est tout.

— Je suis très sérieux, il…

— Et moi aussi ! claqua-t-elle. Je prendrai le temps de peser le pour et le contre auprès de mon clan, dans la journée. J'irai même jusqu'à vous envoyer un messager pour vous tenir au courant de notre décision. Mais là, comme vous pouvez le voir, je suis occupée. Alors, soyez assez aimable de quitter mes terres !

Rory aurait voulu à tout prix poursuivre cette

discussion, mais il avait suffisamment d'expérience en diplomatie pour savoir quand s'arrêter. S'il insistait, il perdrait le peu, très peu d'intérêt qu'elle lui octroyait. Il accepta donc les termes de leur accord d'un signe de tête et s'éloigna calmement de cette femme.

— Nous rentrons, ordonna-t-il à ses hommes restés en arrière.

Il espérait qu'elle entendrait raison et accepterait son offre. Mais en attendant, son clan avait besoin de lui et il ne pouvait lui faire faux bond. Dirigeant Tonnerre sur la route, il ne manqua pas de jeter un dernier regard dans la baie, où l'on voyait les corps brûlés former le début d'une barrière de corps empalés.

Chapitre 3

Caisteal Maol, clan MacKinnon

Installé dans le fauteuil réservé au chef, Sven Erickson profitait de sa bonne fortune en festoyant avec ses hommes dans la grand-salle de chasse de Caisteal Maol. Son rêve de devenir le chef incontesté de l'île de Skye commençait enfin à prendre forme. Après avoir ordonné l'exécution de la famille du chef et d'une bonne partie du clan, il avait pris la décision d'abandonner les corps dans les villages frontaliers du clan MacLeod. Ces derniers étaient aussitôt tombés dans le piège qu'il leur avait tendu.

Grâce à Ragnar, qui était malheureusement trop gravement blessé pour survivre, le message était passé, et aucun secours ne serait porté à ses prisonniers. MacLeod se concentrerait sur la protection de son clan. Il ne viendrait pas libérer une terre où plus personne n'était censé vivre encore. Il consoliderait d'abord ses frontières et, une fois sûr de sa force, il viendrait le chasser et venger les MacKinnon.

MacLeod n'était pas un imbécile, il ne devait pas le

sous-estimer. L'homme était connu pour être fin stratège et aussi bon au combat une épée à la main qu'au corps à corps. Une alliance avec les MacDonald était plus que logique, mais Sven avait anticipé et envoyé cinq drakkars remplis d'hommes sous le commandement de son capitaine.

À l'heure actuelle, celui-ci devait savourer sa victoire en festoyant ou en s'occupant des femmes MacDonald. Il devait probablement même montrer à cette catin d'Empaleuse comment porter correctement son nom dans un lit, avec un homme.

Oh ! Comme j'aurais aimé voir cela ! pensa-t-il en dégustant sa bière.

— Chef ! Des drakkars en vue !

Il recracha sa boisson.

— Quoi ? gronda-t-il.

Il se leva de son siège comme un fou furieux et entraîna ses hommes dans son sillage.

— Deux drakkars arrivent, répéta l'homme.

— J'avais compris ! Pas la peine de me le dire deux fois, vociféra Sven, en le bousculant.

Sortant du château en vitesse, il aperçut une paire de vaisseaux aborder. La tête de dragon rouge à la proue de chacun d'eux lui confirma l'identité de leurs visiteurs. Björn était de retour. Mais pourquoi cet imbécile était-il revenu ici ! Il était censé garder les terres MacDonald !

Arrachant les rênes de son cheval de la main d'un de ses guerriers, Sven sauta en selle et talonna violemment sa monture en direction de la plage.

— Je peux savoir ce que tu fais ici ? hurla-t-il avant même d'arriver à hauteur des drakkars.

— Je suis désolé ! Mais cela ne s'est pas passé comme prévu, lui répondit Björn, le bras en écharpe.

Prenant le temps d'observer les navires, il remarqua que la plupart de ses hommes se trouvaient dans le même état que son capitaine. Pire encore ! Sur les cinq navires qui avaient pris la mer pour Cuidrach, seuls deux étaient de retour, et loin d'être pleins.

— Björn, que s'est-il passé ? demanda-t-il, après avoir marmonné plusieurs jurons.

— On s'est fait avoir. C'est aussi simple que ça !

— Explique-toi !

— Quand on est arrivés sur les lieux, tous les habitants se sont calfeutrés dans la forteresse. On a donc fait ce que l'on toujours, on est montés au combat. Mais ils nous attendaient. Nous avions à peine atteint le pied des remparts qu'ils nous ont ébouillantés avec une espèce d'huile. Beaucoup d'entre nous ont été surpris par l'attaque, mais la plupart des hommes ont eu le temps de reculer. Après, on a dû attendre que cette huile refroidisse pour pouvoir revenir à la charge.

— Et ils vous en ont reversé dessus ?

— Non, pas du tout ! On se doutait qu'ils voudraient reproduire la manœuvre, alors on s'est avancés en se méfiant, cette fois.

— Dans ce cas, que-ce qu'il s'est passé ?

— Ils ont jeté une torche par-dessus les remparts.

— Quoi ?

— Une torche ! Ils ont lancé une torche et, au moment où elle est entrée en contact avec l'huile, tout s'est enflammé ! On avait beau essayer de se retirer de cette fournaise, le feu nous collait aux pieds. On se serait cru en enfer ! Je n'ai jamais rien vu de tel !

Une fureur incontrôlable menaçait de submerger Sven. Il avait perdu au moins cinq cents hommes dans cette histoire ! Comment les MacDonald avaient-ils réussi un tel tour de force ? La dernière fois qu'ils les avaient affrontés, ils les avaient décimés. Il ne restait rien, ni or, ni nourriture, ni maisons, ni hommes, ni femmes et presque plus d'enfants. Alors, comment avaient-ils fait ?

— Je suis désolé, mon frère. J'ai failli à la mission que tu m'avais confiée, et j'en assumerai les conséquences, déclara Björn.

— Oh ! oui, tu les assumeras, j'y veillerai personnellement ! En attendant, il semblerait que le clan le plus coriace de l'île ne soit pas tel que nous l'avions imaginé.

— Que comptes-tu faire ?

Ne prenant pas la peine de lui répondre, Sven fit demi-tour avec son cheval et regagna rapidement le château. Il allait devoir revoir son plan d'origine à cause de ce maudit imprévu. Et s'il y avait bien une chose qu'il détestait, c'étaient les imprévus…

Forteresse de Cuidrach, clan MacDonald

Au même instant, à Cuidrach, un débat cacophonique avait lieu dans la grand-salle de la forteresse. Après le départ de MacLeod, Gwenn avait réfléchi à son offre d'alliance et, bien que sa fierté se refuse à l'accepter, elle devait admettre que son raisonnement ne manquait pas de poids. Elle en avait informé les membres du clan durant le souper et, à présent, elle se demandait si cela avait été une bonne idée. Les uns étaient totalement opposés à cette alliance, comme son cousin Malcolm ou encore Awena. Les autres y étaient favorables. Et, bien évidemment, sa grand-mère prenait parti pour la seconde option. Ce qui n'avait rien d'étonnant quand on savait que Rowena avait perdu ses deux fils, ses brus ainsi que l'une de ses petites-filles lors de la dernière visite des Vikings à Cuidrach.

Awena, Brianna et Rowena avaient eu la chance de ne pas être présentes lors du massacre. En effet, ce jour-là, un groupe d'hommes avait été envoyé en forêt pour chasser et escorter plusieurs femmes lors de leur cueillette de plantes médicinales. À leur retour, ils avaient découvert le carnage subi par le clan. Gwenn, qui avait fini par trouver Malcolm et Magnus, les deux petites terreurs du clan, était revenue sur ses pas, traînant difficilement le corps de sa sœur avec l'aide des garçons. Sa grand-mère les avait retrouvés ainsi : blessés, essoufflés, en larmes.

— Il nous faut cette alliance, pour le bien du clan ! s'exclama Rowena.

— Comment ferons-nous, quand les Vikings débarqueront de tous les côtés, aussi bien par la mer que par les terres ? Nous sommes peut-être plus forts qu'autrefois, mais, s'ils nous assiègent, nous ne pourrons pas tenir des années ! protesta Brianna.

— Nos réserves sont pleines. Les murs de la forteresse sont impénétrables. Personne ne pourra entrer ! répondit Malcolm.

Ne supportant plus tout ce bruit, Gwenn décida de

s'éclipser. Elle posa sa bière, contourna la grande table en U, et avança jusqu'à la porte avant de changer d'avis, pour prendre l'escalier de gauche. Celui-ci conduisait à l'armurerie et aux diverses salles où ses guerriers et elle s'entraînaient au combat, les jours de mauvais temps. Toutes étaient consacrées à un type de combat particulier. Il y avait celle où l'on s'exerçait au tir à l'arc ou à l'arbalète, celle pour le maniement de l'épée, de la claymore ou du katana, celle pour l'usage des dagues, poignards et couteaux, celle pour les corps à corps… La dernière était réservée aux arts martiaux enseignés par Wang, et par Gwenn depuis peu. On y apprenait le ninjutsu, le taijutsu ainsi que le ju-jitsu. Des techniques inédites dans tout Skye et peut-être même dans toute l'Europe du Nord. Cette multitude de connaissances dans l'art des combats était une source de grande fierté pour Gwenn et tous les MacDonald. Jamais elle ne pourrait assez remercier son ami pour ce cadeau.

— Gwenn ?

Quand on parlait du loup…

— Oui ?

— Que fais-tu ici, seule dans le noir ? Ne désires-tu pas savoir ce que le clan va décider ?

Elle indiqua la porte fermée menant aux remparts.

— Je suis épuisée avec tout le bruit qu'ils font. Et je ne compte pas partir bien longtemps. Je vais juste marcher un peu sur le chemin de ronde.

— Puis-je t'accompagner ?

— Ne le prends pas mal, Wang, mais…

— Ne t'en fais pas, je comprends. Tu as besoin de te

ressourcer un peu. La journée a été longue et ta rencontre avec MacLeod assez déstabilisante.

Elle soupira.

— Oui, la journée a été… Comment cela, *déstabilisante* ? répéta-t-elle, perplexe.

— Les autres n'ont peut-être rien vu, mais je te rappelle que je remarque tout.

— Tu exagères ! Sa proposition ne m'a pas perturbée plus que cela.

— Je ne parlais pas de la proposition, précisa-t-il, mais de l'homme.

— Wang, tu passes beaucoup trop de temps avec ma grand-mère !

Son ricanement exprimait clairement son opinion quant à sa réponse.

— Je te verrai à ton retour.

Il repartit tout aussi rapidement qu'il était arrivé. Décidément, jamais elle ne comprendrait cet homme !

Reprenant sa route, elle ouvrit la porte menant sur le chemin de ronde et contempla le reflet de la lune sur la mer. La guerre se profilait à l'horizon. Toute sa vie, elle avait su qu'un jour elle devrait l'affronter. Mais jamais elle n'avait imaginé qu'elle aurait besoin de s'allier à quelqu'un.

Depuis cette terrible journée de mai 1188, elle s'était forgée toute seule. À vingt-trois ans, elle était son propre chef, avait toujours refusé de se marier et avait reconstruit son clan. La seule personne dont elle avait accepté l'aide était Wang. Il ne l'avait jamais jugée comme sa grand-mère, ni idolâtrée comme Awena, ou surprotégée comme Malcolm, encore moins maternée comme Brianna. Non, il était le seul qui l'avait suivie en la laissant faire ses erreurs et en tirer des leçons. Comme tout à l'heure. Il pressentait les choses avant qu'elles n'arrivent.

Mais qu'avait-il bien pu voir lors de sa rencontre avec Rory MacLeod ? Une réussite dans leur alliance ou, au contraire, une violente défaite ? MacLeod avait une solide réputation, sur Skye. Il était connu pour être un très grand chef, un guerrier redoutable, un travailleur acharné, un excellent diplomate et un amant des plus attentifs. Toutes les femmes rêvaient de lui, et tous les hommes le jalousaient. Du moins, d'après les rumeurs. Était-ce de cela que parlait Wang ? Pensait-il qu'elle serait comme les autres, à fondre devant un beau visage ? Certes, MacLeod était un homme à la virilité exacerbée, très exacerbée même, elle devait bien le reconnaître. Mais de là à ce qu'elle lui tombe dans les bras, c'était mal la connaître !

Il aurait mieux fait de mettre en garde Awena, qui semblait avoir remarqué le frère jumeau de MacLeod, Lachlan. Et la réciproque paraissait vraie.

— Gwenn ?

Interrompue dans ses réflexions, elle fut surprise de voir Malcolm s'approcher.

— Oui ? Qu'y a-t-il ?

— Le clan a fini de débattre, annonça-t-il, sans la regarder dans les yeux.

— Hum… Étant donné ta réaction, je suppose que la proposition est acceptée ?

— *Aye…* Mais je continue à croire que ce n'est pas la meilleure chose à faire.

Mince…

— Ne t'inquiète pas. Je comprends. L'idée m'horripile également, mais, en cas de guerre, il faut aussi savoir faire des compromis.

Se positionnant à côté d'elle, il admira à son tour le panorama nocturne.

— Que va-t-il se passer, maintenant ?

— Demain, j'irai à Dunvegan informer MacLeod que nous acceptons son offre.

— Seule ? demanda-t-il en tournant la tête vers elle.

— Non, j'emmènerai Wang.

— Bien. Quand partiras-tu ?

— À l'aube. Je te laisse gérer la forteresse en mon absence.

Il acquiesça.

— Tu peux compter sur moi.

— Je le sais, Malcolm. Et je t'en remercie. Maintenant, je vais aller me coucher. Bonne nuit, cousin.

— Bonne nuit, Gwenn, et fais attention à toi.

Elle ne prit pas la peine de lui répondre, il savait qu'elle le ferait.

Chapitre 4

Château de Dunvegan, clan MacLeod

La matinée était déjà bien avancée quand Rory entendit les gardes annoncer l'arrivée de visiteurs. Il abandonna l'entraînement sous le commandement de Lachlan, remit sa chemise sur son torse luisant de sueur et se dirigea vers le pont-levis. Il avait hâte de connaître la réponse des MacDonald. Il n'en avait pratiquement pas dormi de la nuit, tant l'issue de cette guerre pouvait être liée à cette réponse.

Finissant de contourner le donjon, il aperçut une magnifique jument blanche et sa cavalière franchir le pont, entourées d'une escorte. La sœur de MacKenzie ! Elle lui était complètement sortie de la tête !

— Rory, mon grand, je vois que tu es prêt à accueillir notre visiteuse. Je suis heureuse de voir que tu es disposé à faire quelques efforts de politesse, commenta sa mère.

— Ce n'était pas cette femme que j'espérais trouver, grogna-t-il.

— Oh ! Voyons, tu ne vas quand même pas me dire que tu n'y gagnes pas au change ?

Gwyneth MacKenzie avait tout de la jeune fille parfaite. Une taille moyenne, des cheveux blonds comme les blés, un teint neigeux, une petite bouche rose pâle et de grands yeux bleus. Son corps était dissimulé sous ses vêtements et pas un brin de peau n'était visible, en dehors de ses mains et de son visage. Parfaite, oui. Quarante-huit heures plus tôt, il aurait probablement suivi l'avis de sa mère, mais maintenant elle lui paraissait trop lisse, pas assez sauvage : sa peau n'était pas assez dorée, ses cheveux trop fades, ses lèvres pas assez rouges et ses yeux trop glacials.

— Lady MacLeod, *Laird* MacLeod. Je vous suis infiniment reconnaissante de m'avoir invitée sur votre île.

Sa façon de parler aussi était parfaite. Pas un mot de travers, les yeux docilement baissés vers le sol, elle avait tout d'une sainte. Il n'avait plus qu'à la demander en mariage ; elle accepterait sur-le-champ. Il ne lui viendrait jamais à l'idée de s'opposer à lui ou de remettre en question ses ordres. Elle se plierait à sa volonté, deviendrait sa femme et, dans un lit, elle endurerait le moment, en priant le ciel pour qu'il se dépêche de finir. Le genre de femme avec qui il s'ennuierait à mourir.

— Miss Gwyneth, nous sommes tellement heureux de vous avoir parmi nous ! déclara Mary en la prenant dans ses bras. N'est-ce pas, Rory ?

— Mère, je n'ai pas besoin de vos réflexions. (Puis, s'adressant à sa visiteuse d'un ton plus aimable.) Soyez la bienvenue à Dunvegan, Miss Gwyneth.

La pauvre n'était pas responsable des fantaisies de sa mère.

— Merci beaucoup, *my laird*, répondit-elle en le dévorant du regard.

Rory avait l'habitude de susciter ce type de réaction auprès du beau sexe, mais il aurait préféré, et de loin, voir ce genre de convoitise se peindre dans le regard d'une tout autre femme. D'ailleurs, il se demandait bien à quoi pouvait ressembler Lady MacDonald dans les affres de la passion. Était-elle du genre alanguie et sensuelle ou volcanique et passionnée ? Probablement un peu des deux.

— Avez-vous fait bon voyage ? reprit sa mère, interrompant par la même occasion la direction érotique prise par ses pensées.

— Oui, je vous remercie, nous avons pris un peu de retard avec l'averse d'hier soir, mais rien de bien méchant.

— Venez, ne restons pas dehors. Rory, tu viens avec…

— *My laird !* Lady MacDonald arrive ! s'écrièrent les sentinelles.

— Pile à l'heure ! fit Rory.

— J'ignorais que tu l'avais conviée à venir chez nous. Tu aurais pu m'avertir ! s'indigna Mary.

— Mère, je n'ai pas à vous tenir au courant de tout.

— Oui, mais tu pourrais… Sainte mère de Dieu ! C'est scandaleux !

La réaction de sa mère en voyant Gwenn habillée comme un homme, son sabre dans le dos, installée à califourchon sur son bel étalon noir, n'avait rien de surprenant. Tout comme celle de Miss Gwyneth qui était devenue étrangement blême. Elle qui devait avoir l'habitude de ne côtoyer que des « femmes de son rang » risquait d'avoir un malaise devant le franc-parler de la guerrière.

— Miss MacDonald ! Je suis touché que vous me jugiez digne de vous recevoir dans mon humble demeure, dit-il de la façon la plus sarcastique possible.

— La ferme, MacLeod ! Et c'est *Lady* MacDonald, rétorqua-t-elle.

Ses yeux d'émeraude lancèrent des éclairs, provoquant un hoquet de stupeur chez sa mère et Miss Gwyneth.

Toujours le sang aussi chaud, pensa-t-il tout en sentant son entrejambe se réveiller.

Voyant Gwenn s'arrêter juste à sa hauteur, il maintint son cheval, le temps qu'elle descende.

— Cet animal est vraiment magnifique ! affirma-t-il tout en caressant l'encolure de l'animal. Je n'en ai jamais vu qui combine autant de force et de majesté. Comment s'appelle-t-il ? s'enquit-il, ses mains descendant sur les jambes du cheval.

— Rage. C'est un frison, une race originaire du nord du Saint Empire romain germanique.

En entendant son nom, le cheval dressa les oreilles et regarda sa maîtresse.

— Il est superbe, reprit-il en lui administrant une dernière caresse.

Puis, se tournant vers Gwenn, il demanda :

— Quand nous en aurons terminé avec les Vikings, accepteriez-vous de me le confier pour qu'il puisse saillir l'une de mes juments ?

— Je vous demande pardon ? s'étouffa-t-elle, les yeux écarquillés, ne s'attendant manifestement pas à cette proposition.

— J'aimerais beaucoup qu'il puisse saillir Bella, l'une des plus belles juments de nos écuries.

Et surtout, cela lui donnerait une bonne excuse pour la revoir.

— Tu n'y penses pas sérieusement, Rory ! s'exclama sa mère, qui semblait enfin décidée à sortir de sa torpeur. Cette jument appartient à ta sœur, tu n'as pas le droit de donner cette pauvre bête en pâture à ce monstre qui n'a rien d'un cheval.

Gwenn, enfin remise de son choc, la fusilla du regard.

— J'ignore qui vous êtes, gronda-t-elle avant qu'il n'ait eu le temps de répondre, mais je vous interdis de manquer de respect à Rage !

Son cheval hennit comme pour approuver son propos.

— Je suis Lady Mary MacLeod, la mère de Rory, et vous devriez…

— Je ne devrais rien du tout ! Je ne vous donne pas de leçons sur la façon dont vous devriez tenir votre aiguille à coudre, alors, ne venez pas m'en donner sur mon cheval ! Rage est un animal très intelligent, parfaitement dressé et très doux avec ses semblables. Vos juments ne pourraient avoir meilleur partenaire reproducteur que lui.

L'étalon inclina la tête à cet instant, paraissant confirmer les paroles de sa maîtresse.

La situation risquait de dégénérer s'il ne faisait rien pour les calmer, songea Rory. Et contrairement aux disputes féminines habituelles, avec Gwenn ce ne serait sûrement pas un simple crêpage de chignon.

— Mesdames, doucement, intervint-il, en s'interposant entre elles. Permettez-moi de faire les présentations convenablement. Mère, voici Lady Gwenn MacDonald, cheffe du clan MacDonald. Lady Gwenn, voici ma mère, Lady Mary MacLeod, ainsi qu'une amie de passage, Miss Gwyneth MacKenzie.

Quittant lentement le regard de sa mère, elle s'intéressa à leur invitée avec beaucoup plus de convivialité.

— Miss MacKenzie, je suis ravie de faire votre connaissance, salua poliment Gwenn.

— Moi de même, Lady MacDonald, répondit Gwyneth en s'inclinant, apparemment mal à l'aise.

— Je vous en prie, appelez-moi Gwenn, dit-elle en souriant.

C'était la première fois que Rory la voyait sourire, et la douceur qui se dégageait d'elle le troubla plus qu'il ne l'aurait voulu.

— Gwenn, pourriez-vous dire à cette bête de reculer, s'il vous plaît ? demanda sa mère, Rage s'étant approché d'elle pour la renifler.

— Je ne vous ai pas autorisée à m'appeler ainsi ! s'indigna-t-elle tout en rappelant Rage à l'ordre.

Après un dernier reniflement, le cheval recula, afin de se remettre à la hauteur de Gwenn et Rory.

— Très bien, nous allons vous laisser entre vous. Miss Gwyneth, venez. Je vais vous présenter ma fille Flora…

Heureusement que sa mère avait enfin la bonne idée de se retirer. Il n'était pas sûr de pouvoir temporiser encore longtemps.

— Bien ! soupira-t-il. Maintenant que nous sommes tranquilles, que diriez-vous de… Qu'y a-t-il ? demanda-t-il à Gwenn, qui le fixait d'un air farouche. Pourquoi me dévisagez-vous comme ça ?

— J'avais deviné que vous étiez un homme grand, quand je vous ai vu, hier, perché sur votre cheval. Mais je ne m'attendais pas à ce que vous le soyez autant.

— Est-ce une mauvaise chose ?

— Je ne sais pas, répondit-elle en croisant les bras. Ce mouvement fit ressortir sa poitrine, pour le plus grand plaisir de Rory qui n'en perdit pas une miette.

— La plupart des femmes apprécient qu'un homme soit plus grand qu'elles, dit-il, se rapprochant doucement.

— Je ne suis pas la plupart des femmes, rétorqua-t-elle en plissant les yeux.

De cela, il en était absolument convaincu.

— C'est ce que j'ai remarqué, et je vous avouerai que je trouve cela absolument fascinant.

— Je rêve ! Vous essayez de me séduire !

Gwenn n'en revenait pas ! Elle s'était déplacée pour l'informer que son offre d'alliance avait été acceptée et, après s'être querellée avec Lady MacLeod, monsieur lui faisait du charme ! On pouvait compter sur les hommes pour trouver le temps de séduire, même en pleine guerre !

— Non, bien sûr que non ! Si c'était le cas, vous seriez dans mon lit avant la fin de la journée. Vous aimeriez ? demanda-t-il avec un sourire provocant.

Maintenant, il jouait les innocents. Oh ! Comme elle aurait aimé lui faire avaler ses belles dents blanches ! D'ailleurs, à quel moment avait-elle noté qu'elles étaient si blanches ?

Elle s'aperçut alors que Wang se retenait de rire au point d'en pleurer. Ils avaient vraiment atteint le fond !

— Non et je…

— En êtes-vous bien sûre ? Parce que, vu le ton que vous employez, on pourrait croire que vous êtes déçue.

Là, c'en était trop ! Wang, qui n'arrivait plus à se retenir, venait d'éclater de rire, interrompant MacLeod dans ses belles paroles. Le joli cœur s'était tellement focalisé sur elle qu'il n'avait même pas repéré l'homme qui l'accompagnait.

— Oh ! Je suis désolé, je n'avais pas remarqué que vous étiez venue avec quelqu'un.

— Vraiment ? marmonna-t-elle.

— Veuillez me pardonner, s'exclama Wang, hilare, mais la réaction de Gwenn était vraiment *yōki !*

— Yo… quoi ? demanda Rory.

— *Yōki*. On pourrait le traduire par « à mourir de rire », déclara Gwenn de mauvaise grâce.

— Oh ! Je vois… Et puis-je me permettre de vous demander de quel pays vous êtes originaire ?

— Là d'où je viens, on appelle mon pays *Nihon*. C'est une terre par-delà les Indes, répondit Wang.

— *Nihon* ? répéta Rory. Jamais entendu parler.

Cet idiot ne devait même pas savoir où se trouvait Constantinople, médit Gwenn.

Ce qui était clairement de la mauvaise foi sa part, quand elle-même ignorait où se trouvait exactement le pays de Wang.

— Rassurez-moi, vous savez au moins où se trouve les Indes, n'est-ce pas ? se moqua-t-elle.

Plongeant de nouveau son regard dans le sien, Rory déclara fièrement.

— Évidement, je ne suis pas ignorant à ce point ! Elles se trouvent bien après le royaume de Jérusalem.

Son sourire narquois s'estompa en l'entendant vanter ses connaissances géographiques.

— Comment savez-vous cela ?

— Bien qu'elles ne soient pas toutes écrites en gaélique ou en latin, j'ai en ma possession un grand nombre de cartes du monde que les plus grands navigateurs m'envieraient. Je vous les montrerai peut-être, si vous êtes gentille avec moi, poursuivit-il d'un ton charmeur.

— Sans façon ! ragea-t-elle. Je sais parfaitement où se trouvent les Indes. Vous n'êtes pas le seul à posséder de magnifiques cartes sur l'Orient !

— Dommage…

— Rory ! Des navires arrivent de l'ouest ! les interrompit un homme de garde sur les remparts.

— Quoi ?

Rory MacLeod avait instantanément repris son sérieux, et ordonna que l'on fasse rentrer tout le monde dans la cour. Ce n'était donc pas une visite amicale. Tous se rassemblèrent rapidement, dès que l'alarme fut donnée. Chacun avait l'air de savoir ce qu'il devait faire. Les MacLeod étaient certainement entraînés à réagir vite et bien en cas d'attaque.

Comme Rory s'éloignait vers l'une des tours de garde, elle le suivit, Wang sur les talons. Grimpant quatre à quatre les marches de l'escalier, ils débouchèrent sur un chemin de ronde suffisamment élevé pour voir par-delà les falaises qui bordaient la baie. Ils y retrouvèrent Lachlan MacLeod, ainsi que l'homme aux cheveux châtains que Gwenn avait aperçu la veille, qui se présenta sous le nom de Cameron.

Idéalement conçu sur un dôme rocheux au-dessus

du rivage, Dunvegan se trouvait dans une crique, où l'accès par la mer était des plus étroit. Seuls deux navires pouvaient y passer côte à côte. Un véritable coupe-gorge pour l'ennemi.

Les archers, sous les ordres du grand chauve pas commode dénommé Angus, étaient postés en embuscade sur les falaises. Ils y attendaient les ordres de leur chef pour passer à l'action.

Leur tactique militaire n'avait rien de comparable à celle utilisée à Cuidrach, mais elle n'en était pas moins bonne.

— Oh non ! lâcha Lachlan.

— Ce n'est pas vrai, dit à son tour Cameron.

— Des drakkars…, conclurent-ils en même temps.

Chapitre 5

Le combat aurait lieu bien plus tôt que Rory ne l'avait espéré. Les Vikings avaient probablement été pris de court par la farouche résistance des MacDonald et décidé de modifier leurs plans. Il n'y avait pas d'erreur possible. Les navires en approche étaient les mêmes que ceux aperçus la veille à Cuidrach.

Dans un silence mortel, les drakkars arrivaient à grande vitesse et prenaient déjà la direction de l'entrée, entre les falaises. Il fallait agir vite !

— Cameron ! Emmène une dizaine d'hommes, embarquez les ballots de paille en réserve, et allez rejoindre Angus et les archers sur les falaises. Dès qu'ils franchiront le passage, vous enflammerez les ballots et vous les leur jetterez dessus !

— Compris !

Cameron s'éloigna aussitôt.

— Lachlan ! Toi et moi allons les prendre de front. On les affrontera directement sur la plage.

Son frère acquiesça.

— Gwenn ! Vous, vous…

— Une petite minute, beau brun ! Qu'est-ce qui

vous fait croire que je suis venue ici pour accepter votre alliance ? Cette attaque est peut-être l'occasion pour mon de clan de voir ce que vous valez réellement sur un champ de bataille ?

Était-elle sérieuse ? Pensait-elle sincèrement qu'il avait le temps d'en débattre maintenant et de satisfaire sa fierté ? Maudite bonne femme !

— Écoutez-moi bien ! J'ai parfaitement compris comment vous fonctionnez. Vous ne seriez jamais venue en personne si vous aviez refusé mon offre. Vous m'auriez envoyé un messager porteur d'une lettre pour m'annoncer votre refus de collaborer. Ou mieux encore ! Vous ne m'auriez pas prévenu du tout. Par conséquent, comme vous vous trouvez ici, avec moi, c'est que votre clan a accepté mon offre. La seule raison pour laquelle vous rechignez, c'est que vous ne supportez pas l'idée que je vous donne des ordres. Or, ici, vous êtes chez moi, alors on va faire à ma manière, et vous allez devoir l'accepter, que cela vous plaise ou non !

Avec ce regard noir, presque hargneux, à mesure qu'il lui balançait son opinion, il s'attendit presque à la voir le frapper ou lui cracher à la figure. Avec elle, c'était difficile de savoir à quoi s'attendre.

Dieu merci ! Après un rapide coup d'œil aux troupes situées à terre, elle poussa un soupir d'agacement et lança :

— Très bien, je suppose que c'est de bonne guerre. Même si cela ne me plaît absolument pas de vous obéir.

Sa fierté était visiblement atteinte, ce qui n'avait rien d'étonnant quand on était chef et encore plus originaire de Skye. Mais l'entendre l'admettre et le reconnaître était pour le moins inattendu.

— Le contraire aurait été surprenant.

Il observa rapidement l'arrivée ennemie qui n'avait pas cessé son approche. Heureusement, il avait encore un petit peu de temps pour l'embêter une dernière fois avant de partir.

— Oh ! et… Vous me trouvez beau ? la taquina-t-il.

— Plaît-il ?

Seigneur… Elle était adorable avec ses pupilles émeraudes étincelantes et ses joues rougissantes.

— Vous m'avez appelé « beau brun », expliqua-t-il avec un clin d'œil. J'avoue que j'aime cette idée…

— Ce n'était qu'une façon de parler, idiot ! pesta-t-elle en rougissant de plus en plus. Franchement, on n'a pas le temps ! Je vous rappelle que vous êtes attaqué ! Alors, dites-moi ce que vous attendez de moi, que l'on puisse agir !

« Coucher avec vous et vous garder enfermée dans ma chambre, jusqu'à connaître par cœur les moindres recoins de votre corps. »

La force de cette pensée lui coupa pratiquement le souffle.

— Il y a tellement choses que j'aimerais vous voir faire…, murmura-t-il. Mais on verra cela une autre fois. Suivez William. Will ! Viens par ici ! Tu feras équipe avec Gwenn. Vous allez prendre un groupe d'hommes et vous irez vous positionner là-bas, dit-il, en indiquant la route qui permettait de quitter la plage pour se rendre au village. Une fois sur place, vous ne bougez pas ! Lachlan et moi, les pousseront vers vous et, quand ils arriveront, vous sortirez, afin de les coincer. Ils seront pris en tenaille et le combat pourra réellement commencer.

— Très bien ! Venez, Gwenn, je vais vous montrer où vous pourrez vous équiper.

Alors que son ami était sur le point de l'entraîner avec lui, elle s'accrocha à son bras. La sensation de son toucher sur son biceps le brûla presque, malgré ses vêtements.

— Wang vient avec moi, ou bien vous prévoyez autre chose pour lui ?

Il avala sa salive et passa outre le délicieux frisson qui lui chatouillait l'aine.

— Je prévois autre chose.

Il quitta à regret son regard et s'intéressa à Wang.

— Habituellement, Cameron s'occupe de la défense. J'aurais besoin que vous preniez sa place.

— Aucun problème, répondit le soldat avec son accent particulier, après avoir attendu l'accord de sa cheffe.

— Très bien, venez avec moi.

Laissant Gwenn avec William, ils poursuivirent leur chemin jusqu'aux hourds. Les échafaudages de bois situés au sommet des tours étaient très utiles afin de soutenir les guerriers qui attaquaient en cas de siège. Les archers défensifs s'y tenaient le temps de préparer les balistes à tirer.

— Oh ! murmura Wang.

Le capitaine des MacDonald s'approcha de la machine de guerre tout en l'observant avec attention.

— Impressionnant, n'est-ce pas ?

— Oui. Nous ne possédons pas ce genre d'armes à Cuidrach. Comment les nomme-t-on ?

— Des balistes. Cela permet d'envoyer ces énormes flèches sur nos ennemis, exposa-t-il en lui indiquant les immenses carreaux positionnés et prêts à être tirés.

— Très intéressant, reconnut Wang. À Cuidrach, nous avons installé des trébuchets derrière la première muraille, mais pas de balistes.

Avait-il bien entendu ?

— Vous avez assez de place pour installer *des* trébuchets derrière votre muraille ? demanda Rory, ahuri.

Comment cela était-il même possible ? Ce genre de machine était monumental. En faire installer une était déjà une performance en soi, alors plusieurs !

— Oui. Gwenn est douée pour la construction militaire. Quand elle a mis au point le positionnement des premiers et seconds remparts, elle s'est arrangée pour que l'on puisse y placer des trébuchets.

Cette femme possédait des connaissances en architecture défensive en plus de son savoir au maniement des armes. Décidément, plus il apprenait à la connaître et plus elle l'épatait.

— Combien en avez-vous ?

— Deux côté ouest. Cinq au nord. À l'est, trois, et au sud, trois, énuméra le soldat. Il y en a un dernier sur la barbacane, à l'entrée principale de la forteresse. En tout, cela fait donc quatorze trébuchets.

Il siffla. La forteresse des MacDonald devait être encore plus impressionnante qu'il ne l'avait imaginée.

— Quatorze ! Très bien ! Rappelez-moi de ne jamais me disputer avec Gwenn.

— Aucun problème, mais nous devrions peut-être nous dépêcher, les drakkars sont en train de passer les falaises.

En effet, le premier navire avait réussi à franchir

l'entrée de la baie, tandis qu'un deuxième luttait contre les flammes provoquées par les ballots de paille enflammés.

Rory expliqua rapidement le fonctionnement des balistes à Wang, puis lui remit le drapeau jaune qu'il devrait utiliser pour donner le signal de tir. Avec cet élément distinctif, tout le monde comprendrait que c'était lui qui était aux commandes.

— Wang ! Une dernière chose. Vous êtes sûr que je peux vous faire confiance pour gérer la défense ?

— Oui. Vous n'avez pas à vous inquiéter. Qui plus est, Gwenn est avec vos hommes. Et je ne laisserai jamais rien lui arriver. Vous pouvez donc aller vous battre l'esprit tranquille.

— Merci.

Retournant sur ses pas, Rory retrouva Lachlan à l'entrée des remparts, enfila sa cotte de mailles, qui avait été préparée, cala sa claymore dans son dos et enfourcha Tonnerre.

Regardant ses hommes derrière lui, il aperçut Gwenn et William sortir de l'armurerie.

Elle avait choisi une cotte de mailles très fine et portait son étrange sabre légèrement courbé dans la main droite. Dans la main gauche se trouvait une très grande lance.

Empaleuse un jour, empaleuse toujours ! Il aurait dû s'en douter !

William, à sa droite, essayait de lui faire accepter un bouclier. Il était trop loin pour entendre ce qu'ils se disaient, même s'il devinait facilement la réponse de la jeune femme.

Soudain, il vit sa sœur sortit à leur suite. William

l'arrêta. Ils échangèrent quelques mots avec Gwenn, puis elle retourna dans le château.

Étrange, ce n'était pas dans les habitudes de Flora de se mêler des histoires de guerre. Peut-être s'inquiétait-elle pour leur visiteuse ? Il lui faudrait demander des comptes à William plus tard.

À ce moment-là, Rory croisa le regard de Gwenn. Elle semblait déterminée, sans peur ; elle était absolument magnifique. Une vraie guerrière ! Mais était-ce une bonne idée de l'envoyer sur le champ de bataille ? Will veillerait sur elle, il n'avait aucun doute là-dessus, mais dans le feu de l'action, tant de choses pouvaient avoir lieu. Ne devrait-il pas lui demander de rester avec les autres femmes, à l'intérieur, à la place ?

Elle ne m'écouterait pas !

— Rory, nous sommes tous prêts. Nous n'attendons plus que tes ordres, déclara Lachlan.

Adressant un dernier salut à Gwenn, il se concentra sur ses hommes qui n'espéraient qu'une chose : affronter les Vikings jusqu'à la victoire.

— Soldats ! Allons-y !

Gwenn avait apprécié l'aide de William dans l'armurerie. Il lui avait trouvé une superbe cotte de mailles, une lance et les diverses dagues qu'elle avait cachées sur elle. Malheureusement, il insistait pour qu'elle prenne aussi un bouclier. Comme si elle en avait besoin !

— William, écoute, c'est très gentil de ta part de t'inquiéter, mais je n'en aurai pas besoin, je t'assure, répéta-t-elle une énième fois.

— Peut-être, mais on ne sait jamais. Prends-en un quand même, au cas où, s'obstina celui-ci.

Elle soupira. Tout cela parce qu'elle était une femme et non un homme.

— Je suis sûre que tu t'entendrais à merveille avec mon cousin Malcolm, grinça-t-elle. Vous êtes exactement les mêmes !

— Cela prouve qu'il est intelligent, lança-t-il avec flegme. S'il te plaît, juste pour moi, prends-en un. Même un petit. Je n'ai vraiment pas envie de me faire émasculer par Rory, si jamais il t'arrivait quelque chose.

Elle fronça les sourcils d'incompréhension. Pourquoi Rory émasculerait-il son ami s'il lui avait quelque chose ?

— Et pourquoi ferait-il ça ?

— Oh ! Je t'en prie, tout le monde a remarqué que tu lui plaisais.

Gwenn sentit ses joues s'échauffer.

— Quoi ?

Une tornade brune s'interposa entre eux, empêchant Will de lui répondre.

— William ! Laisse-moi venir avec vous. Moi aussi, je veux me battre, déclara la jeune fille.

Détaillant lentement la silhouette qui lui tournait le dos, Gwenn supposa qu'elle devait avoir, à peu près, le même âge qu'Awena. Cependant, elle n'avait pas besoin de connaître cette demoiselle pour savoir qu'elle n'était pas une habituée des combats. L'état de ses mains et sa tenue le confirmaient aisément.

— Non ! Flora, c'est hors de question !

— Flora ? Vous êtes la sœur de Rory…

Ses bonnes manières reprenant le pas sur son envie de combattre, celle-ci lui adressa un élégant signe de tête.

— En effet, et vous, vous êtes ?

— Gwenn MacDonald.

Flora lui adressa un grand sourire.

— Oh ! C'est donc vous, la femme, qui obnubile autant l'esprit de mon frère.

— Ah, tu vois ! Je te l'avais bien dit ! s'exclama William.

Mince alors ! Les MacLeod s'étaient-ils tous passés le mot pour la mettre dans l'embarras ? Ce n'était pas parce qu'ils allaient lui répéter à longueur de temps que Rory la désirait, qu'elle allait succomber à son charme.

— Je vous assure que non. Où sont vos armes, si vous voulez combattre ?

— Il est hors de question qu'elle vienne se battre ! s'interposa William.

Elle haussa un sourcil. Si Flora voulait guerroyer pour son clan, qui était-il pour lui interdire d'y aller ? A moins que…

— Pourquoi ? Parce que c'est une femme ? gronda Gwenn.

— Oui ! Non ! reprit-il rapidement. Elle ne sait pas se défendre, c'est différent.

Bien. Elle avait donc vu juste concernant les aptitudes de la jeune fille.

— Mais je veux me rendre utile, et non pas rester à me regarder dans un miroir !

— Un miroir ? Hum… J'ai peut-être une idée… murmura Gwenn pour elle-même. Flora, auriez-vous une trentaine de miroirs de cette grandeur ? demanda-t-elle en indiquant la taille voulue avec ses mains.

— Oui. Pourquoi ?

— En combien de temps pouvez-vous me les apporter ?

— Une trentaine ? En demandant de l'aide aux domestiques… je dirais cinq, dix minutes.

— Excellent ! Pouvez-vous aller me les chercher ?

Flora acquiesça et disparut aussi vite qu'elle était apparue.

Une idée lui était venue grâce elle.

— William, fais venir ici tous nos hommes, ainsi qu'une trentaine de boucliers.

— Ah ! Tu vas finalement en prendre un !

— Oui, sourit-elle.

— J'y cours, avant que tu ne changes d'avis.

Seigneur ! Quel plaisantin ! Mais il était plutôt agréable, pour un homme. Même si Gwenn n'oubliait pas la façon dont son regard s'était attardé sur Brianna lors de leur visite, Will semblait être une personne droite. Ce qui était un énorme compliment quand on la connaissait.

Soudain, son instinct l'alarma, ses petits cheveux se relevant instantanément dans sa nuque. Rapidement, elle observa la foule compacte de guerriers et se retrouva happée par deux étincelantes prunelles : Rory.

Une petite minute… Depuis quand pensait-elle à lui comme à *Rory* et non plus comme à *MacLeod* ? Ce constat la troubla. D'autant plus qu'il la fixait de son regard de braise. La veille, elle avait cru ses yeux marron voire noirs. En réalité, ils étaient d'un bleu très foncé. Elle n'en avait jamais vu de cette nuance. Lachlan et Flora avaient les yeux gris de leur mère. Rory devait avoir hérité de ceux de son père.

Juché sur le dos de son cheval, sa cotte de mailles

reflétant les rayons du soleil, il était l'incarnation même du guerrier. Si sa vie avait été différente, peut-être aurait-elle pu se marier avec un homme tel que lui. Malheureusement, cela n'aurait jamais lieu.

À l'arrivée de Lachlan auprès de Rory, celui-ci l'écouta mais ne rompit pas le contact pour autant, acquiesça d'un mouvement bref puis lui adressa un dernier salut, avant de partir sur la plage. Une sensation d'inquiétude lui oppressa la poitrine en le voyant disparaître.

Pourquoi est-ce que je m'inquiète pour lui ?

— Tenez ! Voici les miroirs !

Le retour de Flora la sortit brusquement de ses pensées.

— Merci, Flora !

C'était parfait, les miroirs étaient exactement de la bonne taille.

— Gwenn ! Nous sommes tous là ! déclara William en lui tendant un bouclier.

Sans ressasser, elle le prit et leur révéla ce qu'elle attendait d'eux.

— Bonjour messieurs. Je vais demander à trente d'entre vous de prendre un miroir que vous donnera Miss Flora, et de le positionner sur votre bouclier, à la place du blason des MacLeod. Comme ceci, expliqua-t-elle en leur faisant une démonstration. Nous nous en servirons quand nous bloquerons la retraite des Vikings. Le soleil se reflétera dessus et les éblouira, leur faisant baisser la garde.

— Quelle excellente idée ! s'exclama l'un des hommes.

— Et moi ? demanda Miss MacLeod. Puis-je vous seconder pendant les combats.

Si Flora ne savait pas se battre, l'amener au front

serait tout simplement du suicide. Elle n'était pas idiote. Inciter les femmes à se battre comme les hommes était sa devise. Mais jamais elle n'accepterait une personne inexpérimentée à ses côtés au combat.

— Je suis désolée, mais William a raison. Le combat sera dangereux et si vous nous accompagnez, je ne serai jamais suffisamment concentrée. Nous nous ferions tuer toutes les deux. Mais vous pouvez vous rendre utile en préparant des couches pour les blessés et tout le matériel nécessaire aux soins.

— Mais je…

La jeune femme soupira.

— Très bien, je comprends. Je vais aller préparer la caserne pour nos hommes, accepta-t-elle en s'éclipsant à l'intérieur du bâtiment.

Tous les miroirs installés, Gwenn monta sur Rage, prit la tête du groupe avec William, et s'éloigna en direction du point de rendez-vous.

La bataille pouvait commencer.

Chapitre 6

Sur les sept drakkars envoyés pour les attaquer, trois réussirent à traverser le passage des falaises sans prendre feu, soit environ quatre cents Vikings. Un nombre assez conséquent. Mais les hommes de Rory étaient parfaitement entraînés, et leur volonté de venger les membres du clan MacKinnon les rendait encore plus féroces. De plus, ils avaient deux armes redoutables de leur côté, l'Empaleuse et Wang.

Rory avait fini par comprendre, en écoutant Gwenn parler de son cheval, qu'elle n'était pas aussi insensible qu'elle le laissait croire. À la suite du massacre de son clan, elle s'était forgée toute seule, et n'avait trouvé que ce moyen pour se protéger. Il avait déjà vu des enfants victimes de la guerre réagir ainsi. Cela ne lui était pas inconnu. Mais, s'il se lançait dans le projet fou de sortir Gwenn des méandres de son passé, il risquait de faire face à des choses qu'il ne serait peut-être pas prêt à affronter. C'était à double tranchant.

Wang, quant à lui, était un homme assez mystérieux. Il ne faisait pas de bruit, écoutait très attentivement et comprenait très vite les situations. Il ne l'avait jamais vu se battre, mais il était prêt à parier qu'il était le genre de guerrier incroyablement rusé, et que, pour le battre, il fallait se montrer extrêmement vigilant.

Après avoir vérifié une dernière fois que tous ses hommes étaient correctement positionnés, Rory surveilla l'arrivée des drakkars. Au rythme où ceux-ci se déplaçaient, ils pourraient atteindre assez facilement les Vikings à bord du premier. En revanche, les deux autres se trouvaient au même niveau. Ce qui signifiait qu'ils auraient à les affronter en même temps, avec des hommes frais. Un avantage, tout comme un inconvénient. Ils ne seraient pas fatigués, mais ils ne seraient pas échauffés au combat non plus. Leur détermination serait la seule chose qui les différencierait, lors de l'affrontement.

Le premier drakkar arriva sur le rivage. Les hommes se préparaient à sauter par-dessus bord, armes à la main. Resserrant la bride de Tonnerre, Rory lança son cri de guerre et fondit sur eux au galop, suivi de ses hommes. Ses guerriers, tout comme les chevaux, avaient déjà pratiqué le combat dans l'eau. Cela leur donnait un avantage important. Les montures étaient parfaitement stables, alors que les ennemis se retrouvaient dos aux vagues, luttant pour conserver leur équilibre. Et ils avaient de la chance, ce jour-là, car les vagues étaient assez importantes.

Très vite, l'eau se teinta de rouge. Un Viking particulièrement coriace faisait face à Rory, maniant une hache comme un moulinet. Incitant Tonnerre à reculer au dernier moment, Rory parvint à lui épargner une attaque frontale avec le tranchant de la lame. Ce mouvement incita le Viking à avancer dans sa direction. Au même moment, une vague l'atteignit dans le dos, lui faisant perdre l'équilibre. Profitant du moment d'inattention de son adversaire, Rory fendit l'air de sa claymore, et le tua d'un coup précis à la gorge. Il n'eut pas le temps de souffler. Deux autres guerriers l'attaquèrent. L'un armé d'une lance, l'autre d'un fléau d'armes, ils l'obligèrent à reculer davantage. Rory préféra descendre de Tonnerre avant que celui-ci ne se fasse embrocher par la lance, qu'il parvint à bloquer de son bouclier, puis qu'il utilisa contre le second assaillant. L'impact fut extrêmement violent, brisant la lance d'un coup net.

Pris dans le feu de l'action, Rory oublia de couvrir son flanc droit, et le Viking à qui il avait volé la lance profita de son erreur pour le poignarder à la cuisse. La blessure était profonde mais il avait connu pire et la douleur restait relativement supportable. Du moins jusqu'à ce qu'une vague lui éclabousse les jambes. Le sel contenu dans l'eau de mer provoqua alors une brûlure inattendue, qui le conduisit à lâcher sa claymore. Profitant de sa stupéfaction, son adversaire, qui n'avait pas manqué de voir sa réaction au sel, le poignarda plus superficiellement à deux autres reprises : à l'autre cuisse et tout près de l'articulation du genou.

La douleur brutale l'assomma pratiquement de par sa spontanéité. Elle se propagea dans son corps et le fit chanceler. Les vagues qui lui avaient permis de déstabiliser ses adversaires précédemment, se retournèrent contre lui et lui firent perdre l'équilibre à son tour, l'obligeant à s'agenouiller.

Replié sur le sol, les jambes en feu, de l'eau jusqu'au ventre, il vit un poignard ennemi s'élever au-dessus de lui. Un vague sifflement lui parvint par-dessus le tumulte de la bataille, mais la douleur était trop forte pour qu'il se soucie d'autre chose que de sa cuisse. C'était donc comme cela qu'il mourrait ? Il n'aurait pas le temps de s'occuper de sa belle Amazone, ni de comprendre les secrets et les blessures qu'elle recélait. C'était assez étrange que sa dernière pensée avant de mourir lui soit consacrée, alors que, quarante-huit heures plus tôt, ils ne se connaissaient même pas. Elle avait réussi à changer sa vision ô combien conventionnelle des femmes. Lachlan avait raison quand il affirmait qu'il était vieux jeu et trop traditionnel avec le beau sexe. Il avait toujours cru que son frère surestimait la gent féminine, alors qu'en réalité il avait raison. Il ne l'avait compris qu'en voyant Gwenn, avec ses yeux aussi verts que des émeraudes et ses cheveux qui lui rappelaient la teinte des bois d'acajou dont il avait vu quelques beaux exemplaires à la Cour du roi.

La lame du Viking glissa devant ses yeux et il attendit de recevoir le coup de grâce. Mais rien ne se passa. Bientôt, il vit le corps de son adversaire flotter à la surface de l'eau, une dague plantée dans la gorge.

Qui avait fait cela ? Complètement groggy et désorienté, il chancela maladroitement pour pivoter sur lui-même et comprit qui lui avait sauvé la mise : sa belle guerrière... sur le point de se faire poignarder à son tour.

— Gwenn !

Le combat n'avait pas du tout pris la tournure que Rory avait prévue, quand il lui avait ordonné de se positionner à cet endroit avec William. Les Vikings étaient bien plus coriaces qu'il ne l'avait cru et, alors qu'ils s'enlisaient à combattre avec les occupants du premier drakkar, les deux autres arrivaient à une vitesse fulgurante. Au rythme où se passaient les choses, ils ne pourraient jamais refermer la tenaille, pour la simple et bonne raison que les Vikings ne reculeraient pas. Il leur fallait improviser, et très vite, avant que Dunvegan ne vole le titre de capitale du massacre à Cuidrach. Ils devaient revenir sur leurs pas et se positionner derrière les hommes de Lachlan.

— Will, il faut faire demi-tour et aller les affronter, comprit-elle, le regard fixé sur la plage.

— Non. Attendons encore un peu. Faisons-leur confiance, ils vont réussir.

— Mais regarde ce qu'il se passe dans l'eau ! Ils vont être anéantis si l'on n'intervient pas ! On doit bouger !

William prit quelques instants pour observer ce qui se déroulait sur la plage, avant de se soumettre à son ordre.

— Merci. Guerriers ! Allons-y ! lança-t-elle.

Ils se dirigèrent rapidement à l'endroit occupé précédemment par Rory et ses hommes. D'ici, la bataille paraissait encore plus éprouvante pour les MacLeod. Et c'était sans compter les deux autres drakkars, qui arrivaient au même niveau que le premier ! C'était mauvais signe pour eux.

Soudain, un sifflement aigu se fit entendre, et trois immenses flèches traversèrent le ciel pour se figer dans les drakkars. Les trois firent mouche ! Un autre sifflement retentit tout de suite après la première salve et les flèches atteignirent aussi leur objectif. Ils devaient en profiter !

Regardant le positionnement du soleil, Gwenn

ordonna aux hommes dont le bouclier avait un miroir de se placer en ligne avec elle, et de l'incliner de façon telle que les rayons éblouissent les Vikings. Ceux qui n'avaient pas de miroir se placèrent derrière la ligne ainsi formée. Elle entendit plus qu'elle ne vit les assaillants mis en déroute par les boucliers. Avançant en rythme avec son groupe, elle atteignit le rivage sans encombre. Le groupe de Rory avait profité de la diversion faite par les flèches et le reflet des miroirs pour reprendre le contrôle de la situation.

— À vos épées ! Maintenant ! lança Will à sa droite.

À ce commandement, les hommes lâchèrent leur bouclier miroir et partirent combattre avec leurs camarades. Les Vikings se trouvèrent pris de tous côtés et ne surent comment se défendre ou attaquer. Ils essayèrent de rejoindre les drakkars, mais ces derniers, abîmés par les flèches des balistes, coulaient lentement dans les eaux de la baie.

Quelques-uns des assaillants finirent par la repérer et se dirigèrent vers elle. L'affrontement ne la dérangea pas plus que cela, grâce à sa pratique des arts martiaux. Ses adversaires n'eurent pas le temps de voir l'enchaînement de ses mouvements qu'ils étaient déjà à terre. Son katana, beaucoup plus solide que leurs lames, réussit même à briser quelques épées.

Cherchant William, censé couvrir son flanc arrière, elle le vit égorger un Viking qui devait bien faire deux fois son poids. Alors que le géant tombait aux pieds de Will, elle distingua Rory, à l'arrière-plan, agenouillé dans l'eau, sur le point de se faire tuer. Une vieille crainte, qu'elle n'avait plus côtoyée depuis presque treize ans, s'insinua en elle, manquant de la tétaniser. Elle ne prit pas le temps d'analyser plus avant ce sentiment, et saisit la dague dissimulée dans sa manche, qu'elle lança droit devant elle. La lame se ficha dans la pomme d'Adam du Viking qui s'écroula en s'étouffant dans son propre sang.

Comprenant que son adversaire avait été mis hors d'état de nuire, Rory se retourna, chancelant, dans sa direction. Lui adressant un rapide salut, elle eut juste le temps d'entrevoir un visage vaguement familier avant de sentir une douleur foudroyante au flanc gauche. Une douleur qui l'aveugla. Ses jambes se dérobèrent et, sans saisir ce qu'il venait de lui arriver, les ténèbres se refermer sur elle.

— Gwenn !

Rory la vit s'effondrer dans l'eau, sa main tenant le poignard qui était figé dans son corps. Oubliant la douleur de ses jambes, il se releva et se dirigea vers elle. Le Viking qui l'avait blessée se battait un peu plus loin contre Lachlan fou de rage. Tant mieux ! Il pouvait s'occuper de Gwenn tout en étant sûr que l'homme payerait pour ce qu'il lui avait fait.

Autour de lui, la bataille se terminait, et la baie était couverte de plusieurs centaines de corps. Combien de temps s'était-il écoulé depuis qu'il avait lancé l'ordre d'attaquer ? Il aurait juré qu'il ne devait pas y avoir plus de vingt minutes. Pourtant, au vu du nombre de morts et de blessés, il semblait que cela faisait plus longtemps.

Il peina à rejoindre Gwenn, le remous lui frappant continuellement les jambes. Parvenu malgré tout à sa hauteur, il fut saisi d'un élan de panique. Elle était allongée sur le dos, les yeux fermés, les cheveux flottant au rythme des vagues ensanglantées. Il se laissa tomber à côté d'elle, et pria pour trouver un pouls battant à sa gorge. Plusieurs secondes passèrent avant qu'il n'arrive à le sentir. Dieu merci ! Elle était toujours vivante ! Sans toucher au poignard à son flanc, de peur de provoquer un saignement qu'il ne pourrait stopper, il glissa une main sous ses épaules, une autre sous ses genoux, et réussit, sans savoir par quel miracle, à la soulever et à reprendre la direction du donjon. Le souffle court au bout de quelques mètres, il dut cependant se rendre à l'évidence, ses jambes tremblaient beaucoup trop et il risquait de s'écrouler.

C'était sans compter sur Rage. Le sublime étalon de Gwenn se porta à sa rencontre et s'approcha de sa maîtresse qui reposait dans ses bras, inanimée.

— Salut, mon beau. Je vais avoir besoin de ton aide pour la sauver.

Comme si le cheval avait compris l'urgence de la situation, il se retourna et fléchit les pattes avant, pour lui permettre de se hisser sur la selle avec Gwenn. Cet animal était vraiment incroyable ! Heureusement, parce qu'avec le poignard toujours fiché dans le flanc de Gwenn, l'installation serait des plus compliquée.

— Rory, est-ce que ça… Gwenn ! Ne me dis pas qu'elle est…, demanda Cameron.

— Non, mais la blessure est sérieuse.

— Mais comment… Toi aussi, tu es blessé ! Regarde tes jambes !

— Je sais ! Et je peux m'estimer heureux de n'avoir

que ça. Sans Gwenn, je ne serais plus de ce monde, alors, arrête de parler et aide-moi à l'emmener loin d'ici !

Avec l'aide de Cameron, il lui fut plus facile de s'installer et de conduire enfin Gwenn en lieu sûr.

À peine les remparts passés et le pied à terre, tous ses hommes vinrent le féliciter pour sa victoire, avant de s'écarter de son chemin, voyant le joli fardeau dans ses bras. Sauf Wang… Le guerrier au teint légèrement jaunâtre devint blême à la vue du corps de Gwenn, inerte dans ses bras.

— Wang ! Elle est toujours vivante, déclara-t-il, mais il faut la soigner, maintenant.

— Oui, oui, bien sûr, fit ce dernier, après avoir secoué la tête. Je vous suis. Je m'y connais en médecine, je vais m'occuper d'elle.

— Y a-t-il un seul domaine où vous n'êtes pas doué ? demanda Rory, essoufflé, en entrant dans le donjon.

— Rory ! s'exclama sa mère quand il entra dans la grand-salle. Mon chéri, tu es blessé !

— Mère, pas maintenant, je n'ai pas le temps.

Sans s'arrêter, il la contourna et poursuivie son chemin jusqu'à l'escalier.

— Il faut te faire soigner !

— Je peux attendre, Gwenn a bien plus besoin de soins que moi.

— Ah ! pesta sa mère sur ses talons. Mais quelle idée, aussi, de laisser une femme venir sur le champ de bataille ! C'est une diversion dont tu aurais pu te passer…

Perdant toute patience avec elle, Rory s'arrêta au pied du grand escalier et se retint de justesse de l'insulter.

— Mère ! Si je suis toujours en vie, c’est uniquement grâce à Gwenn ! Alors, garde tes réflexions pour toi !

Puis, abandonnant tout le monde dans la grand-salle, il poursuivit son chemin jusqu’à sa chambre, Wang le suivant de près.

Pourvu qu’elle survive ! pria-t-il en silence.

Chapitre 7

Frontière entre le clan MacLeod et le clan MacKinnon

De retour sur les terres MacKinnon, Sven dut faire face à une situation qu'il n'avait à aucun moment envisagée. Une situation ennuyeuse, voire périlleuse. Il avait embarqué avec plus de deux mille hommes et, en à peine deux jours, il en avait perdu la plus grosse partie. Il ne lui restait que neuf cents guerriers environ, dont près de cent cinquante jeunes recrues ne valant pas grand-chose au combat.

Les MacDonald et les MacLeod étaient bien plus malins et puissants que ne le lui avait annoncé Harald. Venu en repérage sur l'île durant les trois dernières années, son jeune frère avait réussi à s'introduire chez les MacKinnon puis les MacLeod pour espionner leurs équipements. Malheureusement, il n'avait pas réussi à duper les MacDonald, et avait abandonné le projet de s'infiltrer chez eux. D'après lui, les MacKinnon étaient les plus puissants de l'île : les plus nombreux, les mieux équipés militairement, les plus solides combattants. Bref, le clan le plus redoutable. C'était pour cela qu'il l'avait attaqué en premier lieu. Pour tuer un serpent, il faut lui couper la tête ! L'attaque avait été rapide. L'effet de surprise avait joué en sa faveur et lui avait permis d'arracher la victoire au vieil Aidan MacKinnon.

Le reste de l'île aurait dû être facile à conquérir. En réalité, tout était allé de mal en pis. Il s'était d'abord heurté aux MacDonald, avec leurs remparts et leur tactique de défense des plus mortelle, et maintenant aux MacLeod, qui avaient détruit sa flotte. Son plan était pourtant parfait ! Attaquer les MacLeod, ce jour-là, par surprise, aurait dû jouer en sa faveur. Sept de ses drakkars pénétraient dans la baie, pendant qu'il envahissait les terres avec une centaine d'hommes. Au début, tout avait fonctionné comme prévu. Mais la charge avec les ballots de paille, il ne l'avait pas vue venir. Cela lui avait coûté quatre navires et environ six cents hommes. Les trois autres avaient eu le vent en poupe quand MacLeod avait lancé son attaque dans la baie.

Puis il avait surpris un groupe placé en arrière, en embuscade. Il avait donc ordonné à son bataillon de faire demi-tour, afin de les prendre à revers. Manque de chance, l'escouade avait bougé le temps qu'ils arrivent, afin de porter secours à MacLeod et ses hommes. C'est là qu'il l'avait vue. L'Empaleuse. Elle avait repéré les flèches tirées par les balistes de défense, et mis en place une stratégie inédite, avec une ligne de défense constituée de boucliers équipés de miroirs ! Une idée très simple, mais qui avait perturbé tous ses hommes.

À partir de ce moment-là, le rapport de force s'était totalement inversé. Une demi-seconde d'inattention générale, et les MacLeod avaient repris la main. Tout cela à cause de cette maudite bonne femme ! Il avait vu rouge. Comment cette garce, dont la place aurait été dans le lit d'un homme, avait-elle osé mettre en déroute son débarquement ! Il n'avait plus qu'une envie : la tuer ! Il était parti se joindre aux combattants sur le littoral. Tous ceux qui avaient eu la mauvaise idée de se mettre sur son passage l'avaient regretté. Sans pitié, il avait traversé la plage, et était parvenu à sa hauteur.

À ce moment-là, elle était bien trop occupée à sauver MacLeod d'une mort certaine pour le repérer. Il en avait donc profité, et lui avait planté son poignard dans le flanc gauche, le plus profondément possible. Lire la surprise dans son regard avait été un moment jouissif, mais il n'avait pas eu le temps de l'apprécier davantage : le jumeau de MacLeod l'avait chargé dans la seconde. Lachlan était un guerrier aussi agile que son frère au combat, et il ne s'en était tiré que par miracle.

Son bras était touché, sa jambe aussi, sans compter les estafilades qui parsemaient son corps. Il allait devoir faire une pause, le temps que ses hommes et lui se remettent, et qu'il demande de l'aide à Harald, resté chez eux dans les Orcades, afin de protéger ses terres en son absence. Il lui faudrait au moins trois semaines, voire un mois, avant de pouvoir mener une nouvelle attaque. Un supplice pour un guerrier comme lui. Malheureusement, vu l'état de son armée, il n'avait pas d'autre choix.

Château de Dunvegan, clan MacLeod

À l'aide d'un violent coup de pied dans la porte de ses appartements privés, Rory entra et alla déposer délicatement Gwenn sur son lit, pendant que Wang demandait à Flora, sollicitée en urgences, de lui apporter le matériel dont il avait besoin.

— … Et des aiguilles à coudre, aussi. Les plus fines possible, je vous en remercie.

— Des aiguilles ? Mais à quoi cela va-t-il te servir ? demanda-t-il.

Le capitaine des MacDonald vida le contenu d'un sac de toile grossier sur la table, auprès du lit. Des rouleaux de bandes de lin, des fioles de tailles et de couleurs différentes, des bouquets de plantes sèches et divers accessoires dont il ignorait même le nom.

— À pratiquer une séance d'acupuncture. Y a-t-il un bac ou une baignoire que l'on pourrait utiliser ?

— Oui, derrière le rideau, juste à côté de la cheminée.

D'un pas rapide, il alla écarter celui-ci.

— C'est parfait. Nous aurons amplement la place de la baigner correctement, en cas de fièvre. Il va falloir la remplir et garder l'eau à une température relativement constante.

La porte de sa chambre s'ouvrit dans l'entrefaite sur Flora et une poignée de domestiques.

— Tenez, Wang, voici le matériel que vous avez mandé.

— Je vous remercie, vous avez été rapide, c'est bien, jeune fille.

Les femmes déposèrent un lot de vieux draps qui était habituellement conservé dans l'infirmerie, deux grandes jarres remplies d'eau et le flacon d'huile de millepertuis dont il avait bénéficié un nombre incalculable de fois.

— Avez-vous encore besoin d'aide ? demanda Flora.

— Oui, répondit-il. Peux-tu demander que l'on nous monte de l'eau ? Elle va sûrement avoir besoin d'un bain.

— J'y vais de suite.

Sa sœur était très efficace, quand il s'agissait de s'occuper de blessés. Elle ne rechignait jamais à donner un coup de main.

— Très bien, déclara Wang en remontant ses manches pour se laver les mains. Je vais lui enlever le poignard. Puis il faudra lui retirer sa cotte de mailles et sa chemise le plus rapidement possible.

Rory acquiesça en suivant son exemple. Ses mains propres, il s'installa auprès de Gwenn tout en faisant attention de ne pas la gêner. A son signal, Wang tira sur le poignard. Il ne s'attarda pas à observer l'étendue de la plaie, lui retirer sa cotte était plus urgent, surtout qu'il fallait la soulever et maintenir ses bras relevés. La manœuvre eut beau être rapide, la douleur réveilla Gwenn en sursaut. Un flux de larmes s'écoula de ses yeux magnifiques, et la peur qu'il lut dans son regard, associée à la souffrance qui la hantait, lui brisa le cœur. Elle était trop submergée par ses émotions pour comprendre ce qui se passait réellement dans la chambre. Elle se tordait dans tous les sens et, dès qu'il la touchait, elle hurlait et se débattait.

— Parle-lui, le temps que je m'occupe de sa chemise. Il faut qu'elle se calme, marmonna Wang en se débattant avec Gwenn.

Étant donné l'état dans lequel elle se trouvait, songea

Rory, il allait être difficile de l'atteindre. Mais ne rien faire serait pire encore.

— Gwenn ! s'exclama-t-il en la maintenant par les épaules sur le matelas. Gwenn, tout va bien, vous êtes en sécurité.

Un sanglot déchirant s'échappa de sa gorge.

— Chut… C'est moi, Rory MacLeod. Vous vous rappelez ? lui demanda-t-il, en tenant son visage entre ses mains.

— Ror… Rory… J'ai m… mal.

Elle pleurait.

— Ça… ça tourne…

— C'est la douleur qui vous donne des vertiges, mais vous êtes en sécurité à Dunvegan. Avec Wang, nous allons nous occuper de vous.

Elle haleta douloureusement.

— Le Viking… Où est-il ? Le Viking…

Il fronça les sourcils.

— Celui qui vous a attaquée ? La dernière fois que je l'ai vu, il affrontait Lachlan.

— Le balafré… C'était lui… Je l'ai… reconnu…

— De quoi parle-t-elle ? s'enquit-il en regardant Wang qui terminait de s'affairer sur le vêtement.

— C'était… lui…, murmura-t-elle encore, avant de sombrer de nouveau dans l'inconscience.

— La plaie ne me plaît pas, déclara Wang, la chemise ensanglantée de Gwenn abandonnée sur le sol.

Juste au-dessous de la bande de tissu blanc ceinturant la poitrine de Gwenn, une blessure sanguinolente était en effet vraiment importante. L'homme qui lui avait planté le poignard dans le corps n'y était pas allé de main morte pour réussir à percer la cotte de mailles. Et l'on pouvait craindre de gros dommages internes.

Maintenant que la tension du combat et des soins retombait, les douleurs dans ses jambes recommencèrent à le lancer, le faisant grimacer.

Un frappement discret retentit dans le calme de la chambre. Gauchement, il alla à la porte, et s'écarta pour permettre à Cameron et Lachlan de verser leurs seaux d'eau fumante dans la baignoire. Ne voulant pas rester sans rien faire, il entreprit alors d'allumer un feu dans la cheminée.

Lachlan se racla la gorge sur sa droite

— Rory ?

— Oui.

Il s'installa dans l'un des sièges près du feu, ne faisant pas tout à fait confiance à ses jambes pour le porter encore très longtemps.

— L'homme qui a blessé Gwenn a réussi à m'échapper. Je suis désolé.

Il ferma les yeux et inspira profondément.

Par tous les diables ! Cette raclure avait pu s'enfuir. Il n'aurait pas de repos tant qu'il ne l'aurait pas retrouvé !

— Ce n'est pas plus mal. Gwenn voudra le tuer elle-même, quand elle sera de nouveau sur pied, intervint Wang.

— Comment va-t-elle ? demanda Cameron tout en vidant le dernier sceau.

Reportant son attention sur Gwenn, il eut la sensation de voir une morte. Ses lèvres avaient légèrement pris une teinte violette tandis que son corps continuait de se crisper de spasmes. Elle qui, en temps normal, était pleine de fougue et de mordant.

— Elle a perdu beaucoup de sang, répondit Wang en nettoyant la plaie, mais je pense pouvoir dire qu'aucun organe n'a été atteint. Une chance ! Cinq centimètres plus bas et il touchait l'intestin. La jeune Flora est-elle toujours dans les parages ?

— Je suis là, fit l'intéressée, qui était restée près de la porte. Que puis-je faire pour vous aider ?

— Vous allez passer la pointe de ces aiguilles dans les flammes, expliqua-t-il, en lui tendant la boîte qui les contenait. Mais pas longtemps, il ne faut pas qu'elle noircisse ou rougisse, d'accord ?

— Compris.

— Messieurs, je vais vous demander de sortir, s'il vous plaît, poursuivit Wang.

Sans se faire prier, Lachlan et Cameron reprirent les seaux et quittèrent la pièce, en promettant de repasser prendre des nouvelles dans la journée.

— Rory, vous aussi.

— Il est hors de question que je vous laisse seul avec elle, alors qu'elle est à moitié nue.

Wang leva les yeux au ciel.

— Je vous en prie ! Gwenn est comme ma fille. De plus, je ne suis pas seul, votre sœur restera dans la chambre pour m'aider, expliqua calmement le capitaine des MacDonald.

Wang avait raison. Gwenn avait droit à un peu d'intimité. Qui plus est, elle n'aimerait probablement pas qu'il puisse jouir de la vue de son corps dans ces conditions. Sa fierté en serait atteinte.

— Très bien, accepta-t-il en quittant son siège fébrilement. J'attendrai dans le couloir. Mais, dès que vous aurez terminé, je reviendrai.

— Vous devriez vous occuper de vos blessures. Elles ont beau être moins graves que celles de Gwenn, il n'en reste pas moins qu'elles peuvent suppurer elles aussi.

Observant Gwenn une dernière fois, Rory sortit de la chambre et s'assit sur un banc, face à la porte qu'il venait de franchir. L'attente risquait d'être longue.

Elle était en enfer. Rien d'autre ne pouvait expliquer cette situation dans laquelle elle se trouvait. Elle avait chaud et, en même temps, elle se sentait glacée. Une brume noire l'enveloppait, puis devenait rouge quand la douleur la torturait, pour redevenir noire l'instant d'après. À quelques rares moments, elle reprenait quelque peu conscience de son environnement. Elle distinguait des voix : celle de Wang, toute proche. Mais elle avait beau essayer, elle ne voyait rien. Elle n'arrivait même pas à parler.

Quelquefois, elle éprouvait une sensation de fraîcheur sur le visage et dans sa gorge, éteignant le feu qui la consumait. Mais ce soulagement ne durait jamais très longtemps, si bien qu'elle se demandait si elle ne l'imaginait pas. La peur lui glaçait le sang, lui rappelant celle qu'elle avait éprouvée à Cuidrach et dans la baie de Dunvegan. Des flashs de son père et Rory agenouillé dans l'eau, se chevauchèrent dans les méandres de son esprit, fou de douleurs et de chagrin.

Sans oublier ce visage… Ce visage balafré. Celui qui avait tué l'homme le plus important de sa vie et violé sa mère, qui avait ordonné qu'on les rattrape, elle, sa sœur et les autres enfants. À cause de lui, Alana était morte avant son septième anniversaire. Sa si jolie petite sœur, avec ses beaux yeux verts, et ses cheveux blonds hérités de leur père. Sans oublier la fossette, sur sa joue droite, qui lui donnait un petit air coquin.

L'impression de sentir les mains de ce monstre sur son corps la révolta et elle lutta pour les repousser. D'abord vivement, puis plus difficilement, sa force bloquée par une mélasse imperturbable.

Ciel ! Il y avait tellement longtemps qu'elle n'avait pas pris le temps de penser à sa cadette ! Quelle aurait été sa propre vie, sans ce drame ? Elle aurait probablement quitté Skye, se serait mariée, aurait un enfant et en attendrait peut-être un second. Ou peut-être serait-elle morte en mettant au monde le premier. Sa sœur aussi serait mariée. Et ses parents auraient peut-être eu d'autres enfants. Contrairement à beaucoup, ils avaient fait un mariage d'amour. Son père considérait sa mère comme son plus beau trésor, avec ses deux filles. Sa mère avait les yeux qui scintillaient comme des diamants quand son père s'approchait d'elle. Ils étaient amoureux fous l'un de l'autre. Cette période de sa vie lui manquait tellement !

Des larmes de regret, de tristesse et de douleur lui montèrent aux yeux. Elle les sentit couler le long de son visage, avant qu'elles ne soient doucement essuyées. Une personne était auprès d'elle et lui murmurait quelque chose. La fraîcheur, qu'elle accueillait toujours avec bonheur, fut de retour sur son visage et resta sur son front. Une main glissa dans ses cheveux, lui massant délicatement le crâne. Elle avait l'impression de redevenir la petite fille de jadis, quand sa mère lui caressait la tête et lui racontait des histoires, le soir. Ce souvenir lui redonna envie de pleurer, et les caresses s'arrêtèrent. Ses larmes furent essuyées de nouveau, mais par une main plus rugueuse, probablement celle d'un homme. Pas Wang. Il passait trop de temps à bichonner ses mains et à éviter les callosités pour que ce soient les siennes. Ce contact qui aurait dû la déranger ; au contraire l'apaisait. Comme un phare dans la tempête émotionnelle qui s'était emparée d'elle et l'avait dépouillée de toute volonté. Elle se laissa porter par les échos d'une vieille berceuse, abandonnant encore une fois le combat contre le sommeil.

Une douce odeur de feu de cheminée lui fit reprendre pied dans la réalité ; comme si la brume qui l'enveloppait commençait à se dissiper. Puis celle du cuir et de la mer, qui lui rappelait vaguement quelqu'un, sans qu'elle ne sache qui. Quelque chose de moelleux reposait sous son dos, un cocon de douceur la recouvrait. Difficilement, elle trouva la force d'ouvrir ses yeux. La première chose qu'elle vit fut le lit. Un lit incroyablement confortable, avec une épaisse couverture en laine de mouton d'un blanc neigeux. Puis, un mouvement sur sa droite attira son attention.

— Regardez qui est de retour parmi nous !

Chapitre 8

Cela faisait huit jours à présent que Gwenn se débattait avec la fièvre. Huit jours qu'il l'entendait délirer sur l'invasion déjouée de Dunvegan, le massacre de Cuidrach, sa jeune sœur Alana, ses parents, et sur ce qu'aurait pu être sa vie. Il avait vu ses larmes, pris ses coups, entendu ses appels à l'aide. Il avait imaginé, à travers ses paroles, la petite fille qui avait vu sa vie chamboulée du jour au lendemain, et compris que Gwenn n'avait pas pris le temps de pleurer les siens. Elle avait endossé le rôle de cheffe de clan à neuf ans, elle était devenue la guerrière qu'elle était aujourd'hui, en laissant inconsolée dans le passé la petite orpheline. Mais, durant sa convalescence, les barrières mentales qu'elle avait érigées s'étaient écroulées, et les souvenirs l'avaient submergée au point de se mélanger au réel.

À présent éveillée, elle semblait perdue, ce qui était normal, après ce qui lui était arrivé.

— Rory ? hésita-t-elle.

— Je vois que votre mémoire n'a pas été touchée, c'est rassurant, dit-il en lui souriant, afin de la mettre à l'aise.

Elle pouffa.

— Crétin…

— Ah ! Vos insultes m'ont manqué !

Elle se tortilla sous la couverture.

— Où suis-je ?

— À Dunvegan, dans mes appartements.

— Tes appartements ?

Elle s'était mise à le tutoyer, et Rory nota qu'elle l'avait fait de manière spontanée. Cette forme d'intimité entre eux lui plaisait, et du diable s'il allait le lui faire remarquer !

— Eh oui ! Je t'avais bien dit que tu finirais dans mon lit.

Le rire qu'il provoqua chez elle lui mit du baume au cœur. Après ces huit jours d'inquiétude, cela lui fit du bien de la voir rire.

— Si c'est là ta façon d'attirer une femme dans ton lit, c'est que tu es encore plus mauvais séducteur que je le pensais !

— Oh ! Tu me blesses !

Gwenn se calma, mais continua à sourire. Lorsqu'elle entreprit de se redresser, la douleur à son flanc parut se réveiller. Il se leva aussitôt, avec un naturel assez étonnant, et l'aida à s'asseoir, le dos en appui contre la tête de lit. Elle observa alors sa chambre avec une certaine curiosité. Il fit de même, se demandant ce qu'elle allait penser de son décor familier. Son lit était assez impressionnant, avec ses quatre colonnes en bois sombre. Les rideaux de brocart blanc aux fils d'argent, suspendus aux colonnes, étaient destinés aux nuits d'hiver, afin de repousser le froid. Une grande table se trouvait à droite, contre le mur. Sur la gauche, une console sur laquelle reposaient un broc et une cuvette, ainsi qu'un pain de savon, une brosse et un rasoir. Sous la console, un petit coffre avec des draps de bain. Près de lui, contre l'un des murs, se dressait une étagère remplie de ses documents les plus précieux. Au pied du lit se trouvait un gros coffre contenant ses effets personnels. Deux gros sièges faisaient face à la cheminée et sur le côté de celle-ci, sa baignoire en pierre, habillée d'un rideau en lin. La fenêtre donnait sur la baie d'où l'on pouvait admirer le panorama étendu les journées claires. Les seules couleurs présentes dans la pièce étaient le marron typique du bois et le blanc de ses rideaux, de la couverture et des peaux de mouton situées sous les sièges et au pied de la cheminée. L'ensemble du mobilier était en châtaignier. C'était un univers très masculin, mais il espérait malgré tout qu'il inspirerait un sentiment de sécurité pour Gwenn.

Pour sa part, il se serait très bien vu avec elle dans son lit, les cheveux ébouriffés, le regard encore ensommeillé et vêtue d'une de ses tuniques, comme en ce moment même. Elle ne l'avait toujours pas remarquée. Il la lui avait mise, après que Wang eut fini les soins.

À son arrivée, elle dormait paisiblement, nue, une dizaine d'aiguilles plantées autour de sa plaie. D'après Wang, l'acupuncture, comme il appelait ce soin particulier, favorisait le processus de cicatrisation. Lui pensait surtout qu'il s'agissait d'une torture dont Gwenn pouvait se passer. Mais Wang n'avait rien voulu entendre ; il avait même décidé de vérifier l'état de ses jambes bandées. Les plaies étaient plus profondes que prévu et sa grand-mère avait dû prendre le temps de le recoudre. Quand Wang avait observé le travail de son aïeule, il avait recommandé l'utilisation des aiguilles, sur sa cuisse. Ils avaient bataillé un bon moment, tous les deux, mais Rory avait fini par céder quand Wang l'avait menacé de colporter la rumeur qu'il avait peur de se soumettre à une séance d'acuponcture.

Pour qui serait-il passé ?

Il reconnaissait n'avoir pas souffert de cette technique et avoir déjà pratiquement cicatrisé, mais, s'il pouvait éviter, à l'avenir, d'avoir la peau en contact avec ces maudites épingles, il ne s'en porterait que mieux. Gwenn avait eu droit à deux séances de quinze à vingt minutes chacune par jour. Et, même si la plaie avait été importante, la cicatrice était belle.

— C'est confortable, déclara-t-elle enfin.

— Pardon ?

— Ta chambre, elle est plutôt confortable. C'est même très joli.

— Joli ? répéta-t-il en grimaçant.

C'était bien la première fois qu'une personne dépeignait ses appartements ainsi.

— J'ignore si je dois le prendre comme un compliment ou comme une insulte.

Elle ricana.

— Ce n'était pas une insulte, je te rass… Qu'est-ce que c'est que cette chemise ? demanda-t-elle, en détaillant soudain le vêtement.

— Wang a découpé la tienne et retiré le bandeau que tu avais autour de la poitrine, alors j'ai pris l'une des miennes pour te couvrir.

Ses joues se mirent à rougir.

— Pour me couvrir ? C'est toi qui me l'as mise ?

Il s'étonna de sa réaction. Il n'aurait pas cru qu'elle était pudique, avec ses hauts-de-chausses qui ne laissaient aucune place à l'imagination et ses pourpoints de cuir qui mettaient son corps en valeur. Elle était l'incarnation même de la femme belle et dangereuse. Pourtant, il aurait dû se douter, après l'avoir entendue pleurer dans les limbes de la fièvre, qu'elle était bien plus délicate qu'elle ne le laissait croire.

— Oui, répondit-il.

— Oh ! Je vois... Donc, je suppose que tu as vu...

Sa gêne, associée à son chuchotement, aiguisèrent ses reins d'une douce chaleur. Mais il ne voulait pas la mettre mal à l'aise, alors jouer les innocents était peut-être plus sûr.

— Les lettres tatouées le long de ta colonne vertébrale ? Oui, je les ai vues.

— Ce...

Elle se racla la gorge.

— Ce n'est pas ce que je voulais dire et tu le sais.

— Qu'est-ce que tu veux m'entendre dire ? s'enquit-il d'une voix rauque, la prudence jetée aux orties. Que j'ai pris le temps d'admirer la courbe de tes seins, la finesse de ta taille, ton ventre musclé, ta jolie petite toison cuivrée et tes longues jambes galbées ?

La réponse était oui, mille fois oui ; même si le désir qu'elle lui inspirait avait été étouffé par les vagues de douleur qui l'enveloppaient. L'image de son corps magnifique était marquée au fer rouge dans son esprit.

— Ou est-ce que tu veux savoir si j'ai vu ce dragon hypnotique que tu as sur la hanche ? Celui qui commence ici, poursuivit-il en posant la main sur le haut de sa cuisse gauche, et qui se prolonge jusque-là, en haut de ta hanche.

Complètement envoûtée par sa voix, Gwenn fixait ses lèvres, le souffle court. Il savait que la magie du moment était unique. La tentation d'en profiter était forte, d'autant plus qu'il n'était pas le genre d'homme à refuser de faire plaisir à une femme. Encore moins à celle qui était dans son lit, avec son vêtement pour unique protection. Il n'avait qu'à l'embrasser, lui arracher sa chemise et plonger en elle. La faire sienne. Oh ! douce Vierge ! Il rendrait ce moment incroyable, aussi bien pour elle que pour lui.

Oui, mais après ? Une fois que la passion sera retombée, comment crois-tu qu'elle réagira ?

Stupide conscience ! Maudit sens de l'honneur ! Ne pouvaient-ils pas se taire, et le laisser profiter du moment ! Il n'était plus qu'à un cheveu de cette bouche qu'il mourait d'envie de goûter, tout comme elle, s'il en croyait sa respiration plus soutenue, ses pupilles dilatées, et cette façon dont elle se mordillait la lèvre inférieure… Des signes qui ne trompaient pas. Son corps lui hurlait de la prendre, et c'était bien ce qu'il comptait faire. Maintenant. Plus qu'un souffle à combler et…

— Oh ! Ma chère, vous êtes enfin réveillée !

Surpris par cette voix énergique, tous deux s'éloignèrent l'un de l'autre, comme deux adolescents pris en flagrant délit. La femme qui venait de parler était relativement âgée, sa chevelure brune parsemée de blanc, et jamais Gwenn ne la remercierait assez de les avoir interrompus. Toujours étourdie par le désir qui venait de l'embraser, elle devait admettre que Rory – non, MacLeod – était beaucoup plus dangereux pour sa tranquillité d'esprit qu'elle ne l'aurait cru. Comment s'y était-il pris pour l'envoûter comme il venait de le faire ? se demanda-t-elle en secouant la tête. Ils discutaient calmement et, d'un coup, elle n'avait plus eu envie que d'une seule chose, qu'il l'embrasse. Si seulement cela s'arrêtait à l'envie d'un simple baiser ! Non, elle voulait qu'il la touche comme jamais personne ne l'avait fait, qu'il apaise les fourmillements qui avaient pris naissance dans son ventre.

— Comment vous sentez-vous, ma belle ?

— Euh… Un peu étourdie, mais je vais bien, je vous remercie.

Étrangement, le visage de cette dame ne lui semblait pas totalement étranger. Mais elle eut beau se creuser les méninges, elle ne parvenait pas à avoir où elle l'avait vue.

— Tant mieux ! Je me suis permise de vous apporter à manger, déclara la femme, en posant un plateau rempli de nourriture sur le lit. En réalité, c'était pour Rory, mais, puisque vous êtes réveillée, vous avez la priorité.

On y trouvait du bouillon, une assiette d'œufs avec des galettes d'avoine, une petite coupe de framboises et une corne remplie de cervoise.

— Vous avez des framboises ! s'exclama Gwenn.

— *Aye !* Elles viennent d'être cueillie par les enfants. J'espère que vous aimerez.

— J'adore les fruits rouges, et j'avoue avoir un faible pour les framboises.

— Hin hin, vous vous entendriez bien avec Rory, dans ce cas !

Gwenn avait réussi à ne pas le regarder dans les yeux

depuis l'arrivée de cette charmante dame, mais là, elle n'allait pas avoir le choix. Si elle refusait la perche qu'on lui tendait, on comprendrait qu'elle avait un problème. En général, les gens voulaient toujours connaître l'origine du problème. Elle prit sur elle et tourna la tête en direction de Rory. Réinstallé à sa place, sur un banc, près de la fenêtre, il n'avait pas l'air sur les nerfs, contrairement à elle.

Pauvre idiote ! Il a l'habitude d'avoir toutes les femmes à ses pieds. Tu pensais réellement que ce serait différent avec toi ?

— Tu aimes les framboises ?

— C'est mon péché mignon, comme dirait ma sœur, répondit-il avec un petit sourire en coin. J'ai un gros faible pour les framboises.

Oui, pas de doute. Ce presque baiser n'avait bien perturbé qu'elle.

— Gros faible ! J'aurais plutôt dit une immense faiblesse, oui ! reprit sa voisine. Petit garçon, il faisait de ces crises, s'il n'avait pas le droit à ses framboises ! Vous l'auriez vu !

— Grand-mère !

Cette femme était sa grand-mère ! Bien sûr, voilà d'où lui venait cette impression déjà-vu. Tout lui revenait maintenant. La construction du rempart, quelques années plus tôt, avec la visite du père de Rory – Non *MacLeod*… Il fallait qu'elle arrête de penser à lui aussi familièrement. Ce n'était pas bon pour elle, elle ne devait pas l'oublier.

— Bon ! Très bien, je vais vous laisser un peu tranquilles.

Oh non ! Hors de question de se retrouver à nouveau seule avec Rory. Elle ne se faisait pas suffisamment confiance pour cela.

— Euh… Pourriez-vous demander à Wang de venir, s'il vous plaît ? J'aimerais qu'il s'occupe de ma plaie.

— Bien sûr, ma jolie, j'y vais de ce pas.

Elle soupira discrètement.

— Rory ! Peux-tu venir avec moi ? J'ai quelque chose d'important à te montrer.

Avait-elle rêvé, ou Rory venait-il d'avoir un léger mouvement de recul ? Sa grand-mère avait-elle eu le temps de voir leur presque baiser et désirait-elle lui en parler ? Ou se faisait-elle tout simplement des idées ?

Nell MacLeod ne s'était pas montrée aussi hostile envers elle que la mère de Rory, mais Gwenn n'avait pas oublié. Elle se souvenait parfaitement de l'attitude de Gwyneth MacKenzie vis-à-vis de celui-ci. Et, vu la réaction de Mary MacLeod devant le peu d'intérêt de son fils pour la jeune femme, elle la considérait, elle, comme une gêne pour cette potentielle union. Nell avait-elle la même opinion que sa belle-fille ?

— Je te suis, répondit Rory. (Puis, s'adressant à elle.) Repose-toi. Tu as besoin de reprendre des forces.

Après cette remarque, il piqua deux framboises dans le récipient et sortit sans le moindre bruit, l'abandonnant dans son immense lit.

Pauvre idiote…

Chapitre 9

Rory était sur les nerfs. Tout d'abord à cause de Gwenn. Ils s'étaient trouvés sur le point de s'embrasser et, deux minutes plus tard, elle le regardait comme si de rien n'était ! Sa fierté avait du mal à s'en remettre. De même que sa virilité qui ne voulait rien entendre. Il avait beau penser à tout ce qu'il y avait de moins excitant au monde, comme de vider un poisson ou de récurer le box de Tonnerre, rien n'y faisait. Son sexe restait au garde-à-vous !

Et puis, il y avait sa grand-mère. C'était sa faute s'il était dans cet état, et il se doutait que si elle lui avait demandé de la suivre, c'était pour lui parler de Gwenn.

Arrivant dans la grand-salle, il repéra Wang en compagnie de Flora et Lachlan, ainsi que de Malcolm et Awena, les cousins de Gwenn. Ils avaient laissé le clan MacDonald aux commandes de la capitaine des archers de Gwenn, une certaine Brianna.

— Wang ! appela-t-il.

L'intéressé releva le nez du sabre qu'il polissait.

— Oui ? répondit le capitaine des MacDonald.

— Gwenn est réveillée.

Les cousins MacDonald et sa sœur s'écartèrent de leur chaise pour se porter à sa rencontre.

— C'est vrai ? demanda Awena.

— Comment va-t-elle ? questionna Malcolm.

— Peut-on aller la voir ? poursuivit Flora.

Sa sœur s'était parfaitement intégrée au groupe des MacDonald, mais ce qui le dérangeait le plus, c'était la façon dont elle regardait Malcolm. Il ne pensait pas que le principal intéressé l'ait remarqué, du moins pas encore, mais Lachlan et lui le surveillaient discrètement. Du moins quand son frère ne jouait pas les jolis cœurs auprès d'Awena, la fameuse guerrière aux yeux de chat.

— Oui, c'est vrai, et elle semble aller bien. Elle a demandé que Wang aille s'occuper de sa plaie. Elle n'a rien dit en ce qui concerne les visites, en revanche.

Le guerrier rengaina son arme dans son fourreau et alla la déposer auprès de celles laissées par les MacDonald présents. Sa sacoche en main, il se porta à sa hauteur.

— Je vais monter m'occuper d'elle, et je vous dirai si oui ou non vous pouvez la voir, suggéra Wang, avant de quitter la grand-salle.

William et Lachlan sortirent des cuisines au même instant, les bras chargés de bûches sous la directive d'Ingrid, la cuisinière de Dunvegan. L'heure du dîner n'allait plus tarder.

De son côté, Rory alla retrouver sa grand-mère. Il savait où cette dernière patientait : sur le chemin de ronde. C'était toujours là qu'elle lui parlait, quand le sujet était sérieux, et Gwenn était un sujet on ne peut plus sérieux pour lui.

Arrivé dans la cour, il se fit aborder par Angus, revenu

de patrouille. Les nouvelles étaient les mêmes que ces derniers jours : pas le moindre signe des Vikings. Rory n'aimait pas ce silence. Ils préparaient certainement la riposte. Après quelques autres paroles échangées avec son chef des archers, il poursuivit son chemin, et arriva enfin au sommet des remparts.

Sa grand-mère y était bien, qui l'attendait calmement. Il vint jusqu'à sa hauteur et se prépara à écouter son sermon.

— Que fais-tu avec cette jeune femme, Rory ?

— Comment cela ? se braqua-t-il.

— Tu sais très bien ce que je veux dire.

— Ce qu'il se passe entre elle et moi ne te regarde pas, lança-t-il, sur la défensive.

— C'est vrai, admit-elle, mais tu sais à quel point elle est fragile. Et, sans vouloir te manquer de respect, tu n'es pas réputé pour ta grande fidélité envers les femmes.

— Je veux juste l'aider.

— En lui mettant ta langue dans la bouche ? Tu peux m'expliquer en quoi cela va l'aider ?

Il serra les dents.

— Bon, d'accord, admit-il de mauvaise grâce. C'est vrai. Je ne veux pas juste l'aider. Il y a quelque chose, chez elle, qui m'attire comme chez aucune autre auparavant.

— Gwenn n'est pas le genre de femme à se donner sur un coup de tête. Si elle parvient un jour à se débarrasser des démons qui la hantent et à faire suffisamment confiance à un homme pour s'offrir à lui, c'est qu'elle aura des sentiments pour cette personne.

— Tu me prends pour un imbécile ! Je l'ai très bien compris.

— Dans ce cas, tu sais aussi que si tu te sers d'elle comme de toutes les autres, cela la détruira plus qu'elle ne l'est déjà.

Rory ne savait pas comment réagir aux paroles de sa grand-mère. Le prenait-elle pour un idiot ou pour un homme dénué de tout scrupule ? Dans tous les cas, la réponse n'était vraiment pas très plaisante.

— Grand-mère, depuis le temps que tu me connais, dis-moi à quel moment je ne me suis pas comporté comme un homme d'honneur avec une femme…

— Je ne suis pas sûre que l'on puisse qualifier ton comportement d'honorable avec les femmes.

— Je ne leur ai jamais menti. J'ai toujours été très clair avec mes maîtresses quant à mes attentes, répliqua Rory, vexé. Je n'ai donc, à aucun moment, fait preuve de déshonneur. Et je n'ai pas l'intention de commencer avec Gwenn. Je t'en donne ma parole, dit-il en la regardant droit dans les yeux.

— Je te crois, répondit-elle, après avoir fouillé intensément son regard. Tu sais, reprit-elle après un court silence, Fergus MacDonald, le père de Gwenn, était un homme honorable, avec qui ton père s'entendait vraiment bien. Je ne voudrais pas que son unique héritière soit malheureuse toute sa vie.

Il soupira et laissa son regard dériver sur la mer.

— Tu veux que je la laisse tranquille, n'est-ce pas ?

— Ce serait peut-être plus sage… Mais de toute façon, tu ne le ferais pas, même si je te le demandais. Je veux juste que tu ne lui fasses pas de mal. Tu as bon cœur Rory, je le sais. Mais comme tous les hommes, tu l'as verrouillé afin que personne ne puisse te discréditer aussi bien dans ton rôle de chef que dans ta nature d'homme. Ton père avait laissé cette armure de convenance à la porte de sa chambre avec ta mère, tout comme ton grand-père avant lui avec moi.

Où voulait-elle en venir ?

— Gwenn est une femme avec qui tu pourrais baisser les armes. Et tu es un homme avec qui, elle aussi, pourrait baisser les siennes. Vous vous équilibrez, vous complétez même. Ce genre d'alchimie est rare.

— Je ne suis pas sûr de comprendre ce que tu essayes de me dire.

Elle ricana.

— N'oublie pas Rory, Gwenn est une enfant meurtrie et elle est beaucoup plus fragile qu'elle ne le laisse croire, conclut-elle en le laissant seul sur les remparts.

— Je le sais, grand-mère, murmura-t-il pour lui-même. Crois-moi, je le sais.

Pendant ce temps-là, Gwenn grignotait ses œufs sans appétit particulier. Elle ne cessait de penser au moment qu'elle avait passé avec Rory. Les sentiments que lui inspirait son hôte étaient assez confus. Une part d'elle se sentait complètement idiote, une autre totalement terrifiée. Pourquoi voudrait-elle coucher avec lui ? Elle avait vu de ses propres yeux en quoi consistait l'acte, et la douleur qu'il occasionnait ; pourtant, elle avait eu dans l'idée d'expérimenter cela avec lui ! Qu'est-ce qui ne tournait pas rond chez elle ? Ou alors, c'étaient les vestiges de la fièvre qui avaient parlé. Oui, sans doute, c'était la fièvre la cause de cette situation. Et aussi le manque de nourriture et d'eau.

Convaincue par son raisonnement, et plus détendue, elle invita Wang à entrer dans sa chambre.

— *Hi*[1] !

— Bonjour.

— Comment vas-tu ? demanda-t-il en refermant la porte derrière lui.

— Je me sens un peu étourdie, mais ça va.

— Ta plaie te fait-elle mal ? s'enquit son ami en déposant son sac à son chevet.

— Cela tire un peu de temps en temps, mais rien de bien méchant.

Il acquiesça lentement.

— Bien. Puis-je la regarder ?

— Je t'en prie, dit-elle.

Elle écarta couverture et drap avant de soulever sa chemise. Délicatement, Wang palpa son flanc.

Depuis son réveil, elle n'avait pas encore pris le temps d'observer les dégâts subis par son corps. La douleur était supportable, bien que gênante, mais maintenant qu'elle pouvait juger de l'état de sa blessure, elle s'estimait chanceuse de n'être pas plus incommodée.

— Grâce aux aiguilles, tu cicatrises bien plus vite.

— Tu n'as pas besoin de me le rappeler, je connais très bien leurs vertus.

Un rire penaud échappa à Wang.

— C'est vrai, soupira-t-il en fouillant dans sa besace. Excuse-moi, c'est juste que, depuis la bataille, je passe mon temps à expliquer à tous ces gens l'utilité de cette pratique.

1. « Salut », en japonais.

Elle sourit.

Elle souvenait encore comment les membres de son clan avaient réagi la première fois qu'ils avaient découvert cette pratique. « Envoyé par Satan ! », « Pratique diabolique », et autre « Rituel pour honorer le Malin », Wang avait eu le droit à tous les noms d'oiseaux connus.

— On ne peut en vouloir à l'homme d'avoir peur de l'inconnu.

— Je le sais, jeune fille, n'essaie pas de m'enseigner mes propres leçons, ronchonna-t-il, l'ombre d'un sourire au coin des lèvres.

Tandis qu'il plaçait les aiguilles, le tiraillement se calma. De toutes les techniques d'Orient, celle-ci était de loin sa préférée. L'acupuncture permettait de soigner énormément de choses, comme les maux de tête, les douleurs musculaires, articulaires ou l'insomnie. C'était un remède miraculeux et très simple d'utilisation. Une pratique que tout le monde avait fini par adopter chez les MacDonald ; même sa grand-mère, qui n'était pas une adepte des remèdes de Wang, l'adorait.

— Peux-tu m'expliquer comment s'est passée la bataille exactement ? demanda-t-elle.

Il lui jeta un coup d'œil avant de reprendre son travail.

— Rory ne t'en a pas parlé ?

À cette question, Gwenn sentit ses joues s'échauffer.

— Non, nous n'avons pas eu le temps d'aborder le sujet.

— De quoi avez-vous parlé, alors ?

Elle n'allait surement pas lui dévoiler !

— Peu importe, esquiva-t-elle. Tu veux bien répondre à ma question ?

Les dernières aiguilles positionnées, Wang se redressa, les bras croisés sur le torse, un petit sourire entendu aux coins des lèvres.

— Ah ! Je comprends mieux le comportement de Rory, tout à l'heure.

— De quoi parles-tu ? demanda-t-elle, légèrement inquiète.

— Vous vous êtes embrassés ! Et vous vous êtes fait surprendre par Nell.

Malheur ! Ses joues devinrent rouge vif.

— Quoi ? Mais non ! s'exclama-t-elle sans oser le regarder dans les yeux.

Dieu tout-puissant ! Quand allait-elle enfin apprendre à mentir correctement à Wang sans rougir comme une enfant ?

— Oh ! je vois… Vous avez été interrompus avant de pouvoir aller jusqu'au bout.

Comment arrivait-il à deviner ce genre de choses ?

— Mais non, pas du tout.

Il laissa échapper un ricanement.

— Tu sais, Gwenn, c'est lui qui a veillé sur toi, pendant ta convalescence. Durant ces huit derniers jours, il ne t'a que très peu quittée.

Cela faisait huit jours qu'elle était inconsciente ! Son clan avait-il été averti de la situation ? Et pourquoi Rory était-il resté à ses côtés ? Ce n'était pourtant pas son rôle de surveiller les blessés.

Elle secoua la tête. C'était trop d'informations d'un seul coup.

— Eh bien, je le remercierai quand je le reverrai. Mais tu ne m'as pas répondu.

Il était temps de stopper cette conversation. Cela commençait à devenir beaucoup trop dangereux pour sa sérénité d'esprit.

— Toujours aussi têtue…, soupira Wang. Tout ce que je sais, c'est que tu as sauvé la vie de Rory et que tu t'es fait poignarder au même moment par un Viking. Rory t'a ramenée ici, et nous t'avons soignée.

— Et la bataille ?

— Nous l'avons gagnée.

— Beaucoup de morts ?

— La plupart des Vikings, et chez les MacLeod nous avons compté dix-sept morts. Les autres ne sont que blessés.

Elle acquiesça lentement.

Étrangement, elle se sentait rassurée que les MacLeod aient été vainqueurs de ce combat. Quelques jours plus tôt, elle n'en aurait eu que faire pourtant… Sa relation avec Rory avait-elle pu changer la donne à ce point-là ?

— Wang, le Viking qui m'a attaquée…

— Il s'est battu contre Lachlan, mais il est parvenu à lui échapper.

— … C'est celui qui a commandité le massacre de Cuidrach, poursuivit-elle sans tenir compte de son interruption. Celui qui a tué mon père et violé ma mère.

Son ami écarquilla les yeux, choqué par sa révélation.

— Tu en es sûre ?

Une haine venimeuse se propagea dans son cœur au souvenir de son regard victorieux lors de son agression.

— Oui. Je ne pourrai jamais oublier ce visage balafré. Il n'y a aucun doute, c'était bien lui.

Durant un moment, Wang garda le silence, soupesant l'importance de cette découverte.

— Nous le retrouverons, je te le promets. Et tu pourras venger ton sang, lui promit-il.

Elle n'avait pas besoin qu'il le lui confirme, mais l'entendre de sa bouche la rassura.

— Merci.

— Il n'y a pas de quoi, dit-il en se détournant. Je vais te laisser te reposer, maintenant.

— Attends, demanda-t-elle tandis que Wang l'observait, la main sur la poignée de porte. Penses-tu que je puisse prendre un bain ? J'empeste la sueur et le sang à plein nez !

— Bien sûr, mais ne frotte pas trop ta plaie. Et attends encore quelques minutes avant d'enlever les aiguilles.

— D'accord.

— Je vais demander que l'on t'apporte de l'eau. Malcolm et Awena sont là, et ils voudront te voir.

Ses cousins étaient à Dunvegan ? Elle aurait bien voulu savoir qui les avait invités à séjourner ici. Wang ? Rory ?

Elle ferma les yeux. Peu importe, ils étaient là, c'était tout ce qui comptait. À présent, elle devait passer outre tout ce sentimentalisme et se concentrer sur l'essentiel.

— Dis-leur que je descendrai dans la journée.

— Gwenn, l'après-midi est pratiquement terminé.

— Ah ? fit-elle, en regardant par la fenêtre. Dans ce cas, je les verrai au dîner.

— Très bien. À tout à l'heure, et ne force pas !

— Promis !

Bon, assez tergiversé ! Elle devait se remettre en selle ! Sa plaie était une croûte parfaitement nette et, même si elle demeurait sensible, l'utilisation de l'acupuncture permettrait de régler le problème. Il lui fallait retourner à Cuidrach ; elle avait assez abusé de l'hospitalité des MacLeod. De plus, trouver un plan était nécessaire pour mettre fin à l'invasion. D'après ce que Wang lui avait dit, les Vikings avaient perdu énormément d'hommes dans la baie de Dunvegan. Ils devaient donc attaquer maintenant, et profiter de leur faiblesse. L'homme qui avait détruit sa vie était là, à quelques lieues. Elle devait le tuer.

Un coup à la porte la sortit de ses pensées.

— C'est ouvert !

— Bonjour, milady. Pouvons-nous entrer ? demanda un jeune garçon, accompagné d'un autre homme. On nous a informés que vous désiriez de l'eau pour votre bain.

— Oui, merci beaucoup.

Laissant les deux hommes entrer et verser l'eau dans la baignoire, qu'elle découvrit près de la cheminée, elle retira les aiguilles qu'elle avait toujours dans le flanc.

— Voilà, milady, une femme de chambre viendra vous aider pour vous habiller après votre bain.

— Entendu, je vous remercie de votre gentillesse.

— Vous faut-il autre chose ?

— Pourriez-vous rapporter ce plateau en cuisine, s'il vous plaît ?

Le gamin s'approcha du lit et prit le plateau dans ses mains.

— Bien sûr, milady.

— Merci, la nourriture était vraiment délicieuse.

— Notre cuisinière Ingrid sera ravie de le savoir.

— Merci encore pour votre gentillesse.

— C'est un plaisir.

Après leur départ, Gwenn se leva doucement. Le lit était encore plus haut qu'elle ne le pensait. Assise au bord, elle n'avait même pas les pieds qui touchaient le sol ! Elle n'était pourtant pas petite, mais c'était le lit d'un géant ! Cette pensée la fit rire.

Une fois debout, elle fut contente de voir qu'elle ne souffrait nullement de vertige et que ses jambes ne tremblaient pas. Faisant un rapide tour du propriétaire, elle fouilla dans le coffre sous la console de toilette, afin de trouver… des draps de bain ! Parfait ! Elle en posa deux sur l'un des sièges, face à la cheminée, et remit une bûche dans le feu.

On toqua une nouvelle fois à la porte. Probablement la femme de chambre dont lui avaient parlé les jeunes garçons.

— Entrez !

— Lady Gwenn ?

Surprise par cette intonation, Gwenn tourna la tête en direction de la porte.

— Miss Gwyneth ! Entrez, je vous en prie.

— Merci beaucoup, accepta la jeune femme en refermant derrière elle. Je viens d'apprendre que vous étiez enfin réveillée. Comment vous sentez-vous ?

Elle se sentit touchée par son inquiétude et sa gentillesse.

— Beaucoup mieux, je vous remercie.

— Oh ! Vous alliez prendre votre bain ! Je suis désolée, je ne voulais pas vous déranger !

— Ne vous en faites pas, répondit Gwenn en souriant, nous n'avons qu'à le partager, si vous voulez.

Et au vu de la taille du bac, elle aurait amplement de place pour se détendre sans se gêner.

— Je ne voudrais pas m'imposer.

— Si je vous le propose, c'est que cela ne me dérange pas.

— Très bien, dans ce cas, j'accepte volontiers.

Elles se dénudèrent ensemble et prirent place dans l'immense baignoire. Comme Gwenn l'avait supposé, elles avaient suffisamment de place pour s'installer à leur aise. Un vrai luxe à côté de son *tub* en cuivre à Cuidrach !

— Puis-je me permettre de vous poser une question en toute franchise ? demanda Gwyneth, au bout de quelques minutes de silence.

Un étrange sentiment de malaise l'étreignit subitement, ce qui était complétement ridicule. Elle n'avait rien à craindre dans cette chambre. Malgré tout, son instinct n'avait pas l'air du même avis qu'elle.

— Bien sûr, répondit-elle en gardant les yeux braqués sur la porte.

Si danger il y avait, ce serait de là-bas que viendrait l'attaque.

— Êtes-vous la maîtresse de Rory ?

Elle quitta l'entrée du regard pour se focaliser sur sa voisine.

— Quoi ? s'écria Gwenn, prise de court.

— Couchez-vous avec lui ? C'est pourtant simple comme question, poursuivit Gwyneth plus méchamment.

Sonnée par le comportement versatile, presque létal, de cette femme, Gwenn se sut trop quoi répondre.

— Non, je ne suis pas sa maîtresse.

— Hum... Je préfère vous prévenir, jamais il ne sera à vous !

Elle cligna des yeux.

— Je vous demande pardon ?

Miss Gwyneth se redressa contre la paroi de pierre.

— Lady Mary m'a invitée ici afin que nous puissions nous fiancer. Et je préfère vous avertir, je ne laisserai personne se mettre en travers de mon chemin !

Comme si elle était ici pour parader et se marier !

— Je n'ai pas l'intention de le faire, reprit Gwenn, plus froide qu'un iceberg.

— Tant mieux ! Parce que vous n'avez pas la moindre chance.

— Vraiment ?

Gwenn était choquée. Cette fille était une véritable peste ! Elle s'était laissé abuser par la candeur de ses grands yeux bleus, alors qu'en réalité elle n'était qu'une manipulatrice redoutable.

— Bien évidemment ! Vous n'avez qu'à vous regarder, cracha Gwyneth. Vous n'avez rien pour plaire à un homme !

Cette diatribe tapa un point douloureux en elle. Cependant, en repensant au regard de Rory, un peu plus tôt, il n'avait pas semblé la trouver repoussante.

— Alors que vous, oui ? demanda-t-elle.

— Ne vous moquez pas de moi ! Je suis l'incarnation même de la féminité, se vanta Gwyneth, alors que vous en êtes tout le contraire.

— Ce n'est pas avec votre modestie que vous risquez de vous étouffer ! marmonna Gwenn.

— Regardez-moi, reprit Gwyneth en sortant de la

baignoire et en se plaçant devant la cheminée. Mes seins sont lourds et fermes, alors que les vôtres sont beaucoup plus petits. Mon ventre est lisse et ma peau n'a pas le moindre défaut. Vous, vos muscles sont semblables à ceux d'un homme, et cette méchante blessure vous laissera une vilaine cicatrice. Mes hanches sont rondes, faites pour la maternité, alors que vous, vous êtes dure et noueuse. Où réussiriez-vous à mettre un enfant ? De plus, cette horrible tache noire, sur votre hanche, est d'un mauvais goût !

Gwenn posa son regard sur le tatouage qu'elle avait toujours trouvé majestueux.

— C'est un dragon avec une perle entre les pattes. En Orient, c'est le symbole de la force, de la protection, de la connaissance et de la sagesse, répondit-elle, en essayant de masquer la douleur que provoquaient les paroles de Gwyneth.

— Oh ! Je ne dis pas le contraire. Mais c'est d'un mauvais goût !

— Je ne l'ai pas fait faire pour qu'il vous plaise !

— Heureusement… D'ailleurs, cela vient de me donner une idée. Vous devriez coucher avec Rory !

— Plaît-il ?

Décidément, cette femme avait un véritable don pour passer du coq à l'âne !

— Oui, comme cela, il verra que vous n'êtes qu'une pauvre fille sans le moindre honneur !

Gwenn n'était peut-être pas une fleur belle et gracieuse comme elle, mais qu'on lui écrase son honneur, cela ne passait pas.

— Vous êtes une vraie garce !

— Moi ? Je suis la grâce incarnée.

Alors que Gwyneth finissait de remettre sa robe, Gwenn n'avait qu'une envie : la frapper ! Cette maudite peste avait appuyé sur tous les sujets intimement sensibles chez elle.

— Bien ! J'ai dit ce que j'avais à vous dire, maintenant, je vous laisse.

Une fois Gwyneth partie, Gwenn se rallongea dans l'eau et laissa les larmes qu'elle avait retenues jusque-là couler honteusement le long de ses joues.

Chapitre 10

Après sa promenade sur les remparts avec sa grand-mère, Rory n'avait pas osé retourner immédiatement dans sa chambre. Il préférait laisser un peu d'intimité à Wang et à Gwenn, le temps de faire le point avec lui-même.

Tout ce que lui avait dit sa grand-mère était vrai. Il le savait. Mais l'idée même de renoncer à Gwenn lui paraissait impossible. L'imaginer avec un autre que lui suffisait à le faire sortir de ses gonds. Il n'y avait bien qu'envers Wang qu'il ne nourrissait aucune inquiétude de ce genre. Pour la première fois de sa vie, il goûtait aux joies de la jalousie, et il devait bien l'admettre, il détestait cela… S'il faisait ce que sa grand-mère lui avait conseillé, il devrait laisser Gwenn repartir ; il se pourrait alors qu'elle rencontre quelqu'un d'autre, qu'elle l'épouse et lui donne des enfants. Ou alors, croire en l'instinct de son aïeule et la laisser entrer dans son cœur…

Il grimaça.

Comment savoir si ce que Nell avait vu entre Gwenn et lui était réellement les prémices d'une relation d'époux, ou bien les feux ardents d'une passion réciproque ?

Et pourquoi pas les deux à la fois ? lui chuchota une

petite voix dans sa tête. Le désir et le respect étaient-ils suffisants pour établir une union profitable ?

Il pourrait être celui qui l'épouserait et lui donnerait des enfants. Étrangement, quand il imaginait Gwenn avec des enfants, c'était avec une petite fille aux yeux verts et aux cheveux noirs. *Exactement comme les miens.* Allons ! Jamais il n'avait songé à avoir des enfants. Il savait qu'un jour il devrait fonder une famille, mais il avait encore le temps.

Pourquoi ne parvenait-il pas à se sortir Gwenn de la tête ? Qu'avait-elle de plus que les autres ?

C'est une guerrière et elle n'a pas peur de te tenir tête !

C'était vrai, et il trouvait rafraîchissant d'avoir une femme comme elle. Lachlan et William n'avaient pas cessé de vanter ses prouesses au combat, des prouesses incroyables, selon leurs dires. Pour sa part, il n'avait pas eu l'occasion d'admirer sa technique. Mais il en aurait bien la possibilité, à l'avenir.

Perdu dans ses pensées, il n'avait pas remarqué où ses pieds le conduisaient, et il se retrouva dans le couloir qui menait à ses appartements.

La porte s'ouvrit à cet instant. Alors qu'il s'attendait à voir sortir Gwenn ou Wang, il fut surpris de tomber sur Miss Gwyneth.

Un mauvais pressentiment lui étreignit la poitrine.

Que faisait-elle dans sa chambre ? Avait-elle importuné Gwenn ? Il y avait quelque chose, chez cette fille, qui le dérangeait et qu'il ne parvenait pas à identifier.

— *My laird !* sursauta cette dernière. Je suis heureuse de vous voir, le salua-t-elle en s'inclinant.

Une révérence sans le moindre défaut, digne d'un

roi. Mais Rory n'était pas homme à se laisser séduire par un bel oiseau, aussi magnifique soit-il.

— Que faisiez-vous dans mes appartements ?

— Oh ! Je suis simplement venue m'enquérir de l'état de santé de Lady Gwenn.

La crainte, qui lui nouait les tripes, se resserra.

— Et comment se porte-t-elle ?

— Elle m'a paru en forme. Cette femme possède une force et un tel courage !

— Oui, c'est vrai, approuva Rory en souriant. Mais c'est aussi une sacrée tête de mule.

— Je ne la connais pas assez pour me permettre de telles paroles, *my laird*.

Sa voix empreinte de respect étouffant le mit mal à l'aise. Il ne supportait pas qu'on l'hypnotise dans un ballet de belles paroles et de titres redondants.

— Je vous en prie, appelez-moi Rory, comme tout le monde ici.

— Très bien, Rory. Accepteriez-vous de m'accompagner pour le dîner ? demanda-t-elle, les yeux étincelants d'espoir et de… quelque chose qu'il ne put saisir.

— J'ai des documents à aller chercher, mais allez-y, ne m'attendez pas.

— Oh…, soupira-t-elle, les épaules tombantes. Très bien. Je… Nous nous retrouverons plus tard, dans ce cas.

Étrange, cette confrontation, songea-t-il, en regardant la jeune femme se retirer. Pourquoi sa mère avait-elle jeté son dévolu sur elle ?

Il toqua pour s'annoncer, et entendit Gwenn l'autoriser à entrer. C'était bien la première fois qu'il prenait la peine de frapper pour entrer dans sa chambre !

Les doigts sur la poignée, il ouvrit la porte et resta ébahi devant la vision qui l'accueillit. Gwenn était nue dans sa baignoire, les yeux fermés. Sa virilité, qui s'était enfin calmée, se réveilla. Nom de Dieu ! Cette femme avait vraiment le don de l'exciter !

— Pouvez-vous me faire passer le drap de bain que j'ai déposé devant la cheminée, s'il vous plaît ? demanda-t-elle, les yeux toujours clos.

Complètement envoûté, Rory referma doucement la porte, et prit le drap. Elle ne s'attendait pas à sa présence, et rester ici n'était pas très honorable de sa part ; mais quitter la pièce ne lui effleura même pas l'esprit. Surtout avec cette jambe posée en appui sur la paroi ! Il pourrait si facilement glisser la main jusqu'à sa féminité ! Mais c'était surtout la vision de sa poitrine qui l'hypnotisait. Deux beaux globes merveilleusement fermes dont l'eau caressait la proéminence de ses mamelons roses clairs. L'envie de les prendre dans sa bouche fit tressauter son sexe déjà mis à mal.

La brume du fantasme enveloppant ses sens, il vit alors Gwenn ouvrir les yeux délicatement, avant de les refermer et de les rouvrir dans un sursaut.

— Qu'est-ce que tu fais là ? s'enquit-elle en se couvrant le corps de ses bras tout en éclaboussant le sol par la même occasion.

Il fit l'innocent.

— Tu m'as autorisé à entrer, je te rappelle.

Elle se recroquevilla, ses jambes lui volant la sublime vision de ses seins.

— Je pensais que c'était la femme de chambre !

— Oh ! ronronna-t-il. Je suis prêt à jouer les femmes de chambre, si tu…

Le regard attiré par ses joues écarlates, un détail inattendu le foudroya.

— Qu'est-ce que c'est que ça ? marmonna-t-il en découvrant des sillons de larmes sur son visage.

— Quoi ? Qu'est-ce qu'il y a ? demanda-t-elle. Arrête de me fixer, c'est gênant !

— Tu as pleuré, déclara-t-il.

— Quoi ? Mais non !

— Ce n'était pas une question, gronda-t-il.

Il n'aimait pas l'idée qu'elle soit en train de lui mentir pour se protéger, tout comme il n'aimait pas que cela le dérange.

— Je n'ai pas pleuré ! Enfin, c'est ridicule ! Pourquoi pleurerais-je ?

Miss MacKenzie… Cette ingénue était indiscutablement liée à sa détresse. Peut-être même à la demande de sa mère ; qui avait compris son intérêt pour la cheffe des MacDonald. Lui aurait-elle parlé des pourparlers concernant leurs fiançailles ? Était-ce pour cela qu'elle pleurait ? Parce qu'elle ne pourrait être à lui ? Cette idée lui plaisait. Ou l'attaque avait-elle été plus mesquine et d'ordre esthétique ?

— J'en ai peut-être une petite idée.

— C'est ridicule, je vais très bien.

Oh non ! Hors de question qu'il se fasse éconduire. Gwenn était une femme au caractère bien trempé, pleurer ne devait pas être dans ses habitudes.

— Maintenant, si tu pouvais me donner le drap, poursuivit-elle sans faire attention au cheminement de ses pensées, et sortir de la pièce, ce serait... Mais qu'est-ce que tu fais ? demanda Gwenn tandis qu'il se penchait pour l'emporter dans ses bras. Repose-moi tout de suite !

Son magnifique fardeau tremblant solidement blotti contre lui et des litres d'eaux se propageant sur ses vêtements et le tapis, il se dirigea d'un pas déterminé vers les sièges, près de la cheminée. Quelque chose avait provoqué ses larmes, or il était hors de question que quoi que ce soit vienne la perturber.

Au moins, cet incident avait momentanément refroidi ses ardeurs.

Il reprit le drap qu'il avait lâché et l'en enveloppa. Puis il lui frotta le dos et les bras, avant d'aller chercher un autre drap et de lui essuyer les cheveux avec. Pendant tout ce temps, elle ne bougea pas. Preuve supplémentaire que quelque chose la travaillait.

S'agenouillant devant elle, il lui saisit un pied glacé et le frictionna délicatement pour le réchauffer.

— Dis-moi... Que s'est-il passé ?

— Rien du tout, je te l'ai dit. Je vais bien, murmura-t-elle.

— Maintenant peut-être, mais pas quand je suis entré, insista-t-il, en prenant son autre pied.

— Écoute, je te remercie d'avoir pris soin de moi pendant ma convalescence, mais tu n'as plus à t'occuper de moi !

Il fronça les sourcils.

Ainsi, elle savait qu'il avait veillé sur elle durant ces quelques jours. Mais cela n'avait jamais été une corvée pour lui, bien au contraire.

— Et si j'en ai envie ?

— Pourquoi voudrais-tu faire cela ?

Pourquoi ? C'était une question qu'il pourrait aussi bien se poser. Mais qu'elle lui demande la raison de cette attention soulevait un autre problème. Pourquoi personne ne prenait-il soin d'elle ? Elle avait été arrachée de son monde à l'âge de neuf ans et aucun membre de son clan n'avait pensé à lui proposer de l'épauler un peu ?

— Pourquoi ne le voudrais-je pas ? s'entendit-il lui répondre.

À l'instant même où ses paroles lui échappèrent, il sut qu'il avait fait une erreur.

Elle se braqua.

— Je me suis toujours débrouillée toute seule ! Je n'ai pas besoin de ta pitié ! dit-elle en lui retirant son pied avant de s'écarter.

— Je veux t'aider, c'est tout, soupira-t-il, en la regardant s'éloigner vers la fenêtre.

... *Et te garder dans mon lit...*

Le drap ne lui collait pas au corps, afin d'éviter le contact avec la plaie, et laissait son dos à découvert. Les lettres gothiques tatouées suivaient la ligne de sa colonne vertébrale à la perfection. Mais il avait eu beau en chercher la signification, il ne trouvait pas.

— Pourquoi ces lettres ? lâcha-t-il en se redressant sur ses jambes.

— Quelles lettres ? demanda-t-elle, en lui jetant un coup d'œil par-dessus son épaule.

— F, B, A, D, A. Qu'est-ce que cela signifie ?

Elle se retourna, le fixant en silence. Peu de temps auparavant, il aurait pensé que c'était par fierté, maintenant, il savait que ce n'était pas uniquement cela. Elle avait peur de l'intimité. Peur de s'attacher et de tout perdre encore une fois.

Gwenn est une enfant meurtrie et elle est beaucoup plus fragile qu'elle ne le laisse croire. Sa grand-mère ignorait à quel point elle avait vu juste.

Il avait exagéré, ce soir, il s'en rendait compte à la façon dont elle le fixait. On aurait dit une biche aux abois.

— Excuse-moi. Je suis désolé, cela ne me regarde pas, dit-il en détournant les yeux. J'étais venu prendre une carte de l'île. Je me suis dit que tu voudrais sûrement parler de la riposte contre les Vikings pendant le dîner.

Toujours aucune parole. Préférant abandonner pour le moment, Rory attrapa la carte qui se trouvait sur son étagère, et fit demi-tour pour sortir.

— Fergus, Brenna, Alana, Deirdre, Angus.

Après Gwyneth et ses insultes, Rory la mettait à la torture émotionnelle. Pourquoi est-il si observateur ? Si seulement il était resté à lorgner sa poitrine, au lieu de la regarder dans les yeux ! Mais non, cela aurait été trop facile. Et maintenant, voilà qu'il parlait de s'occuper d'elle ! Comme si elle avait besoin qu'on s'occupe d'elle, à son âge.

Et puis, il avait eu ce regard. Comme si le fait de la voir souffrir lui brisait le cœur. Elle s'était endurcie avec le temps, mais il fallait croire qu'elle avait une faiblesse : Rory. Elle ne pouvait pas le laisser partir comme ça. Il avait veillé sur elle pendant qu'elle avait de la fièvre, alors que rien ne l'y obligeait. Même si elle lui avait sauvé la vie, il avait remboursé sa dette en la ramenant ici.

Dire qu'elle ne s'était réveillée que trois heures plus tôt !

Elle avait l'impression d'avoir déjà passé quarante-huit heures sans dormir. Il était toujours à la porte, attendant qu'elle s'explique sur les prénoms qu'elle venait de citer. Le fait qu'il patiente silencieusement, sans la presser, la perturbait davantage que s'il l'avait harcelée de questions. Elle n'avait pas l'habitude que quelqu'un veuille l'aider, et cela la déstabilisait complètement.

— Mes parents, ma petite sœur, ma tante et mon oncle. La première lettre de leur prénom.

Il acquiesça lentement.

— Ils ont été tués pendant le massacre, c'est bien ça ?

— Oui. Mon père l'a été par l'homme qui m'a poignardée sur la plage.

Il écarquilla les yeux, surpris.

— Tu es sûre que c'était lui ?

Elle se sentit insultée par sa question. Pensait-il qu'il lui serait possible d'oublier les traits de ce monstre ? De les confondre avec quelqu'un d'autre ?

— Certaine. La cicatrice qu'il porte sur le visage est difficilement imitable.

Il détourna le regard et le laissa se perdre à travers les draps défaits sur le lit.

— C'était donc de cela que tu parlais, quand je t'ai ramenée au château.

Elle lui avait parlé de cet homme ? Étrange, elle n'en avait pas le moindre souvenir. D'ailleurs, elle ne se rappelait de rien après s'être fait poignarder.

— Peut-être, reconnut-elle en haussant une épaule. Je ne m'en souviens plus.

— Tu veux venger ton père. Je comprends, dit-il en revenant vers elle.

Venger son père n'était qu'un des nombreux points qu'il devait payer.

— Si seulement ce n'était que mon père ! Il a participé au viol des femmes. Il a abusé de ma mère ! C'est lui qui a donné l'ordre de nous rattraper, nous, les enfants ! C'est à cause de lui que ma sœur n'est plus de ce monde ! Que mon clan a été saigné à blanc ! s'exclama-t-elle, les larmes coulant sur ses joues.

Un éclat de compassion transparut dans les prunelles outremer de Rory.

— Gwenn… Je suis désolé, dit-il en l'attirant dans ses bras.

Elle ne voulait pas de son aide, elle n'en avait pas besoin. Depuis cette horrible journée, aucun homme ne pouvait se vanter de l'avoir protégée, d'avoir été son bras armé. En tant que cheffe, elle n'avait pas le droit de flancher ou de craquer. Il lui fallait être dure et insaisissable. Mais quand son corps souple entra en contact avec le sien plus fort, le barrage retenant sa douleur se fissura. Cette puissance physique associée à une douceur insoupçonnée libérèrent la faiblesse qu'elle ressentait au plus profond d'elle-même, depuis des années. Elle se laissa faire, abandonna sans s'en rendre compte et pleura toutes les larmes de son corps.

Elle pleura pour sa famille, pour la petite fille qu'elle avait été, pour tous les morts qu'elle avait dû enterrer. Elle pleura à s'en faire mal dans la poitrine. La migraine la menaçait, mais, pour la première fois de sa vie, elle ne voulait plus se cacher. Elle voulait rester bien au chaud dans les bras de cet homme. Il glissa la main dans ses cheveux humides et lui murmura à l'oreille des paroles qu'elle trouva apaisantes, même si leur sens lui échappa. Elle s'accrocha à son immense carrure et il la garda en sécurité contre lui, jusqu'à ce que ses larmes se tarissent.

Enfin calmée, elle se détacha de lui. Son drap gisait à ses pieds, mais la pudeur était la dernière chose à laquelle elle pensait. Rory l'avait mise à nue de toutes les manières possibles. Étouffant ses derniers sanglots, elle le laissa essuyer délicatement ses joues. Quand il eut terminé, il prit son visage entre ses mains et, doucement, s'approcha d'elle. Ses lèvres frôlèrent les siennes, comme pour lui demander la permission de s'y poser. Elle ne le repoussa pas. Il combla alors la distance entre eux et l'embrassa. Ses lèvres, légères, se moulaient sur les siennes à la perfection. Il n'y avait rien de brutal ni de bestial dans ce baiser. Au contraire, on aurait cru qu'il avait peur qu'elle ne se brise s'il la touchait trop fort. Elle sentit sa langue frôler ses lèvres. Quand elle finit par les entrouvrir, il vint en elle sans la brusquer, à l'écoute de ses réactions.

Son premier baiser. Jamais elle n'aurait cru qu'elle vivrait cette expérience, et surtout qu'elle y prendrait du plaisir.

Timidement, sa langue suivit le rythme imposé par celle de Rory. Un gémissement lui échappa. Ou était-ce Rory ? Elle n'en avait pas la moindre idée et s'en moquait. Tout ce qu'elle savait, c'était qu'à ce moment précis, il n'y avait que Rory qui comptait. Son âme se réchauffa de l'intérieur, son corps commença à s'alanguir, et une nuée de papillons prit son envol dans son ventre.

« *Vous devriez coucher avec Rory ! Comme ça, il verra que*

vous n'êtes qu'une pauvre fille sans le moindre honneur ! »
Les paroles de Gwyneth lui firent l'effet d'une gifle.

Sans le vouloir réellement, elle s'arracha de son baiser en haletant.

— Chut… Tout va bien, murmura Rory tout contre ses lèvres. Je te laisse tranquille. Ne te cabre pas.

Son cœur cognait si fort dans sa poitrine qu'elle avait du mal à respirer. Rory recula doucement. Il avait la même position que celle adoptée face à un cheval sauvage. Son regard s'égarant sur les courbes de son corps, ses pupilles obscurcirent à mesure qu'il l'admirait. Un tremblement la secoua. En réponse, Rory serra les mâchoires et s'agenouilla avant de l'envelopper à nouveau dans son drap, protégeant ainsi sa silhouette de son désir.

Arrivé à la porte, il l'observa une dernière fois et lui sourit.

— Ouvre le coffre à tes pieds. Il y a les vêtements que t'ont apportés tes cousins. Je te retrouve dans la grand-salle. Sur ta gauche, au fond du couloir, tu trouveras le grand escalier qui t'y conduira.

— D'accord, merci.

— Je t'y attendrai, dit-il en refermant la porte.

Il l'y attendrait ? Mais pour quoi ? Le dîner ou autre chose ? Elle n'en avait pas la moindre idée.

Chapitre 11

À peine eut-il refermé que Rory fit une pause. Ses mains tremblaient de l'effort qu'il venait de fournir. Ne pas se jeter sur Gwenn alors qu'il l'embrassait avait demandé des trésors de volonté qu'il ignorait posséder. Au début, il avait voulu la calmer, lui montrer qu'elle n'était plus seule et qu'elle ne le serait plus jamais. La chasteté du baiser l'avait aidé à garder le contrôle. Mais, quand leurs langues s'étaient mêlées, la sensualité du moment l'avait terrassé d'un coup. Il avait senti le linge protégeant Gwenn tomber à leurs pieds quand elle s'était accrochée à son cou. Elle avait noué les mains dans ses cheveux, et il conservait la sensation de ses ongles sur son cuir chevelu, de ses seins contre son torse. Quand il s'était fait la remarque que sa tunique l'encombrait beaucoup trop, il avait senti Gwenn se figer dans ses bras et se retirer. Il ignorait ce qui avait provoqué ce sursaut, mais il savait que, s'il ne voulait pas la braquer, il devait reculer. Lui faire regretter ce baiser était bien la dernière chose qu'il désirait. Alors, difficilement, il s'était écarté. Être aussi proche d'elle et aussi loin à la fois était une torture.

Maintenant qu'il avait goûté à sa bouche et vu la beauté sensuelle de son corps, il la voulait entièrement à lui. Il voulait lui faire l'amour, rire avec elle, se disputer avec elle. Il voulait chasser les ombres qui se reflétaient dans ses yeux et ne voir que le scintillement de ses émeraudes. Mais la convaincre de le laisser faire ne serait pas facile. Elle prenait la compassion pour de la pitié et elle était trop fière pour tolérer la moindre pitié, de qui que ce soit. Il fallait qu'il la persuade de lui faire confiance. Totalement. Peut-être Wang pourrait-il lui donner un coup de main ? Tout comme sa grand-mère, l'homme semblait plus que décidé à les pousser dans les bras l'un de l'autre et, étant donné sa situation, il serait stupide de se priver d'un tel allié.

Descendant l'escalier rapidement, il trouva la plupart de ses gens déjà attablés dans la grand-salle. Il s'installa à la table d'honneur, à la place qui avait été celle de son père jadis. Miss MacKenzie – à qui il devrait dire deux mots plus tard – était assise à sa gauche, puis venaient Malcolm et Flora. La place à sa droite était libre. Il avait demandé qu'elle le reste pour Gwenn. C'était là la seule place où il voulait la voir. Puis suivaient Lachlan et Awena. Wang était en face de lui, entre sa mère et sa grand-mère, avec laquelle il s'entendait particulièrement bien. Pour le plus grand malheur de sa mère ! Tant pis, il lui parlerait plus tard.

— Gwenn se joindra-t-elle à nous ? demanda Lachlan.

L'image de son corps nu, emmitouflé fragilement dans son drap, étincela dans sa mémoire.

— Oui, répondit-il en se raclant la gorge. Elle ne devrait pas tarder.

— J'avais pourtant cru comprendre qu'on lui avait monté un plateau pour qu'elle puisse se restaurer, fit Gwyneth.

— Oh ! Il n'y avait pas grand-chose pour lui remplir suffisamment l'estomac, la pauvre enfant, dit sa grand-mère. À l'origine, ce n'était qu'une simple collation pour Rory, pas un repas complet.

La mine contrite de miss Mackenzie ne lui échappa pas. Cette fille avait bien quelque chose à voir avec les larmes de Gwenn.

— De plus, quand je suis allé la voir, j'ai constaté qu'elle n'avait mangé que les œufs et les framboises, ajouta Wang.

— Les framboises, hein… C'est surprenant, déclara sa grand-mère en lui coulant un regard complice.

Rory avait parfaitement saisi le sous-entendu, mais il n'allait certainement pas lui répondre, alors qu'il ne s'était pas encore remis de ce qu'il s'était passé dans la chambre.

— Sinon, qu'as-tu là ? demanda Lachlan, en reposant sa corne de cervoise.

Il jeta un coup d'œil au document qu'il avait oublié.

— Une carte de l'île. Je me suis dit qu'on pourrait discuter tranquillement d'un plan d'action, lorsque tout le monde sera autour de la table.

— C'est une bonne idée. Vous avez eu raison d'attendre que Gwenn soit de nouveau sur pied pour envisager la contre-attaque, approuva Malcolm, qui n'avait pas encore ouvert la bouche.

Soudain, un silence religieux se propagea dans la salle à mesure que se distingua la silhouette de Gwenn. Ses reins s'enflammèrent instantanément en la reconnaissant et un grognement étouffé lui échappa. Par le Ciel, elle était magnifique. Il n'y avait plus la moindre trace de larmes, ni de leur baiser, sur son visage. La guerrière était de retour. Comme tous les hommes présents, il se leva. Elle contourna la table pour embrasser ses cousins qui lui rendirent une accolade pleine d'un profond sentiment de soulagement.

Ses cheveux, toujours humides, étaient noués avec le lacet qu'il utilisait habituellement pour les siens. Il l'avait enlevé lorsqu'il la veillait et ne l'avait pas remis depuis. Il était heureux de la savoir suffisamment à l'aise dans sa chambre pour se servir de ses affaires.

Elle repéra ensuite sa place et se porta enfin à sa hauteur. Il prit l'initiative de lui tirer son siège et vit ses joues rosir délicatement. Apparemment, il n'était le seul à garder le souvenir de leur baiser en mémoire. Ce qui n'était pas pour lui déplaire, bien au contraire.

Gwenn avait l'impression que tout le monde la fixait, attendant de voir si elle allait se jeter au cou de Rory. Ses joues la brûlaient et, vu le petit sourire en coin que ce dernier arborait, cela ne devait pas être qu'une impression.

Une fois qu'elle fut assise, Malcolm et Awena lui demandèrent comment elle se sentait. De son côté, elle prit des nouvelles de la forteresse et apprit que Brianna gérait le clan depuis leur départ. Elle n'avait donc pas de souci à se faire. Bri était sa cheffe des archers et l'une des rares personnes en qui elle avait toute confiance.

Le dîner se passa sans encombre. Rory, en excellent hôte, lui laissa les meilleurs morceaux de viande et de poisson, et elle eut beau protester qu'elle était suffisamment en forme pour se servir, il poursuivit son manège jusqu'à la fin. Bien malgré elle, elle devait reconnaître qu'une part d'elle, une toute petite part, était troublée par cette attention.

— Le saumon est à ton goût ? murmura-t-il, discrètement.

Elle mâcha lentement le morceau qu'elle avait dans la bouche, essayant de gagner du temps avant de répondre. Après l'avoir avalé, elle porta son gobelet à ses lèvres et savoura avec plaisir l'hydromel frais. Cela faisait très longtemps qu'elle n'avait pas eu l'occasion d'en boire. Il lui faudrait penser à en refaire rentrer dans les réserves de Cuidrach.

— C'est exquis, reconnut-elle enfin. Ingrid s'est dépassée pour ce festin.

Rory inclina la tête légèrement sur le côté en l'entendant mentionner le nom de la cuisinière de Dunvegan, avant de lui adresser un sourire qui lui donna des palpitations.

— Tes compliments lui seront transmis.

Il la fixa un long moment et pour la première fois de sa vie, ce fut elle qui détourna les yeux la première. C'est là qu'elle repéra les regards furieux lancés par Gwyneth et Mary. Les deux femmes ne faisaient même pas l'effort de masquer leur ressentiment envers sa personne.

Quand le dessert fut terminé et la table débarrassée, Rory étala une carte, qu'elle reconnut comme étant celle prise dans sa chambre, plus tôt. Les choses sérieuses commençaient. Gwyneth, Flora, Mary et Nell allèrent s'installer près de la grande cheminée, sur deux grands bancs. L'un en face de l'autre, ils étaient ornés de gros coussins de plumes et semblaient très confortables. Au sol se trouvait un immense tapis rouge agrémenté d'arabesques dorées, où reposait une petite table d'appoint. À côté d'un des bancs, un coffre permettait aux femmes de trouver du matériel de couture pour les occuper.

— Bien ! commença Rory. Comme vous pouvez le voir, cette carte montre très clairement où se trouvent les frontières des trois clans. Toutes les attaques que les Vikings ont portées sont parties de la mer. Ce qui signifie que leur point faible est le combat sur un sol non dégagé.

— Ou qu'ils sont simplement trop fainéants pour marcher, coupa Gwenn.

— Il ne faut pas oublier qu'ils nous ont envoyé un escadron par les terres durant l'attaque de la semaine dernière, intervint William.

— C'est vrai, et si Will et Gwenn ne nous avaient pas rejoints sur la plage, ce sont eux qui auraient été pris à revers, poursuivit Lachlan.

— Ils se scindent en deux groupes, maintenant ? interrogea Malcolm.

— C'est ce qu'ils ont fait ici, en tout cas, répondit Cameron.

Tout le monde parla ensuite sans s'écouter. Awena se disputait avec Lachlan, Cameron parlait avec Rory et Malcolm, tandis qu'Angus écoutait William. Apparemment, seul Wang s'était fait la même réflexion qu'elle : à travailler chacun dans son coin, ils ne parviendraient à rien. Elle se rapprocha de son capitaine, et ils mirent au point une stratégie potentielle à adopter. Après quelques minutes de débat, ils s'accordèrent, puis décidèrent de faire part aux autres de leurs conclusions.

De l'autre côté de la table, les discussions s'étaient tues et tous les regardaient comme des bêtes de foire. Le fou rire d'Awena brisa le silence qui s'était installé.

— Ils vous ont entendus parler dans la langue natale de Wang, et cela les a perturbés, leur apprit Malcolm.

— Tu arrives réellement à comprendre ce qu'il te dit ? demanda Cameron à Gwenn.

— Oui. Wang me l'a enseignée très jeune, et nous discutons toujours dans cette langue quand nous élaborons un plan. J'avais simplement oublié qu'ici personne ne parle cette langue.

— Dans ce cas, quel est votre plan ? lança Rory en souriant.

Pourquoi souriait-il ainsi ? Était-ce le fait qu'elle ait une stratégie et qu'il en trouvait l'idée ridicule ou bien celui de l'avoir entendue parler avec Wang ? D'après son ami, elle prenait la voix d'une petite fille boudeuse quand elle pratiquait cette langue. Et tout son clan était du même avis.

— Nous allons nous diviser en trois groupes. Le premier attaquera sur la frontière MacLeod, le deuxième, sur la frontière MacDonald et le troisième, par la mer, expliqua-t-elle.

— Une petite minute, la coupa Rory. Attaquer par la mer, c'est bien, encore nous faudrait-il une flotte. Je ne possède que deux navires militaires. Combien en avez-vous, à Cuidrach ? demanda-t-il.

— Neuf. Neuf drakkars pour être plus précis, se vanta Awena.

— Neuf drakkars ! Comment est-ce possible ? interrogea Angus, ahuri.

Rory leva les yeux au ciel.

— Ne cherche pas à comprendre. De leur part, plus rien ne m'étonne, répliqua-t-il.

— Je peux continuer ? s'enquit Gwenn. Bien, reprit-elle après avoir eu l'accord de ses compagnons, je disais donc qu'on se divisera en trois groupes. Les drakkars seront cachés derrière les rochers, ici…

Elle indiqua un point sur la carte.

— Ils resteront en retrait et ne sortiront que si les Vikings tentent de s'échapper par la mer. Les deux autres groupes avanceront en direction de la forteresse. Le but sera de les assiéger.

— MacKinnon avait de grandes réserves en cas de siège. Les Vikings n'ont pas pu toutes les utiliser. Le siège pourrait se prolonger indéfiniment, intervint William.

Le raisonnement de Will était logique, mais de son côté, elle avait déjà anticipé ce fait.

— Sauf qu'on va entrer dans la forteresse.

— Je suis curieux de savoir comment tu comptes faire, déclara Lachlan.

— Nous établirons notre camp au pied des remparts. Les Vikings penseront pouvoir nous surveiller. Malheureusement pour eux, dans trois nuits, la nouvelle lune sera complète, ce qui veut dire qu'il fera nuit noire, une fois le soleil couché. Nous en profiterons pour escalader le bastion et entrer sans nous faire remarquer.

— Tu veux escalader les remparts ? ! répéta Angus.

— Oui. Wang, Malcolm, d'autres MacDonald et moi. Vous, vous resterez sagement au camp comme si de rien n'était, pour faire diversion. On neutralisera les sentinelles et on ouvrira les portes. À partir de là, on pourra combattre. Et toi, Awena, tu géreras la flotte avec un membre des MacLeod. Cela vous convient-il ?

Les bras croisés sur son torse massif, Rory écouta attentivement son plan. Les yeux plissés, il acquiesça à quelques reprises avant de l'observer de pied en cap quand elle mentionna l'escalade des remparts.

— Tu es sûre de pouvoir le faire ? demanda-t-il. Avec ta blessure, je veux dire.

Elle fronça les sourcils.

— Tout à fait sûre !

Il grimaça, soulignant ainsi son désaccord sur ce point.

— N'oublie pas que c'est moi qui ai couvert tes arrières dans la baie, pas l'inverse, jugea-t-elle bon de lui rappeler.

Il soupira.

— Très bien, dans ce cas, je pense que nous tenons notre plan d'attaque.

— Je retournerai à Cuidrach demain pour en informer mon clan.

— Bien sûr. Quand penses-tu pouvoir rassembler tes hommes ?

— Si je pars demain, après-demain, tout sera prêt.

— C'est du rapide ! constata Cameron.

Après quelques précisions d'organisation, le groupe commença à se disperser, mais Rory s'attarda et vint dans sa direction. Oh non ! Elle n'était pas encore prête à lui parler, surtout après leur baiser. Programmer une guerre, cela pouvait aller, mais discuter en toute intimité, c'était autre chose.

Heureusement pour elle, Miss Flora l'aborda.

— Lady Gwenn ? Pardonnez-moi de vous déranger, puis-je vous poser une question ?

— Bien sûr, Flora, allez-y.

Une excitation mal dissimulée étincela dans le regard qu'elle croisa.

— Accepteriez-vous de m'apprendre à me battre ? Les hommes n'arrêtent pas de chanter vos louanges de combattante.

Elle ne l'avait pas vue venir, celle-là !

— Oh ! Je suis touchée que vous me le demandiez, répondit-elle en se grattant la tête.

Apprendre sa manière de combattre à Flora ne posait pas qu'un problème d'entente entre voisins mais aussi un envers son clan. Ses techniques étaient l'une des choses leur offrant un avantage stratégique sur leur ennemi, et bien que les MacLeod n'entraient pas dans cette catégorie, rien ne signifiait qu'il en serait toujours de même, pour les années à venir.

— D'après Lachlan, personne ne se bat comme vous.

Elle sourit.

— Ça ne m'étonne pas qu'il le pense. C'est Wang qui m'a appris à me battre avec les techniques utilisées dans son pays d'origine. Mais à Cuidrach, beaucoup des membres de mon clan savent se battre comme moi.

— S'il vous plaît ! Dites que vous acceptez ! la supplia Flora, en lui prenant les mains.

Son désir de protéger les femmes la titilla. Elle n'avait pas le droit de refuser à cette jeune fille la possibilité de se défendre. Surtout qu'elle savait à quel point les hommes pouvaient se montrer cruels envers son sexe. Pas besoin de lui enseigner les arts martiaux pour cela.

— D'accord, j'accepte. C'est le moins que je puisse faire pour vous remercier d'avoir aidé Wang à me soigner.

Miss MacLeod haussa une épaule dans un geste désinvolte.

— C'était trois fois rien. Wang a pratiquement tout fait.

Sa discussion avec Flora se poursuivit encore quelques minutes. Quand elle se retira pour la nuit, Gwenn suivit son exemple, et reprit la direction de la chambre.

Arrivée sur le palier, elle se demanda si c'était une bonne idée de continuer à y dormir. Après tout, c'était celle de Rory et il voudrait probablement retrouver son lit.

— Tu vas te coucher ? entendit-elle dans son dos.

Rory ! Comme il n'avait pas réussi à l'aborder en bas, il avait attendu qu'elle remonte à l'étage.

— Euh… oui, répondit-elle en se retournant, mais j'étais en train de me dire que tu souhaitais peut-être récupérer ta chambre, maintenant que je vais mieux. Tu veux bien m'indiquer où se trouvent les chambres d'hôtes, s'il te plaît ?

— Non.

Elle papillonna des yeux, surprise.

— Non ? Et pourquoi cela ?

— Il est hors de question que tu dormes ailleurs qu'ici, déclara-t-il en se rapprochant d'elle.

Il exsudait une mâle présence qui trouvait un écho particulièrement déstabilisant en elle.

— Je ne coucherai pas avec toi, gronda-t-elle.

— Je ne te l'ai pas demandé. Tu gardes ma chambre, et moi, j'irai dormir avec mes hommes.

— Et si je ne voulais pas dormir dans ta chambre ?

— Pourquoi pas ? Est-ce à cause de ce baiser ? demanda-t-il.

Elle frissonna.

— Oh ! tu exagères ! Ce n'est pas comme si on pouvait réellement appeler cela un baiser. Une caresse maladroite, tout au plus.

— Une caresse maladroite ? répéta-t-il.

Sa voix n'avait pas la moindre note d'agressivité, pourtant quelque chose lui disait qu'elle aurait mieux fait de se taire. Les yeux légèrement plissés, il l'observait comme un lion détaillant une proie. Il avança, doucement, la forçant à reculer jusqu'à l'acculer entre le mur et son corps massif. L'air s'alourdit d'un coup et son cœur commença à battre la chamade, les pulsations résonnant dans ses oreilles.

Inclinant son visage vers le sien, il plongea dans son regard.

— Ce baiser n'était que cela pour toi ?

Seigneur ! Cette voix… Mélange de grondement et de murmure… Elle était si caressante et si animale en même temps. Il pouvait certainement pousser la plus sainte des femmes à faire n'importe quoi avec une telle voix. Et, malheureusement pour elle, elle n'avait rien d'une sainte. Il s'amusa à frôler ses lèvres des siennes, à respirer le même air qu'elle. Il la torturait de la plus vicieuse des façons. Il savait qu'elle pensait toujours à leur baiser, mais ne semblait pas encore décidé à le réitérer. Il resta là, parfaitement sûr de lui, l'obligeant à admettre son désir pour lui.

Elle sentit son corps trembler ; son ventre devenir une véritable fourmilière de sensations. Que lui arrivait-il ? Comment cet homme faisait-il pour avoir autant d'emprise sur elle ? Sa bouche continuait toujours de la tourmenter, et l'envie de lui sauter au cou se fit de plus en plus forte. Il fallait qu'elle arrête avant de le regretter. Que lui avait dit Miss Gwyneth déjà ? Ah oui ! Qu'elle n'était qu'une… Oh !

— Hum…

Rory frottait à présent ses hanches contre elle tout en poussant des ronronnements de plaisir. La preuve de son désir pour elle était plus qu'évidente. Cette constatation fut sa perte. Oubliant tout ce qui n'était pas cet homme, Gwenn s'accrocha à son cou et souda enfin ses lèvres aux siennes. Contrairement à leur précédent baiser, celui-ci n'était pas tendre. C'était une explosion de désir retenu depuis trop longtemps. Les mains de Rory se posèrent sous ses seins et glissèrent le long de ventre. À la hauteur de son bandage, il dévia de trajectoire pour agripper ses fesses afin de la soulever contre le mur, la mettant totalement à sa merci. Le passage ouvert, il se nicha contre son bassin et continua de se frotter à elle, cette fois-ci directement contre la partie la plus intime de son être, la grisant complètement. Elle se noya sous les sensations qu'il faisait naître en elle, lui donnant chaud et envie de retirer ses vêtements.

Tout à leur baiser, elle fut surprise quand Rory s'arracha soudainement à elle pour tourner son visage vers la montée d'escalier. Ne voulant pas s'arrêter en si bon chemin, elle déposa une multitude de baisers le long de son cou en remontant sur son menton jusqu'à sa tempe. Un grognement étouffé lui répondit, l'émoustillant davantage.

J'en veux encore…

Lui mordillant sensuellement le lobe de son oreille, elle distingua une conversation féminine. Lady Mary et Miss Gwyneth.

« *Vous n'avez rien pour plaire à un homme ! Vous n'êtes qu'une pauvre fille sans le moindre honneur.* »

Non ! Elle ne devait pas laisser les paroles de Gwyneth avoir autant d'impact sur elle, pas dans un moment comme celui-ci.

S'intéressant de nouveau à elle, Rory reprit ses lèvres passionnément avant de la repositionner sur ses pieds.

— Retourne dans la chambre, soupira Rory contre sa bouche. Dépêche-toi, avant que je ne change d'avis et que je ne t'arrache tes vêtements, ordonna-t-il avant de reprendre ses lèvres fiévreusement.

Voulait-elle réellement s'arrêter ? S'il entrait plutôt avec elle dans la chambre ?

Que se passera-t-il, après ? Es-tu prête à subir la même chose que ta mère à Cuidrach ?

Seigneur ! Les préliminaires avaient beau être agréables, voire très agréables même, il n'en restait pas moins que l'acte en lui-même était quelque chose d'horrible pour les femmes.

La peur s'insinuant en elle comme un poison, elle s'écarta rapidement de l'étreinte de Rory. Tremblant et transpirant de désir inassouvi, il la laissa reculer sans broncher. Sa volonté était incroyable, mais elle ne durerait sûrement pas longtemps. Sans lui accorder un regard de plus, elle entra dans sa chambre et ferma la porte à clé. Peu après, elle entendit Rory soupirer et s'éloigner, puis Mary et Gwyneth, qui passèrent tranquillement pour rejoindre leur chambre. À présent, seuls le calme et le silence régnaient. Du moins en apparence, car, dans sa tête, c'était le chaos.

Chapitre 12

Aux premières lueurs de l'aube, Rory partit inspecter ses terres avec un groupe d'hommes. Sa nuit avait été épouvantable ! Il s'était tourné et retourné dans tous les sens afin de trouver la bonne position pour dormir, les soupirs et baisers de Gwenn ne cessant de le hanter. Les rares fois où il était parvenu à s'assoupir, c'était pour rêver qu'il s'enfouissait profondément en elle. À son réveil, son érection n'avait pas désenflé, et il avait dû plonger dans le loch glacé afin de pouvoir respirer correctement.

Partir en patrouille lui avait semblé être une bonne solution à son trop-plein d'énergie. Malheureusement, ils avaient eu beau inspecter les plages de long en large, ses hommes et lui revenaient bredouilles. Les Vikings étaient toujours absents. Ce silence ne lui plaisait pas. Ils devaient préparer quelque chose. Mais quoi ? Pourvu qu'ils ne tentent rien avant l'exécution de leur plan ! C'était tout ce qu'il demandait.

En attendant, il devait trouver le moyen d'affronter Gwenn sans perdre la tête.

De retour au fort, il prit la direction des écuries avec

Tonnerre. À l'intérieur, Rory salua les gamins chargés d'entretenir les lieux et de pourvoir aux besoins des bêtes, tout en conduisant son cheval à son emplacement réservé. Dans la stalle voisine, il trouva Wang en train de brosser Rage, le nez dans son seau d'avoine, ne semblant pas près de le laisser.

— Je vois que Rage a réussi à trouver un seau d'avoine ! dit-il en déharnachant Tonnerre.

— Rage est un ventre sur pattes. C'est désespérant, soupira Wang.

Le capitaine des MacDonald abandonna la toilette de l'animal, posant la brosse dans la caisse prévue à cet effet.

— Comment fait-il pour ne pas devenir gros, avec tout ce qu'il ingurgite ?

Wang rit.

— C'est justement la question que je me pose chaque fois que je le vois.

Transvasant une gamelle d'avoine pour Tonnerre, il étudia du coin de l'œil le mentor de Gwenn.

Allez ! S'il voulait lui demander de l'aide, c'était le moment d'en profiter.

— Hum… Wang, puis-je m'entretenir avec vous deux minutes ?

— Bien entendu, je vous écoute.

Rory inspecta les lieux et constata qu'il y avait beaucoup trop de monde à son goût.

— Dans un endroit plus au calme.

— Ah, je vois ! sourit Wang en quittant la stalle de Rage. Je commençais à me demander quand vous vous décideriez, dit-il en sortant du bâtiment.

Comment Wang avait-il deviné qu'il lui demanderait conseil ? La veille encore, lui-même l'ignorait.

— Attendez ! demanda Rory en trottinant à sa suite. Comment saviez-vous que je viendrai vous parler ?

— Je le savais, c'est tout, déclara-t-il, succinctement. Bien alors, dites-moi, où voulez-vous que nous allions ?

— Là-haut, répondit-il en indiquant le rempart. Personne ne nous dérangera sur le chemin de ronde.

Ils prirent tous les deux la direction de la tour nord, et gagnèrent le haut de la muraille par l'escalier situé près de la tour. L'un à côté de l'autre, ils marchèrent en silence, le temps qu'il puisse trouver ses mots. Après tout, rien ne lui garantissait que Wang accepterait de l'aider.

— Je vois que solliciter une personne est une chose compliquée pour vous, lâcha justement celui-ci.

— Non, en temps normal, je n'hésite pas à le faire, quand c'est absolument nécessaire.

— Mais là, c'est délicat, n'est-ce pas ?

— C'est le moins qu'on puisse dire, concéda Rory.

Son compagnon acquiesça.

— Avec Gwenn, ça l'est toujours, confirma Wang.

Il se stoppa. A quel moment avait-il…

— Je n'ai jamais dit que cela avait un rapport avec elle.

Wang lui jeta un regard dubitatif.

— Me serais-je trompé ?

— Euh… Non. Mais comment est-ce que…

— Ah ! Les jeunes ! Vous avez encore tellement à apprendre, lâcha Wang en soupirant. Je savais qu'un jour vous viendriez me voir à propos de Gwenn. Je l'ai su à la seconde même où vos regards se sont croisés.

Il ricana. Objectivement, les seules choses que Wang

aurait pu intercepter lors de sa rencontre avec Gwenn, c'étaient le désir et la frustration. D'ailleurs, en y réfléchissant bien, c'était toujours le cas actuellement.

— Sérieusement ? se moqua-t-il.

— Oui. Vous comprendrez quand vous aurez mon âge.

— Et quel âge avez-vous, si je puis me permettre ?

— Cinquante ans.

— Vous avez encore la forme, pour un vieillard ! taquina-t-il.

— Un vieillard ! Espèce de petit insolent ! répliqua Wang, feignant de se vexer.

Le fait de plaisanter avec Wang aida Rory à se décontracter. Parvenus à l'arrière des remparts, il aperçut Gwenn, sa sœur et Malcolm dans la basse-cour. Ils semblaient effectuer une étrange et très lente danse.

— Que font-ils ?

— Du qi-gong, répondit Wang.

— Du quoi ?

— Du qi-gong. C'est une gymnastique traditionnelle fondée sur la respiration et la maîtrise des énergies, expliqua posément Wang.

— La respiration et les énergies ?

— Oui, vous apprenez à respirer correctement et à vous déplacer en harmonie avec votre environnement. Si Gwenn enseigne cette discipline à Flora, c'est qu'elle envisage de l'initier aux arts martiaux.

— Qu'est-ce que c'est ?

— Un ensemble de différentes techniques de combat.

— Et je suppose que cela vient de votre pays ?

— Pas toutes, non.

Le regard perdu en direction de Gwenn, le sage

guerrier lui parut soudainement beaucoup plus vieux qu'il ne l'était.

— Comment êtes-vous parvenu jusqu'ici ? Votre pays ne figure même pas sur nos cartes du monde.

— C'est une longue histoire… soupira Wang.

— J'ai du temps de libre.

Le détaillant durant un court instant, Wang dut l'estimer digne d'écouter son histoire et s'installa contre la paroi rocheuse du rempart.

— Durant l'année 1180, une guerre civile a éclaté dans mon pays, expliqua alors Wang. Deux clans se disputaient le pouvoir impérial. Je faisais partie de l'armée des samouraïs. Deux ans après le début de la guerre, j'ai été gravement blessé au combat et les troupes ennemies m'ont fait prisonnier. Dans mon pays, comme partout ailleurs, l'or est ce qui fait tenir la guerre. Alors, à trente-deux ans, j'ai été vendu en tant qu'esclave à un riche propriétaire d'un pays voisin. J'ai travaillé dans les rizières pendant près de trois ans. Les conditions de vie étaient épouvantables. Dans les années qui ont suivi, j'ai été revendu à plusieurs reprises et j'ai fini par arriver à Constantinople. Le grand marché aux esclaves attire énormément de monde. Des Vikings y vendaient des femmes, des blondes et des rousses, toutes à la peau blanche. Les hommes se battaient pour les avoir. Mon maître en avait repéré une, dans le lot. Il l'a négociée et m'a échangé contre elle. Quelques jours plus tard, nous avons pris la mer et essuyé une tempête, alors que nous passions les côtes d'Irlande. Le drakkar a chaviré, et je me suis réveillé sur une plage. J'ai dû être malmené par des rochers, car ma jambe était dans un état catastrophique. C'est là que Gwenn m'a trouvé. J'avais quarante et un ans. Sa grand-mère Rowena et elle m'ont soigné. L'avantage d'avoir été esclave pour des maîtres d'origines différentes, c'est que j'ai développé ma capacité à mémoriser les langues et, en quelques semaines à peine, je savais me débrouiller avec la vôtre. Gwenn m'a sauvé la vie. Si elle n'avait pas été présente à ce moment précis, je n'aurais jamais pu survivre, ma jambe aurait été gangrénée et… J'ai eu beaucoup de chance. Depuis ce jour, elle est devenue la fille que je n'ai jamais eue.

L'histoire de cet homme était vraiment incroyable. D'un guerrier se battant pour ses idéaux, il était devenu esclave et apatride, pour devenir, des années plus tard, second d'un des clans les plus puissants d'Ecosse.

— Je suis sincèrement désolé pour ce qu'il vous est arrivé. Je comprends mieux maintenant pourquoi Gwenn et vous, vous vous entendez aussi bien.

— Gwenn a été profondément meurtrie par le massacre de son clan. Elle cache en elle une fragilité et un besoin d'amour très fort. Elle le sait, et cette partie d'elle la terrifie, la pétrifie, même. Sous ses yeux, son oncle a eu le crâne fracassé, son père a été décapité, sa tante étranglée, sa mère violée et, pour finir, sa petite sœur est morte dans ses bras. Et tout cela en quelques heures à peine. Alors, vous pouvez imaginer à quel point l'idée d'aimer une personne la terrifie.

— Je n'ai jamais parlé d'amour, se braqua-t-il.

Wang lui lança à nouveau une œillade douteuse.

— Je reconnais la désirer, mais l'aimer…

— Vous ne vous donneriez pas autant de mal si ce n'était qu'une histoire de sexe, le coupa Wang.

Wang était parvenu à la même constatation que sa grand-mère. Cela expliquerait-il pourquoi elle l'obnubilait autant ? Était-il amoureux ?

— Cela va être encore plus dur que je ne le pensais… marmonna-t-il dans sa barbe.

— Vous avez déjà opéré une brèche très importante dans ses défenses.

— Je n'en suis pas si sûr.

— Vous vous êtes pourtant embrassés. Vous êtes le premier à réussir ce miracle.

Comment Wang était-il au courant de ce détail ? Gwenn lui avait-elle confié leur baiser de la veille ? Ou bien…

— Vous êtes devin ?

Wang eut un immense fou rire tandis que Rory ne voyait pas du tout ce qu'il y avait de drôle. Il trouvait plutôt inquiétant de constater que cet homme devinait autant de choses grâce à son instinct et à sa capacité de déduction.

— Non, absolument pas, répondit Wang, une fois calmé.

— C'est franchement déroutant.

— Je sais, tout le monde me le dit.

Des bruits de pas précipités résonnèrent dans son dos.

— Rory , appela sa mère. Tu es là ! Je te cherche depuis des heures !

Il soupira tout en levant les yeux en l'air. Pourquoi ne pouvait-elle jamais le laisser tranquille ?

— Qu'y a-t-il encore ? demanda-t-il, excédé.

— Nous devons discuter de notre charmante invitée.

Ah ! Voilà donc ce que la chagrinait. Elle avait dû trouver sa chambre laissée à Gwenn vide et, à présent, désespérait de retrouver la guerrière.

— Elle n'est pas perdue, mère, elle est dans la cour avec Flora.

— Dans la cour ? répéta-t-elle en la balayant d'un regard circulaire. Oh ! elle… Non, je voulais parler de Miss Gwyneth.

Il grinça des dents. Il aurait dû se douter qu'elle n'abandonnerait pas aussi vite cette histoire de fiançailles.

— Eh bien ? Qu'a-t-elle donc ?

L'expression de Wang changea subtilement à la mention de Miss MacKenzie.

— Elle s'ennuie, la pauvre enfant. Elle a traversé la mer pour venir te voir et, toi, tu ne t'occupes pas d'elle. Où sont donc passées tes bonnes manières ?

Il pria en silence de trouver la patience de faire face à sa mère.

— Ce n'est pas moi qui l'ai invitée, mais toi. En plus, je n'ai pas le temps.

— Tu en as pourtant à consacrer à cette petite dévergondée ! objecta-t-elle en désignant Gwenn.

Il serra les poings, se retenant de faire un esclandre public.

— Fais attention, mère ! gronda-t-il. Je ne tolérerai pas le moindre irrespect envers Gwenn, que cela vienne de toi ou de qui que ce soit.

Elle l'observa, surprise.

— J'en étais sûre. Tu as un faible pour cette fille ! Je

rêve ! Non mais, regarde-la ! Elle s'habille comme un homme et en plus… Oh ! mon Dieu ! Flora ! cria-t-elle.

Rory suivit son regard : sa sœur était en train de se battre contre Malcolm et Gwenn en même temps. Les deux autres faisaient des pirouettes indescriptibles tant elles étaient rapides, et Flora se trouvait au beau milieu.

— Écoute-moi bien, Rory ! reprit sa mère, folle de rage. Je ne veux plus voir cette Jézabel ici. Gwyneth m'a tout expliqué : elle n'est rien de plus qu'une fourbe manipulatrice. Alors, prends-la une nuit dans ton lit si tu en as envie, puis fais-la ensuite disparaître de cette maison ! Une fois que ce sera fait, on pourra enfin se consacrer à ton mariage avec Miss MacKenzie !

Rory était furieux. Et qu'était-ce que cette histoire de manipulation ? L'envie de la frapper faisait trembler ses mains. Même Wang semblait sur le point d'exploser. Mais sa mère ne remarquait absolument rien ! Elle s'en allait même en courant rejoindre le trio, dans la cour. Il était hors de question qu'elle s'en prenne à Gwenn ! Canalisant sa colère, Rory lui emboîta le pas. Il était temps de régler ses comptes !

Le cri lancé par Lady MacLeod les avait interrompus en pleine démonstration. Cette enquiquineuse allait encore lui casser les pieds. Cela tombait à pic, songea Gwenn, elle était d'une humeur massacrante ! Elle n'avait pas beaucoup dormi durant la nuit à cause de Rory. Quelle idiote elle pouvait faire ! Elle avait failli se donner à lui et cela la rendait folle. Elle ne se reconnaissait plus. Rester ici plus longtemps lui causerait encore plus de problèmes ! Elle avait donc décidé rentrer à Cuidrach dans la matinée.

Malheureusement, Flora, qui était matinale, l'avait suppliée de lui enseigner deux ou trois choses avant de partir. Malcolm, qui se trouvait avec elle, s'était vu enrôlé de force. Non qu'elle se plaigne, Flora était très sérieuse et apprenait vite et bien. Le seul problème, pour Gwenn, était l'inclination qu'elle semblait avoir pour Malcolm. Après Rory et elle, Awena et Lachlan, c'était au tour de ces deux-là. Décidément ! Cette famille avait un drôle d'effet sur les MacDonald.

— Flora ! Ma chérie, est-ce que tu vas bien ? Tu n'es pas blessée ? demanda Mary.

— Mais non, je n'ai rien, répondit Flora. Est-ce que je peux savoir pourquoi tu t'es mise à crier d'un seul coup, comme si quelqu'un était en train de t'égorger ?

— Pourquoi ? Ces deux irresponsables allaient te réduire en miettes ! rétorqua Mary, en indiquant Gwenn et Malcolm.

Elle leva les yeux au ciel.

— C'est ridicule, nous lui faisions juste une démonstration ! intervint Gwenn.

— Vous ! Vous feriez mieux de vous taire, espèce de suppôt de Satan ! S'ils étaient toujours en vie, vos parents auraient honte de ce que vous êtes devenue, éructa Mary.

Elle se figea sous le choc de ses paroles.

— Mère !

La voix de Rory claqua comme un coup de fouet dans la cour. Toutes les personnes présentes se figèrent. Le spectacle d'une telle fureur ne devait pas se produire tous les jours. Même Mary, folle de colère, avait arrêté de cracher son venin contre Malcolm et Gwenn, pour regarder son fils.

— Je t'interdis de lui parler sur ce ton, poursuivit froidement Rory.

— Mais enfin, tu ne vois dont pas que cette écervelée...

— Il suffit !

Les yeux habituellement bleu foncé de Rory étaient devenus noirs, sa voix plus cassante que du verre, et ses narines se dilataient comme celles d'un taureau sur le point de charger. Il était effrayant !

— Je t'interdis d'insulter toute personne se trouvant sous mon toit ! gronda-t-il.

— Je suis ta mère, par conséquent...

— Je suis ton chef ! la coupa-t-il. Par conséquent, quand je t'ordonne quelque chose, tu es dans l'obligation de t'y soumettre. Si cela ne te plaît pas, la porte est grande ouverte !

— Tu es bien le fils de ton père ! Toujours à n'en faire qu'à ta tête !

— Et toi, tu es toujours d'aussi mauvaise foi quand tu n'obtiens pas ce que tu veux.

La situation ne faisait qu'empirer. Heureusement, Mary dut comprendre que la colère de Rory n'était pas simulée et retourna dans le donjon, non sans lui jeter en passant un regard chargé de ressentiment. Cette femme devait vraiment bien s'entendre avec Gwyneth. Le même genre de garce.

La chaleur d'une main sur son épaule la détourna de ses pensées amères.

— Je suis désolé de ce qui vient de se passer, déclara Rory en caressant le tissu de son pourpoint.

— Oh ! Ne t'inquiète pas, lâcha-t-elle en haussant son épaule pour l'en déloger. Il en faut plus que cela pour m'atteindre.

En vérité, Mary MacLeod l'avait touchée en plein cœur en mentionnant ses parents, mais cela, elle ne l'avouerait pour rien au monde.

— J'ai encore un détail à régler avec Miss Gwyneth, poursuivit Rory.

— Je comprends. Nous…

Elle se racla la gorge.

— Nous allons y aller. Les chevaux sont pratiquement prêts, et je ne voudrais pas rentrer trop tard.

— Gwenn…

Sa voix, de nouveau lisse et caressante, affola son cœur.

— Attends-moi avant de partir. J'ai quelque chose de très important à te dire. S'il te plaît.

Pourquoi son cœur se mettait-il à battre la chamade ? C'était insensé ! Il suffisait que Rory ouvre la bouche pour qu'elle ait l'impression d'avoir la poitrine sur le point d'exploser. Il ne fallait surtout pas qu'elle le revoie avant son départ. Ce serait trop dangereux, trop imprudent. Pourtant…

— D'accord, je t'attendrai, murmura-t-elle.

… lui dire non était inimaginable.

Elle crut un instant qu'il allait l'embrasser devant tout le monde, mais il ne le fit pas. Il lui adressa un doux sourire à la place, puis s'éloigna vers le donjon. C'était mieux ainsi. Plus prudent. N'est-ce pas ? Oh ! elle ne savait plus. Plus tôt dans la matinée, elle était décidée à partir et à ne plus jamais le revoir, une fois la guerre terminée ; maintenant, elle était déçue parce qu'il ne l'avait pas embrassée. Elle devait encore avoir de la fièvre, ou alors sa blessure au flanc avait fait plus de dégâts qu'elle ne le pensait.

— Gwenn ! Tout est prêt, on y va quand tu veux ! lança Awena, déjà installée sur le dos de sa monture.

« *Attends-moi avant de partir. J'ai quelque chose de très important à te dire. S'il te plaît.* »

— Quelle heure est-il ? demanda-t-elle.

— Presque midi, répondit un membre du clan.

Il fallait entre quatre et cinq heures de cheval pour rejoindre Cuidrach. Et, si elle voulait avoir le temps de préparer ses troupes pour le combat du lendemain, elle ne pouvait plus se permettre de tarder.

Oui, mais tu as promis à Rory de l'attendre...

— Très bien, préparez-vous, on part dans deux minutes. Je reviens.

Tant pis ! Comme Rory n'était toujours pas là, elle irait le chercher.

Arrivée dans la grand-salle, elle trouva Lachlan qui essayait de s'enivrer. Le pauvre ne semblait pas s'habituer aux rejets continuels d'Awena.

— Lachlan ! Sais-tu où se trouve Rory ?

— Dans son bureau, dit-il en lui indiquant une porte, dans le fond de la pièce.

D'un pas rapide, elle s'approcha de la porte indiquée, frappa un coup sec et entra. Elle ne savait pas trop à quoi s'attendre en entrant dans cette pièce, mais certainement pas à voir Gwyneth sur les genoux de Rory, en train d'échanger avec lui un baiser langoureux.

Chapitre 13

Cette journée était décidément une véritable catastrophe ! Entre sa nuit infernale, le retard de son départ et sa dispute avec Lady MacLeod, Gwenn pensait avoir atteint le maximum de contrariétés pour la journée. Il fallait croire que non. Comment avait-elle pu se fourvoyer à ce point ? En voyant le couple enlacé, elle se dit qu'après tout, ils allaient bien ensemble. Deux manipulateurs de haut niveau ! Cette révélation lui donna envie de pleurer. Elle s'obligea à prendre la décision la plus raisonnable qui soit dans ce genre de situation : partir. Partir et ne jamais revenir.

Elle prit donc la fuite en courant, fonçant droit dans un mur. Quelle idiote ! Sa chute réveilla instantanément la douleur à son flanc. Comme si elle ne souffrait pas déjà assez comme cela !

— Seigneur ! Gwenn, tout va bien ? demanda Lachlan.

Ouvrant les yeux, elle se rendit compte que ce n'était pas un mur qu'elle avait heurté, mais Lachlan, en pleine conversation avec sa mère.

— Je suis désolée, Lachlan, excuse-moi, je ne regardais pas où j'allais.

— Mais enfin, que se passe-t-il ? Pourquoi pleures-tu ? s'enquit-il en l'aidant à se relever.

— Ce n'est rien. Ne t'inquiète pas, répondit-elle en essuyant rapidement ses larmes.

— Que je ne m'inquiète pas ! Tu déboules comme une furie dans la salle pour t'écrouler en larmes à mes pieds. Je crois que j'ai toutes les raisons de m'inquiéter, au contraire. Veux-tu que j'aille chercher Rory ? Peut-être que…

— Non ! Surtout pas ! Laisse-le là où il est. Je ne veux plus jamais le revoir !

— Je viens de me disputer avec mon fils à cause de vous, et maintenant vous le rejetez ! Vous êtes vraiment une peste sans limites ! intervint Mary.

— Mère ! râla Lachlan. Je viens juste de t'expliquer que tu te fourvoyais à propos de Gwenn.

Le fils et la mère se dévisagèrent respectivement.

— J'ignore pour quel genre de personne vous me prenez exactement, milady, mais il s'avère que je sais reconnaître quand je ne suis plus la bienvenue quelque part. Alors, mes félicitations ! Vous avez gagné !

Mary la fixa sans comprendre.

— Rory et Gwyneth sont tous les deux en train de fêter votre victoire par de grandes embrassades. Alors, vous m'excuserez, mais je dois partir. On m'attend. Merci quand même pour votre hospitalité.

— Gwenn, attends ! l'appela Lachlan. Il doit bien y avoir une explication…

Non, elle n'attendrait plus. Finies les excuses. C'était terminé. Elle n'était qu'une imbécile. Une incorruptible rêveuse qui s'était prise d'affection pour un coureur de jupons. Le pire, c'était que la réputation de Rory était célèbre sur toute l'île, pourtant, elle avait fait la bêtise de s'accrocher à lui, de l'embrasser comme une dévergondée.

Heureusement qu'elle ne l'avait pas attiré dans sa chambre, la veille ! Dehors, Wang, Awena et tous les autres l'attendaient, déjà en selle. Rage était sagement posté au pied des marches. Il n'y avait bien que les mâles de son clan à lui être loyaux ! Elle ne discuta avec personne et s'installa directement sur son étalon. Wang s'avança à sa hauteur, la mine inquiète de celui qui a deviné que quelque chose n'allait pas.

— As-tu parlé avec Rory ?

— Non, je n'ai pas pu. Sa langue était trop occupée à faire connaissance avec celle de Miss MacKenzie !

À voir la réaction de Wang, elle n'était pas la seule à avoir été dupée. MacLeod était vraiment très fort. Et Dieu ! Ce qu'elle avait mal dans la poitrine ! Plus elle s'attardait en ces lieux, plus la plaie suppurait.

— Rage ! À la maison.

Elle n'eut pas besoin de le lui dire deux fois. Le cheval se mit immédiatement en route, au pas. Mais Gwenn n'était pas d'humeur à admirer le paysage, si beau soit-il. Elle poussa donc sa monture à un rythme plus soutenu. Rage adorait courir très vite et, ces derniers temps, elle n'avait pu s'occuper de lui autant que d'habitude. Même si Wang l'avait brossé et laissé se promener librement chez les MacLeod, Rage préférait être avec elle.

Ils traversèrent le village, où quelques villageois vinrent les saluer, puis les grands herbages où paissaient des moutons, et les champs d'avoine et de blé. Enfin, ils attaquèrent les montagnes de l'autre côté desquelles se trouvait sa maison. Là où elle pourrait soigner son cœur, à l'abri des regards indiscrets.

Avant de passer le premier virage, elle s'arrêta et regarda une dernière fois Dunvegan. Les champs et les herbages, qui mêlaient leurs différentes teintes de vert. Un peu en retrait de la baie, le village. Au loin, le château fort, bâti sur sa motte, typique des constructions normandes. Ses remparts et son donjon s'intégraient parfaitement dans ce décor sauvage et magnifique. Comme son chef. Avec une larme de regret, elle fit demi-tour et reprit la route. Elle aurait tout le temps de pleurer, une fois chez elle.

À Dunvegan, Rory ne comprenait pas ce qu'il venait de se passer. Il pensait pouvoir enfin parler sérieusement avec Gwenn et, pourquoi pas, envisager une discussion pour un mariage, mais voilà que tout lui avait échappé. À cause de cette peste de Gwyneth ! Il l'avait trouvée dans la grand-salle, près de la cheminée, en train de coudre, et lui avait poliment demandé si elle pouvait lui accorder un entretien. Elle l'avait suivi dans son bureau avec un immense sourire. Là, il lui avait expliqué que, même si le désir de sa mère était de les marier, il n'avait nullement l'intention de s'y soumettre.

Comme il aurait dû s'y attendre, elle s'était mise à pleurer, lui avait demandé ce qui lui déplaisait, chez elle. Tout, avait-il eu envie de lui répondre. Mais, au dernier moment, ses bonnes manières l'en avaient empêché. À la place, il avait voulu faire preuve de compassion en approchant son siège du sien pour lui prendre la main. Elle l'avait écouté tout le long, séchant ses pleurs à mesure qu'elle l'écoutait. Le cœur brisé, elle avait déclaré qu'elle quitterait Dunvegan sans tarder, afin de ne pas abuser de leur hospitalité.

Sur le coup, elle semblait si malheureuse que Rory s'était senti coupable. Après tout, elle n'avait rien demandé et se trouvait rejetée. Et puis, tout à coup, alors qu'elle était sur le point de sortir, elle était revenue sur ses pas pour se jeter à son cou et l'embrasser. Il avait assez d'expérience avec les baisers pour constater qu'elle n'en était pas à son premier, contrairement à Gwenn. Il avait été trop déconcerté par l'attitude de Gwyneth, sur l'instant, pour réagir. Et elle en avait profité pour s'installer confortablement sur ses cuisses. Instinctivement, ses vieux démons s'étaient réveillés. Le désir et la frustration qu'il portait depuis des jours n'y était probablement pas pour rien. Mais il s'était repris, en comprenant que la femme qu'il embrassait n'était pas Gwenn. Quand il l'avait repoussée, il lui avait demandé ce qui lui avait pris ; elle avait répondu vouloir lui donner un baiser d'adieu. Il aurait pu la croire, s'il n'y avait pas eu cet éclat de satisfaction malsaine dans son regard, dont il ne s'expliquait pas la raison.

C'est alors qu'il avait vu la porte grande ouverte… et deviné que la seule personne au monde qui n'aurait pas dû l'ouvrir l'avait fait : Gwenn. Malheur ! Elle avait dû croire que ce baiser était désiré ! Gwyneth avait eu de la chance que sa priorité ait été de retrouver Gwenn ! Il aurait pu lui faire du mal, tant sa fureur était grande !

Une fois hors de son bureau, il avait tout juste eu le temps d'apercevoir Gwenn franchir en courant la porte d'entrée. Il lui fallait impérativement la rattraper avant qu'elle ne se sauve. Mais Lachlan lui avait barré la route en lui administrant un puissant crochet du droit. Il voulait défendre Gwenn et, chose improbable, même sa mère avait pris le parti de la jeune femme. Il avait perdu de nombreuses minutes à les calmer et à leur faire comprendre la situation. Finalement, sa mère s'en était prise à Gwyneth lorsque celle-ci avait eu la mauvaise idée de sortir de son bureau. Mary avait été très claire : il n'était pas question qu'elle ait eu à subir une telle humiliation devant tout le clan pour rien.

Malheureusement, une fois qu'il était enfin parvenu dehors, il n'y avait plus aucune trace des MacDonald. Gwenn était partie en pensant qu'il l'avait trahie avec une autre. Qu'est-ce qu'il devait faire ? Comment devait-il s'y prendre ?

— Va la retrouver, entendit-il dans son dos.

— Mère ? s'exclama-t-il en jetant un coup d'œil par-dessus son épaule.

— Je suis désolée pour tout à l'heure, déclara-t-elle. Lachlan m'a ouvert les yeux sur cette situation et tu ne peux pas imaginer à quel point je m'en veux de ne pas avoir vu les manœuvres de Gwyneth. Je me rends bien compte maintenant que tu aimes cette jeune femme. Mais je pensais que tes sentiments n'étaient pas réciproques. C'est quand je l'ai vue partir en larmes que j'ai compris qu'ils l'étaient. J'espère qu'un jour tu pourras me pardonner mes horribles paroles.

Et de trois ! Était-il si idiot pour être le dernier de son clan à avoir compris les sentiments qu'il ressentait pour Gwenn ?

— Il me faudra peut-être un moment avant de ne

plus t'en vouloir autant. Mais j'apprécie tes excuses et je les accepte.

Il ne pouvait quand même pas rester fâché avec elle éternellement. C'était sa mère.

— Merci, mon fils, souffla-t-elle.

— Tu penses que la situation peut encore s'arranger ? demanda-t-il en regardant en direction des montagnes.

— Elle t'aime. Elle ne t'écoutera sûrement pas tant qu'elle aura mal, mais, plus tard, elle comprendra que tu n'as jamais voulu ce baiser.

Entendre sa mère convaincue de l'inclination de Gwenn en son endroit le rassura. Tout n'était peut-être pas perdu.

— Je me suis fait avoir comme un imbécile ! grogna-t-il.

Il avait l'habitude des manipulations féminines à la cour. Mais après avoir rencontré Gwenn, il avait quelque peu oublié de se méfier. Pourtant, son l'instinct l'avait prévenu de faire attention avec Miss MacKenzie. Il n'avait aucune excuse.

— Nous nous sommes fait avoir tous les deux, mon chéri. Va, ne la laisse pas seule avec son cœur brisé.

— Ce clan est tellement uni, ils ne me laisseront jamais l'approcher.

— Tu es Rory MacLeod, chef du clan MacLeod. Personne ne t'empêchera de retrouver celle que tu désires !

— Tu as raison. Merci, dit-il en l'embrassant.

Il fit alors prévenir Cameron qu'il se lançait à la poursuite de Gwenn et qu'il lui laissait le soin de diriger les opérations pour le départ du lendemain. Gwenn avait une longueur d'avance sur lui, mais il ferait tout pour la rattraper avant qu'elle n'ait atteint sa forteresse.

Car, une fois qu'elle serait à l'intérieur, il n'était pas sûr qu'on le laisse entrer. Un jeune palefrenier lui apporta Tonnerre, qu'il enfourcha sans attendre. Le temps qu'il passe les remparts, William, Angus, Cameron et Lachlan l'avaient rejoint.

— Mais que croyez-vous faire exactement ?

— Il est hors de question que tu y ailles seul, affirma Angus.

— Cela ne concerne que Gwenn et moi. Vous n'avez pas à intervenir.

— Non, cela concerne tout le clan, si tes projets de mariage avec cette femme se trouvent annulés, affirma William.

Et d'une quatrième personne au courant de ses sentiments !

— Qui va gérer les opérations pour la bataille si vous me suivez ? Et qui vous a dit que je comptais l'épouser ?

— Ne t'inquiète pas pour la bataille, grand-mère a pris les choses en main. Et pour ce qui est de vouloir l'épouser, c'est simple, tu n'as jamais regardé une femme comme tu la regardes, lui répondit Lachlan.

— Qui te dit que je ne fais pas tout cela simplement pour la mettre dans mon lit ?

— On est allés ensemble au bordel suffisamment de fois pour savoir que tu n'as pas juste l'intention de retrousser ses jupons, répliqua Angus.

Angus et ses remarques si délicates !

— De plus, si tu ne comptais pas l'épouser, tu n'irais pas la chercher, poursuivit Cameron.

Ce n'étaient pas quatre mais plutôt sept personnes de plus !

— Très bien, je reconnais que l'idée m'a effleuré l'esprit. J'espère juste que le clan l'acceptera…

— Tu penses sérieusement que le clan ne voudra pas d'une femme aussi belle, aussi farouche, et qui n'aura pas peur de te mettre des coups de pied aux fesses si elle en a envie ? Au contraire, tout le monde aura hâte de la voir à l'œuvre ! ironisa William.

— Merci, les gars.

Ce fut donc tous les cinq qu'ils prirent la route à travers les Highlands, direction : Cuidrach.

Chapitre 14

Forteresse de Cuidrach, clan MacDonald

Il leur avait fallu plus de cinq heures pour arriver à destination. Mais enfin ils y étaient. Cuidrach. La forteresse, bâtie sur une falaise de pierre volcanique, était magnifique. On l'aurait dite dressée pour protéger les Highlands des envahisseurs venus de la mer. La gardienne des lieux. *Mon foyer*, songea Gwenn, *dont j'ai reconstruit la plus grande partie*. La pression qui lui écrasait le cœur depuis son départ de Dunvegan diminua un peu à la vue de ce lieu si familier.

Un rassemblement d'enfants se portèrent à leur rencontre et les accueillirent en héros. Enfin, elle surtout. Franchissant le premier rempart, elle vit la bonne humeur qui régnait dans le village. Bon nombre d'habitants s'approchèrent pour lui demander de ses nouvelles. Apparemment, l'annonce de sa blessure était parvenue jusqu'ici. Tout comme la façon dont elle l'avait reçue.

En atteignant le second rempart qui protégeait le château, elle aperçut Brianna et sa fille Moïra. La petite venait d'avoir six ans et était le portrait craché de sa mère :

brune avec les yeux bleu clair. Elle était un vrai rayon de soleil et Gwenn était très fière d'être sa marraine.

— Tante Gwenn, tu es enfin de retour ! s'exclama Moïra.

Elle dévala les marches en toute hâte et sautilla énergiquement autour de Rage. Ce dernier, habitué aux facéties de l'enfant, s'arrêta avant même qu'elle ne lui demande.

— Oui, ma chérie, je suis rentrée.

— Est-ce vrai que tu as été blessée en affrontant des Vikings impitoyables ? demanda l'enfant, tout excitée.

— Oui, c'est vrai, sourit-elle.

— Tu veux bien me montrer ta blessure ?

— Écarte-toi un peu que je puisse descendre avant, et je te la montrerai.

Aussitôt dit, Moïra recula afin de leur permettre de descendre librement des chevaux. Mais à peine eurent-ils tous posé le pied à terre qu'elle revint pour examiner la fameuse blessure. Gwenn savait que Moïra ne la laisserait pas tranquille tant qu'elle ne se serait pas « assurée » elle-même que sa tante ne courait plus aucun risque. Elle releva donc son pourpoint et la laissa regarder, de son air très sérieux, sa balafre.

— Elle m'a l'air d'être propre. Wang, tu as bien travaillé, dit-elle en se retournant vers l'intéressé, qui se trouvait sur sa gauche.

— Merci beaucoup, jeune guérisseuse, répondit celui-ci en s'inclinant devant elle.

Car Moïra voulait devenir guérisseuse. Bien sûr, elle avait le temps de changer d'avis, mais, pour le moment, elle semblait persévérer dans cette voie.

Un mouvement l'attira en périphérie de son champ de vision.

— Bienvenue à la maison, Gwenn.

— Bri ! Je suis tellement contente de te revoir ! dit-elle en prenant son amie dans ses bras.

Elle ne s'était pas rendu compte à quel point son amie lui avait manqué. Il n'y avait qu'avec elle qu'elle parvenait à faire le point, quand Wang lui embrouillait les idées avec ses citations et ses paroles philosophiques.

— Tu es sûre que tu vas bien, Gwenn ? On dirait que cela fait des jours que tu n'as pas dormi.

— Il faut que je te parle, suis-moi.

Elles prirent toutes les deux la direction du château. En entrant, elles montèrent l'escalier qui conduisait à la salle d'armes, avant de s'engager sur le chemin de ronde. Elles aperçurent Moïra et les autres enfants courir après les poules de la grand-mère de Gwenn. D'ailleurs, celle-ci sortait de sa petite maison, un balai à la main, pour protéger ses volailles. Les enfants étaient infatigables.

Pauvre grand-mère, elle doit vraiment en avoir assez de les reprendre en main chaque fois !

Cette scène de la vie quotidienne mit du baume sur son cœur meurtri. Mais pas suffisamment pour lui permettre de respirer de nouveau librement.

— Vas-tu me dire ce qu'il t'arrive ou vais-je devoir t'arracher les vers du nez ?

Elle grimaça. Brianna la connaissait aussi bien qu'elle la connaissait elle-même.

— Il s'est passé quelque chose à Dunvegan.

— Je suppose que tu ne parles pas de l'attaque des Vikings ?

— Non, en effet.

Les Vikings étaient même le cadet de ses soucis pour le moment.

— Bon ! Eh bien, je t'écoute ! la pressa Bri.

— C'est un peu compliqué. Je ne sais pas moi-même comment tout cela a commencé.

Elle se gratta la tête tandis que le doute s'insinuait en elle. En discuter avec Brianna n'était probablement pas la solution à son problème…

— C'est en rapport avec ta blessure ?

— Ce serait plus facile si c'était le cas.

L'inquiétude se lisait sur les traits de son amie.

— Gwenn ! gronda Brianna, perdant patience.

Elle soupira et lâcha :

— Durant mon séjour à Dunvegan, j'ai eu de la fièvre et je suis restée alitée jusqu'à hier.

— Une minute, tu n'es debout que depuis hier, et tu as déjà repris la route ! Ce n'est pas sérieux ! Tu as pris trop de risques, Gwenn !

Elle leva les yeux au ciel.

— Oh ! je t'en prie, je vais bien ! Je n'ai pas eu une seule fois de vertiges depuis que je me suis levée. Alors, arrête de t'inquiéter.

Elle n'était pas d'humeur à se faire materner, aujourd'hui.

— Je comprends mieux maintenant pourquoi tu as une tête aussi horrible. Ce n'est pas étonnant avec…, déclara Bri avant de s'interrompre. Attends ! Ce n'est pas à cause de cela que tu es aussi abattue, pas vrai ?

— Non… Je crois que je suis dans une sale situation.

— Pourquoi ?

— Rory MacLeod, tu te souviens de lui ?

— Tu veux parler de ce beau mâle qui est venu l'autre jour, aux épaules aussi larges que la bibliothèque de ton bureau et à la virilité surpuissante ? Non, je ne m'en souviens pas du tout.

— Ha ha ! Oui, celui-là même.

Sous le feu du regard insistant de Brianna, Gwenn sut instantanément, à quel moment son amie comprit l'état de sa situation.

— Tu as succombé à son charme, c'est cela ?

— Eh bien…

— J'ai vu juste. Ma chérie, écoute, je sais que cet homme est incroyablement beau, mais tu devrais faire attention. Sa réputation auprès des femmes n'est plus à faire. Si tu vois ce que je veux dire…

— Merci, je m'en suis rendu compte. Mais je crois que… je l'ai compris un peu tard.

— Tu t'es donnée à lui ?

— Non ! Non, Dieu merci. Je ne suis pas allée jusque-là. Même si, hier, nous avons bien failli finir dans un lit.

— Il a une maîtresse ?

— Pire ! Une fiancée.

— Oh ! Le mufle !

— Enfin, une future fiancée. Il n'a pas encore fait sa demande mais je les ai surpris en train de s'embrasser.

— Tu es tombée amoureuse de lui, conclut Brianna, après l'avoir observée attentivement.

— Quoi ? Non ! C'est ridicule ! J'aurai pu, je le reconnais. Mais je ne le suis sûrement pas.

Aucune chance qu'elle le soit. Elle s'était promis ne de jamais laisser un homme avoir un quelconque pouvoir sur sa personne. Cette promesse, elle l'avait faite au-dessus du corps encore chaud de sa sœur.

— Oui, bien sûr. C'est pour cela que tu as l'impression d'avoir le cœur brisé !

— Je n'ai pas l'impression d'avoir…

Son amie soupira bruyamment.

— Oh ! je t'en prie ! l'interrompit Bri en levant les bras au ciel. Arrête de te mentir à toi-même ! Tu as une tête de déterrée, tes yeux sont sans cesse emplis de larmes et tu t'es enfuie de Dunvegan.

— Je ne me suis pas enfuie de Dunvegan. Il était prévu que je rentre ! Je ne peux donc pas être amoureuse de lui. Tu comprends ? Je ne peux pas ! s'obstina-t-elle.

Aussi furieuses l'une que l'autre, aucune des deux ne détourna le regard.

— Gwenn ! Il y a des visiteurs en approche, cria Malcolm, qui se trouvait au bas du rempart.

— Tu attends de la visite ? demanda-t-elle à Brianna.

— Non.

Un pressentiment la saisit. Il n'aurait quand même pas osé la suivre jusqu'ici…

— Qui est-ce, Malcolm ?

— MacLeod.

Rory était découragé. Ils avaient chevauché au grand galop, mais cela n'avait pas suffi pour rattraper Gwenn. Le passage qu'il comptait emprunter, afin de gagner du temps et la prendre de vitesse, avait subi un éboulement. Il lui avait donc fallu revenir sur ses pas et suivre, à son tour, la route principale de Cuidrach. Tout ce temps de perdu ! Et maintenant, il était là, à attendre le bon vouloir de Gwenn pour entrer dans son refuge.

Wang le surveillait du haut des remparts, juste au-dessus de l'entrée principale, l'œil rétif. Il ne semblait franchement pas heureux de l'accueillir. Évidemment ! Il était au courant. Pourtant, avec sa façon de pressentir les choses, il aurait dû savoir qu'il ne trahirait jamais Gwenn.

— J'ai l'impression qu'ils vont nous laisser dehors, commenta William.

— Cela se pourrait bien. As-tu vu la tête de Wang ? poursuivit Cameron.

Apparaissant à son tour sur le chemin de ronde, la cousine de Gwenn murmura quelques mots à l'oreille de Wang.

— On dirait qu'il… Oh ! Awena ! Mon chaton, peux-tu ordonner qu'on nous ouvre la porte, s'il te plaît ? demanda Lachlan.

— Arrête de m'appeler comme ça ! Je ne suis pas ton chaton ! répliqua Awena.

— Non ! Oh ! tu me brises le cœur, gémit Lachlan, une main sur la poitrine.

— Bon ! Tu as fini tes bêtises ? Je suis venu ici pour m'expliquer avec Gwenn. Pas pour t'écouter conter fleurette à Awena ! râla Rory.

Lachlan lui jeta un regard moqueur.

— Oh ! C'est bon ! Tu n'es pas le seul à t'être fait harponner le cœur par une MacDonald ! rétorqua-t-il.

Au même moment, les portes de la forteresse s'ouvrirent devant eux. Rory distingua alors Gwenn en pleine conversation avec Malcolm.

— Ah ! Je savais qu'Awena ne me laisserait pas dehors, se vanta Lachlan en éperonnant sa monture.

Apparemment, ils semblaient se disputer sur le fait de les laisser entrer ou non. Gwenn était probablement contre son intrusion, cela se comprenait. Il devait lui parler maintenant, avant qu'elle ne fasse changer d'avis son cousin.

— Gwenn ! Laisse-moi t'expliquer, avant de vouloir nous chasser d'ici !

— Je ne veux pas te chasser, voyons !

Hein ? Comment cela ? Elle ne voulait pas le chasser ? S'était-il mis martel en tête pour rien ?

Il descendit de Tonnerre et la rejoignit.

— Dans ce cas, envisagerais-tu de me tuer ?

Elle ricana sardoniquement.

— Non ! Pourquoi le voudrais-je ?

— Eh bien… Pour ce qu'il s'est passé dans mon bureau, avant ton départ.

Son sourire s'effaça.

— Oh ! Tu parles du baiser avec Gwyneth ? Cela ne me regarde pas. C'est ta vie privée, je n'ai pas à intervenir.

Il fronça les sourcils. Ce n'était pas la réaction à laquelle il s'attendait devoir faire face. Cela ne lui plaisait pas du tout.

— Non, Gwenn… Je pensais que tu avais compris que tu avais une certaine importance pour moi. Mais tu t'es sauvée sans que j'aie l'occasion de t'expliquer que tout cela n'est qu'un terrible malentendu.

Elle le dédaigna.

— Une certaine importance pour toi ? Eh bien, heureusement que je suis une personne ayant de l'importance, parce que je n'aimerais vraiment pas être quelqu'un qui n'en a pas la moindre pour toi ! grogna-t-elle.

— S'il te plaît ! Je sais que cela peut paraître difficile à croire, mais si tu étais restée deux secondes de plus…

— Je te remercie, mais j'estime en avoir bien assez vu, dit-elle en faisant demi-tour.

Oh non ! Il n'allait certainement pas se contenter de ce semblant de discussion ! Il abandonna les rênes de Tonnerre à Malcolm, resté près de lui, et suivit Gwenn. Elle était en colère et c'était justifié. Elle avait beau faire semblant de penser que tout allait pour le mieux, il n'était pas aveugle. Elle était furieuse et surtout malheureuse. Elle ne le croyait pas quand il affirmait que ce baiser était un malentendu. Venant d'elle, le contraire l'aurait étonné.

Passée l'entrée principale, ils arrivèrent dans la grand-salle. Majestueuse et spacieuse, elle faisait bien deux fois celle de Dunvegan ! Une immense table posée sur des tréteaux en forme de U occupait une bonne moitié de la pièce. Sur sa gauche et sa droite, de grands escaliers de pierre. Dans le fond de la pièce, une impressionnante cheminée, où deux gros cochons rôtissaient. Au plafond, trois grands chandeliers éclairaient la pièce, et plusieurs bouquets d'herbes aromatiques et de fleurs médicinales y étaient suspendus. Il y avait quelques tentures représentant des scènes de la vie quotidienne, comme des enfants qui jouaient, des hommes qui pêchaient, des femmes qui cousaient ou encore des guerriers – hommes et femmes – s'entraînant au combat. C'était un lieu familial. Les étrangers tels que lui n'étaient pas les bienvenus ici.

Gwenn, quelques mètres plus loin, poursuivit son

chemin jusqu'à l'escalier de droite. Ses bottes claquaient sur les marches de pierre. Sans bruit, il la suivit et déboucha dans l'armurerie où tout un pan de mur était recouvert d'armes diverses et variées. Sa guerrière, toujours furieuse, attrapa un sabre en bois ainsi que des vêtements noirs, qu'elle lui jeta aux pieds.

— Tiens ! Mets cela et rejoins-moi dans la pièce au fond du couloir.

— Pour quoi faire ?

— On va s'expliquer à ma manière ! Chaque fois que tu me diras une parole de travers, je le saurai, et alors… gare à toi !

Il se sentit blêmir. Elle ne voulait quand même pas dire…

— Tu veux qu'on se batte ?

— Non ! Je vais t'humilier. Tu as juste la chance que, contrairement à toi, je le fasse à la loyale ! dit-elle en l'abandonnant.

Chapitre 15

L'expression de Rory à son annonce aurait très probablement fait rire Gwenn, si elle n'avait pas été aussi furieuse. Il avait le culot de venir ici pour lui dire qu'elle s'était fait des idées ! Contrairement à ce qu'il semblait penser, elle n'était pas idiote. Elle l'avait bien vu, bouche contre bouche avec Gwyneth, corps contre corps. Cette image était d'ailleurs marquée au fer rouge dans sa mémoire. Et, oui, elle devait l'admettre, elle était jalouse de Gwyneth MacKenzie. Elle s'était mise à considérer Rory comme lui appartenant, alors qu'il ne faisait, de son côté, que s'amuser avec elle. Quel prestige de pouvoir compter l'Empaleuse de Skye parmi ses nombreux trophées de chasse ! Cette idée la rendait malade. Malheureusement, se dissimuler la vérité n'y changerait rien. Son comportement était inexcusable. Elle allait lui apprendre à se moquer d'elle comme il le faisait !

Installée dans la salle d'arts martiaux, elle avait revêtu l'uniforme qu'elle portait lors de ses entraînements. Rory ne pratiquait pas le combat au katana, elle allait donc lui donner une petite leçon qu'il ne serait pas près d'oublier !

Après quelques minutes de silence, elle l'entendit frapper, puis il entra, en tenue. Enfin, en tenue, c'était vite dit… Son *obi*[1] reposait sur ses épaules et il avait laissé son *keikogi*[2] ouvert sur son superbe torse musclé. Elle savait que Rory était un homme fort, mais jamais elle n'avait eu un aperçu de son impressionnante musculature. Elle suivit du regard ses pectoraux fermes et étrangement imberbes ; son ventre était dix fois plus marqué par ses abdominaux que le sien. Une fine ligne de poils noirs partait de son nombril pour se prolonger plus bas, bien plus bas, sous la couture de son *hakama*[3], placé sur ses hanches étroites. Cet homme était… Comment avait dit Bri, déjà ? Ah oui ! Un beau mâle ! Elle ne pouvait pas être plus proche de la vérité.

— Gwenn… Si tu n'arrêtes pas de me regarder ainsi, je ne réponds plus de rien, rétorqua Rory d'une voix rauque.

Il l'avait surprise en train de l'épier ! Ou plutôt de le contempler.

— Je ne vois pas de quoi tu parles, cracha-t-elle.

Elle n'allait certainement pas admettre qu'elle était toujours attirée par lui. Plutôt se faire arracher la langue !

— Je constate juste que tu es décidément prêt à tout pour essayer de me troubler, au point de ne pas te vêtir correctement, poursuivit-elle.

Il soupira d'agacement.

— Gwenn, je t'assure que je n'ai rien fait avec…

1. Ceinture blanche assez longue qui permet de fermer le *keikogi*.

2. Longue veste d'entraînement en coton.

3. Pantalon large plissé porté notamment par les samouraïs.

— Stop !

Sa colère était de retour. L'image de Rory et Gwyneth enlacés refusait de quitter son esprit ; plus elle voulait la chasser, plus elle revenait en force. La douleur était intolérable et elle n'avait qu'une envie, le faire souffrir autant qu'elle souffrait. Œil pour œil, dent pour dent, c'est bien ce que disait le proverbe, non ?

— Ce n'est pas comme cela que tu dois mettre ta tenue !

Elle se rapprocha de lui, lui retira son *obi*, qu'il s'était passé autour du cou, et le posa sur ses propres épaules. Puis elle entreprit de repositionner son *keikogi* correctement.

Comment le mettait-on, déjà ?

L'odeur de sueur, de cheval, de cuir et de mer qui émanait de Rory lui brouillait l'esprit, et la vue de ce torse, qui aurait pu être sculpté dans le marbre, n'arrangeait pas le problème.

— Tu m'as manqué, Gwenn…, susurra-t-il.

Ses douces paroles lui brisèrent davantage le cœur. Si seulement c'était vrai ! Mais non, il voulait simplement poursuivre son œuvre de séduction. Elle ne devait pas l'oublier.

Elle répéta l'opération qu'elle avait faite pour se vêtir, quelques minutes plus tôt. Recouvrir le côté gauche du *keikogi* avec le côté droit, puis prendre l'*obi* et le nouer autour de la taille, pour maintenir le *keikogi* fermé. Normalement, le *hakama* s'attachait au-dessus du *obi*, mais elle n'aurait jamais la force de le déshabiller et de le rhabiller, sans laisser paraître son trouble.

— Bien ! Où est le *bokken* que je t'ai donné ?

— Le quoi ? demanda-t-il en fronçant les sourcils.

— Le *bokken*. Le sabre en bois, si tu préfères.

— Ah ! Je l'ai laissé dans l'entrée.

— Tu l'as laissé…

Elle inspira profondément. *Reste calme…*

— Va le chercher !

— Non !

Sérieusement ! Avait-elle bien entendu ce qu'il venait de dire ?

— Je te demande pardon ?

— J'ai dit non. Je peux comprendre que tu sois en colère, et si, pour t'aider à te calmer il faut que je me déguise avec ces drôles de vêtements, eh bien, soit, je le ferai. Mais je ne vais certainement pas me battre avec toi.

— Tu pourras toujours essayer de te défendre, si tu veux, dit-elle en s'écartant pour aller chercher le *bokken*.

— Mais enfin, je ne vais pas te frapper ! Pour qui me prends-tu ?

Elle s'arrêta à quelques mètres à peine de la porte.

— C'est vrai, excuse-moi…

— J'aime mieux ça.

— … J'avais oublié que tu préférais porter tes coups dans le dos de tes adversaires !

— Là, tu vas trop loin, Gwenn ! dit-il en l'attrapant par le bras pour la faire pivoter.

Au moment même où sa main entrait en contact avec elle, Gwenn vit rouge. La colère qu'elle réprimait et la douleur qui lui assaillait la poitrine explosèrent d'un coup. Elle lui agrippa le poignet, positionna sa cheville derrière son genou et le fit basculer en arrière.

Une horrible douleur vrilla le crâne de Rory. Que venait-il de se passer ? Il parlait, ou plutôt se disputait avec Gwenn, quand tout à coup son crâne avait éclaté. Il entendait Gwenn crier, mais la douleur était si forte que le sens de ses paroles lui échappa. La pièce tournant autour de lui, il s'obligea à respirer profondément, plusieurs fois pour l'endiguer. Après quelques secondes – minutes ? –, il reprit enfin le contrôle et rouvrit les yeux. Gwenn était installée à califourchon sur ses hanches. Eh bien ! S'il devait se faire assommer chaque fois qu'elle voulait lui grimper dessus, il était prêt à la laisser faire sans protester !

Mais, contrairement à ce qu'il avait espéré, ce ne fut pas un baiser qu'il reçut d'elle, mais un puissant coup de poing au visage. Le coup eut au moins le mérite de lui remettre les idées en place. Son baiser avec Gwyneth, la fuite de Gwenn, puis leur dispute qui s'était sérieusement envenimée. Elle revenait déjà à l'attaque… Cette fois-ci, il réussit à lui immobiliser le poing avant qu'elle ne l'atteigne à nouveau. Sa main était beaucoup plus petite que la sienne, ce qui lui permit de la maintenir assez facilement. La frustration se peignit sur le visage de Gwenn. Violemment, elle essaya de se dégager par tous les moyens, mais il tint bon et ne la lâcha pas. Elle utilisa alors la force de son poing à son avantage. Elle s'appuya de tout son poids sur lui et le frappa avec la main gauche. Il commençait à en avoir assez. Il ne voulait pas lui faire de mal, mais, là, elle allait trop loin. Il lui agrippa l'autre poignet, banda les muscles de son ventre et l'entraîna dans une pirouette où il reprit le dessus. Allongée sur le dos, les mains au-dessus de la tête, elle était à présent coincée sous lui. Mais pas pour longtemps. Elle se contorsionna pour relever la jambe assez haut et lui coincer le cou dans l'articulation de son genou. Comment avait-elle réussi, alors qu'il la tenait ? Sa respiration se fit plus difficile, et la force avec laquelle il lui tenait les poignets faiblit. Gwenn en profita instantanément et se débarrassa de lui d'un puissant crochet au niveau de l'estomac.

La respiration coupée, il roula sur le côté, puis se redressa sur ses pieds en reculant prudemment. De son côté, Gwenn se releva aussi. Sa façon de se déplacer lui rappelait celle des renards quand ils se sentent menacés. Cette comparaison lui venait probablement en raison de ses cheveux, qu'il aurait adoré admirer dans d'autres situations. Mais le moment était mal choisi. Elle essaya à plusieurs reprises de le frapper avec ses poings, ses pieds, ses épaules, mais il parvint à l'éviter chaque fois. Il avait beau en avoir assez de se battre avec elle, jamais il ne lèverait la main sur elle. Il était un homme d'honneur, contrairement à ce qu'elle croyait. Cependant, la situation risquait de s'éterniser un long moment s'il ne parvenait pas à la raisonner.

— Gwenn, s'il te plaît, écoute-moi…

— Tais-toi ! Je ne veux plus entendre tes mensonges ! aboya-t-elle.

Ils tournaient en rond dans la pièce, se surveillant l'un l'autre, se mesurant du regard, attendant une occasion pour attaquer. Gwenn, surtout, car lui guettait plutôt ses mouvements.

— Il ne s'est rien passé avec Miss MacKenzie ! Je te le jure !

— Je vous ai vus vous embrasser, je ne suis pas aveugle !

— Elle s'est soudainement jetée à mon cou. C'est la vérité ! Je n'ai pas compris pourquoi, sur le moment, et quand je l'ai repoussée, tout est devenu clair.

Elle avait arrêté de tourner en rond, mais elle l'observait avec une suspicion mêlée de colère et de douleur. La colère, il pouvait encore la gérer. Mais sa douleur et sa suspicion lui faisaient autant de mal qu'à elle. Ne lui avait-il pas prouvé qu'il était digne d'elle ?

— Je t'ai dit que je voulais qu'on discute sérieusement, à Dunvegan, reprit-il. Je ne t'ai pas menti. Je voulais qu'on parle de ce lien qu'il y a entre nous, et de cette tension sexuelle qui a bien failli nous exploser au visage, hier soir.

Elle secoua la tête.

— Je ne te crois pas…

Sa voix avait perdu toute trace de hargne. Elle se calmait. Il voyait cependant les barrières qu'elle essayait de rebâtir entre eux pour se protéger. Elle avait peur de lui. Ou plutôt de ce qu'il pouvait lui faire. Les paroles de sa mère lui revinrent en mémoire. « *Je pensais que tes sentiments n'étaient pas réciproques. C'est quand je l'ai vue partir en larmes que j'ai compris qu'ils l'étaient.* » Gwenn ne voulait pas l'aimer. C'était ce que lui avait dit Wang : « *Elle cache en elle une fragilité et un besoin d'amour très fort. Elle le sait, et cette partie d'elle la terrifie, la pétrifie, même.* »

Ils avaient raison tous les deux. Elle se battait contre ses sentiments et, en même temps, une partie d'elle, celle qu'elle muselait, avait besoin d'amour et essayait à tout prix de s'exprimer. Peut-être que, s'il admettait lui-même ses sentiments, cela se passerait mieux ? Ou alors elle allait encore le traiter de menteur, pire, le rejeter. Il préféra donc s'approcher d'elle en douceur, et tenter de renouer le contact avec son côté fragile. Après tout, c'était comme cela qu'il avait fait, la première fois.

— Je ne te mentirai jamais.

— Bah voyons !

Elle érigeait ses barrières plus vite qu'il ne l'aurait cru.

— Très bien, si c'est comme ça que tu le prends...

S'il ne pouvait avoir la femme, c'est à la guerrière qu'il s'adresserait. Il sortit en trombe de la salle pour récupérer ses affaires restées dans l'armurerie. Là, il prit sa claymore et revint sur ses pas. Gwenn se trouvait toujours au même endroit qu'à son départ. Son regard se fit méfiant lorsqu'elle vit son épée, et elle positionna son *bokken* face à elle pour l'affronter. Pensait-elle réellement que son jouet en bois la protègerait de sa lame ? Heureusement pour elle, il ne comptait pas se battre.

Arrivé à sa hauteur, il décida d'abattre sa dernière carte, à genoux, son regard droit dans le sien.

— Moi, Rory MacLeod, chef du clan MacLeod de Skye, je te jure sur cette épée une loyauté à toute épreuve, un respect sans limites et de toujours te protéger. Si jamais je venais à manquer à ma parole, tu pourras m'ôter la vie par cette même lame. Je t'en fais le serment, ici et maintenant, déclara-t-il – puis il embrassa sa lame.

Chapitre 16

Gwenn fixa Rory, ahurie. Un serment de l'épée ! Un rite des chevaliers envers leur seigneur, des guerriers envers leur chef… C'était invraisemblable. Rory était chef de clan, seuls les guerriers et les chevaliers se devaient d'effectuer ce serment. Mais il s'en était totalement moqué, et avait agi avec le sérieux et l'honnêteté exigés par un tel acte. Tout cela, pour lui prouver qu'il ne s'était rien passé avec Miss Gwyneth.

Elle ne savait quoi faire. Remettre en doute la parole d'un homme, oui ; c'était même conseillé pour survivre quand on était une femme. Celle d'un chef, cependant, non. Par tous les diables ! Elle était tellement persuadée d'avoir été dupée ! Et maintenant, tout semblait indiquer qu'il ne s'agissait que d'un ultime coup bas de cette mégère. Elle aurait dû s'en douter. Malgré tout, le soulagement et l'amour qui étreignaient sa poitrine lui faisaient peur. L'amour ? Seigneur… Elle ressentait de l'amour ! Bri avait raison. Elle était amoureuse de lui ! Ces grands yeux bleu foncé, qui guettaient sa réponse, l'envoûtaient. Cette bouche et ce corps digne des anciens dieux celtes l'hypnotisaient.

Une sensation d'étouffement lui étreignit la poitrine. Il fallait qu'elle sorte de cette pièce. C'était trop pour une seule et même journée. La pression allait lui faire perdre le contrôle et il n'était pas question qu'elle se montre vulnérable devant qui que ce soit, encore moins devant Rory. À peine eut-elle le temps de faire un pas en direction de la porte, que Rory anticipa son mouvement et s'interposa.

— Gwenn ! Non, attends, s'il te plaît. Ne te sauve pas. Il faut que l'on parle.

— Non, je…

— Je t'en prie, écoute-moi, juste un instant, supplia-t-il.

Elle ne pouvait pas. Tout cela lui faisait peur : ses sentiments, Rory, leur relation. Elle ne savait pas comment y faire face. Sans compter les larmes qu'elle avait du mal à retenir. Elle qui ne pleurait pratiquement jamais n'arrêtait pas, avec lui.

— Laisse-moi sortir, demanda-t-elle.

Seigneur ! Était-ce vraiment elle qui venait de parler avec cette petite voix ?

— Gwenn, ma chérie…

Encore ébranlée par le son de sa voix, elle ne vit pas l'accolade arriver avant de se retrouva dans ses bras. Ses bras si musclés qu'ils pourraient l'écraser. Pourtant, elle ne s'était jamais sentie autant en sécurité. Silencieusement, elle pleura, cachant son visage dans ses mains.

— Chut… C'est fini, ma belle… Je suis là, et je ne partirai pas sans toi.

Il l'enlaça et posa son menton sur le sommet de son crâne. Ce geste empreint de tendresse l'aida à se reprendre.

— Je suis désolée, haleta-t-elle, en essuyant grossièrement ses joues. Je ne sais pas pourquoi je me suis mise à pleurer.

— Tu n'as pas à t'excuser. C'est plutôt à moi de te demander pardon, pour ne pas avoir vu la fourberie de Miss Gwyneth.

— Elle faisait tout pour paraître parfaite. Et avec un physique comme le sien, il est difficile d'imaginer un homme lui dire non, fit-elle en s'écartant de la chaleur de ses bras.

Rory plissa les paupières, perplexe.

— Un physique comme le sien ? Qu'est-ce que tu sous-entends ?

Elle leva les yeux au ciel.

— Je t'en prie ! Même un aveugle verrait qu'elle est la perfection faite femme. Tout en courbes et en rondeurs. Et ne viens pas me dire le contraire, je sais très bien de quoi je parle. On a pris un bain ensemble, à Dunvegan, où elle ne s'est pas gênée pour me vanter la beauté de son corps.

— À Dunvegan ? Mais à quel moment avez-vous… Attends ! Quand je t'ai trouvée en larmes dans la baignoire, c'était à cause d'elle ?

— Je t'ai déjà dit que je ne pleurais pas !

Il croisa les bras sur son immense torse.

— Ah oui ? demanda-t-il en haussant un sourcil.

— Oui ! Enfin, pratiquement pas.

— Que t'a-t-elle dit exactement ?

— Rien que je ne savais déjà.

— C'est-à-dire ?

— À ton avis, marmonna-t-elle.

— Gwenn…, souffla Rory.

— Oh ! Bon, très bien, puisque tu insistes. Elle m'a tout simplement montré son corps et l'a comparé au mien.

— Et je suppose qu'elle ne s'est pas gênée pour te rabaisser.

— On est vraiment obligés d'en parler ? demanda-t-elle en rougissant, le regard braqué vers la sortie.

— Ma chérie, regarde-moi.

Il attendit qu'elle le fixe avant de poursuivre.

— Je te rappelle que je t'ai vue nue, pendant que tu étais en proie à la fièvre. Et je peux te jurer que tu es, et de loin, la plus belle femme dont j'ai pu admirer le corps.

— Je crois que je me serais passée de ce genre de détails, répondit-elle, les joues brûlantes.

De plus, qu'elle ignorait comment l'interpréter. Savoir que Rory se souvenait, avec assez de précisions, du corps de ses anciennes maitresses, n'était pas quelque chose qu'une femme aimait entendre.

— Ce que je veux dire, c'est que Gwyneth ne t'arrive pas à la cheville, question perfection physique.

Bien rattrapé.

— C'est gentil.

— Je suis sérieux.

— Dans ce cas, tu as vraiment mauvais goût ! Honnêtement, je ne tiens pas la comparaison. Elle a raison. Mon corps n'est qu'un tas de muscles durs. Aucune rondeur, rien de délicat.

— Tu as le corps d'une guerrière et…

— Elle m'a dit que ma musculature était celle d'un homme.

Rory ricana.

— Et tu la crois ?

— Bah… Elle ne se trompe pas de beaucoup.

En entendant ses paroles, Rory recula d'un pas, et enleva son *obi* et son *keikogi*. Une fois torse nu, il tourna sur lui-même pour qu'elle puisse l'admirer sous tous les angles. Son bas-ventre se contracta étrangement à mesure qu'elle voyait sa silhouette. Elle avait été chamboulée par la vue de son torse, mais celle de son dos était plus impressionnante encore. Sa taille étroite se terminait en V. Ses muscles semblaient danser sous sa peau dorée. Mais c'étaient surtout ses épaules qui l'attiraient le plus chez lui.

— Dis-moi, qu'est-ce que mon corps a de commun avec le tien ?

Elle secoua la tête, histoire de remettre les idées en place.

— Hum… Moi aussi, on voit mes abdominaux.

— Chérie, sans vouloir te vexer, c'est de la rigolade à côté de moi.

— Peut-être, mais cela suffit à la comparaison.

Il se rapprocha lentement d'elle.

— Et si je préférais les femmes musclées ? murmura-t-il.

Elle soupira, perdue et en proie à des émotions intenses. La vision qu'il lui offrait sur un plateau doré ne la laissait clairement pas indifférente.

— Rory…

— Oui ?

— Je…

— Tu ?

Elle voulait l'embrasser. Elle en mourait d'envie même. À quel moment était-elle passée de la fureur à cet état alangui ? Cette situation était vraiment bizarre.

— Dis-moi à quoi tu penses, Gwenn.

— Je… Je suis morte de peur, admit-elle.

— De quoi as-tu peur ?

— De toi. De moi. De nous.

Voilà, elle l'avait dit !

— Moi aussi, j'ai peur.

Ça pour une surprise !

— Toi ?

— Oui. Peur que tu t'enfuies. Peur que tu ne me fasses jamais confiance.

— J'ai envie de t'embrasser, s'entendit-elle dire.

Un immense sourire se dessina alors sur les lèvres de Rory.

— Eh bien… Ce n'est certainement pas moi qui vais te l'interdire !

— Ce n'est pas une bonne idée.

Il colla pratiquement son visage au sien. Oh non ! Il recommençait son manège comme la veille. Gwenn avait du mal à se dire que tout cela n'avait eu lieu que la veille. Il s'était passé tellement de choses depuis ce baiser. Mais elle devait se rendre à l'évidence, elle avait cet homme dans la peau, et peu importe ce qu'elle faisait, elle ne parvenait pas à faire taire ses sentiments.

Son haleine avait une légère odeur de cervoise. À quel moment avait-il eu l'occasion d'en boire ? L'envie de le toucher était si forte qu'elle posa les mains sur ses poignets et, doucement, les fit remonter sur ses avant-bras musclés. Incroyable ! Ses biceps étaient si volumineux ! Mais ce qu'elle désirait était plus haut. Ses épaules…

— Tu es tellement viril…, murmura-t-elle.

— Et tu aimes ?

— Oui ! admit-elle. Lorsqu'on s'est rencontrés, c'est d'ailleurs la première chose qui m'a frappée chez toi : tes épaules.

— Mes épaules ? répéta Rory en leur jetant un rapide coup d'œil.

— Oui… Elles sont si… impressionnantes !

— Hum… J'adore t'entendre me faire des compliments…, déclara Rory en frottant son nez contre le sien.

— Rory…

— Hum…

— Embrasse-moi !

— À vos ordres, madame…

Et il le fit. Sans hésitation, il prit ses lèvres et laissa sa langue danser avec la sienne. Un baiser beaucoup plus sensuel que le premier, mais bien moins sauvage que le second. C'était un baiser de retrouvailles, de réconciliation.

Rory avait bien cru ne plus jamais goûter à ce plaisir. Embrasser Gwenn était comme de plonger dans un tonneau de cervoise, la tête la première. Il se retrouvait ivre au contact de ses lèvres avec ses repères totalement chamboulés. Les seules choses qui restaient claires dans son esprit étaient Gwenn, son corps et ce besoin irrépressible de la faire sienne. Sa bouche pulpeuse était faite pour recevoir et donner des baisers. Gwenn était sa moitié. Elle le complétait, tout comme il la complétait. La veille, quand il l'avait portée dans ses bras, il avait remarqué que leurs corps s'épousaient à la perfection, naturellement.

Ses gémissements le rendaient quasiment fou.

Comment était-il censé résister à ce chant de sirène ? C'était impossible. Ses mains agrippées à ses épaules, elle prenait plaisir à les pétrir et à les caresser. Lui aussi profitait de son corps. Sa taille était si étroite que ses mains en faisaient pratiquement le tour. Descendant délicatement plus bas, il rencontra sa sublime chute de reins, dont la cambrure permettait à son imagination de partir très loin dans le domaine de l'érotisme. Mais s'il y avait bien une zone qui lui ferait à coup sûr perdre pied, c'était sa poitrine. Il ramena les mains sur ses hanches, puis entreprit de les remonter jusqu'à ce lieu tant convoité.

— Aïe ! s'exclama Gwenn en reculant, les mains posées sur son flanc.

Sa brume de désir s'effaça sous ce cri de douleur.

— Mince ! Quel idiot ! Je suis désolé, j'ai complètement oublié ta blessure.

Gwenn inspira profondément à plusieurs reprises.

— Ce n'est rien, ne t'inquiète pas. Je vais demander à Wang de me faire une séance d'acupuncture, et cela ira mieux.

Rory réprima un frisson au souvenir des aiguilles plantées dans ses jambes.

— Tu es sûre que te planter des aiguilles dans le corps va calmer la douleur ?

— Je vois que tu n'es pas très ouvert aux techniques de Wang. Pourtant, tu l'as vu par toi-même à quel point elles sont efficaces.

— Ce n'est pas cela. C'est son soin avec les épingles qui me paraît vraiment bizarre.

Elle ricana.

— Je comprends, mais je t'assure que cette méthode fonctionne très bien.

Elle se pencha au-devant de lui et posa une nouvelle fois ses lèvres sur les siennes. La sensualité du moment avait été brisée, mais ce chaste baiser n'en restait pas moins agréable pour autant.

— Avez-vous bientôt fini de vous embrasser ?

Pour la deuxième fois en moins de quarante-huit heures, ils se faisaient surprendre en plein baiser. Mais, cette fois-ci, ce fut par une petite fille et non par sa grand-mère.

— Moïra ! Que fais-tu ici ? demanda Gwenn.

— Je suis venue vous avertir que le repas était servi et qu'on n'attendait plus que vous pour passer à table.

— Bien sûr. Nous arrivons.

— Oui, mais tout de suite. Parce que j'ai faim !

Cette gamine avait un déjà un sacré caractère.

— D'accord.

Avec un sourire d'excuse, Gwenn sortit de la salle de combat, prit la main de la petite Moïra et partit rejoindre ses gens dans la grand-salle.

Rory préféra attendre encore quelques instants, le temps de calmer son érection naissante, avant d'aller se changer. Une fois sa chemise et son tartan remis correctement, il prit le chemin emprunté précédemment par Gwenn et l'enfant.

Dans la grand-salle, tout le monde mangeait de bon appétit. Ses hommes avaient été intégrés dans les différents groupes. Angus écoutait Wang et Malcolm se disputer à propos des vertus de la cervoise et du… saké ? Qu'était-ce que cela ? Probablement un remède de Wang contre la gueule de bois. Cameron était en face de Gwenn et discutait avec elle. Tandis que William, de son côté, jouait les jolis cœurs auprès d'une jeune femme qu'il supposa être Brianna, assise près de Moïra. La petite était installée à côté de Gwenn, l'écoutant parler avec fascination. La place à la droite de Gwenn était libre, et il pensait qu'elle lui était réservée. Lachlan découpait minutieusement un morceau de viande pour Awena, sous le regard tendre de celle-ci. Elle était exactement comme sa cousine. Elle avait beau dire qu'elle ne voulait pas de son frère, certains de ses gestes la trahissaient.

S'installant enfin à table, Rory vit que son tranchoir avait été garni d'un beau morceau de porc recouvert de sauce et d'étranges graines blanches.

— Euh… Gwenn ?

— Oui ?

— Qu'est-ce que c'est ? demanda-t-il en montrant son tranchoir du menton.

— Un morceau de viande. Ne me dis pas que tu n'en as jamais mangé, je ne te croirais pas.

— Non, pas la viande, ces graines blanches ! Tu m'as pris pour une poule ?

— C'est du riz !

Ce mot lui évoqua vaguement quelque chose sans savoir réellement quoi.

— Ah ! C'est donc cela, le riz ?

— Oui, acquiesça Gwenn. Tu n'en as jamais mangé ?

Il se retint difficilement de rire. En toute honnêteté, même si on lui en avait proposé, il n'en aurait probablement jamais voulu.

— Non. Où en as-tu trouvé ?

Gwenn porta sa cuiller pleine de riz à sa bouche.

— À Constantinople. Depuis que Wang vit parmi nous, nous avons mis en place deux expéditions par an vers Constantinople, pour vendre de la cervoise et la laine de nos moutons. Avec les revenus, on achète des denrées venues d'ailleurs, comme des épices, du riz, des fruits ou des légumes. Mais aussi des minerais, et des plantes comme le bambou, dont raffole Wang.

— C'est une plante que l'on utilise beaucoup dans mon pays d'origine, confirma le capitaine des MacDonald. Aussi bien dans la construction, l'aménagement, pour écrire et c'est également très appétissant.

Cette plante devait être bien utile. Dommage, qu'il ne sache absolument pas à quoi elle pouvait ressembler.

— Allez, goûte ! le poussa Gwenn. Tu vas voir, c'est très bon et nourrissant.

Curieux, Rory avala une cuillerée de riz, et fut vite déçu. L'aliment n'avait pas spécialement de goût, et était assez sec.

— Il faut le mélanger à la sauce, c'est meilleur, précisa Moïra.

— Tu crois ? demanda-t-il.

La gamine acquiesça vigoureusement.

— Oui ! Moi, c'est comme cela que je le préfère.

Il reprit donc une bouchée, cette fois-ci avec de la sauce. Comme la fille de Brianna le lui avait dit, le riz se mariait à merveille avec l'accompagnement.

— Alors ? C'est meilleur, hein ?

— C'est vrai.

— Tu vois ! Je te l'avais dit !

— De quoi est faite cette sauce ? demanda-t-il à Gwenn. Elle est vraiment délicieuse !

— C'est une simple sauce au miel.

— Exquis.

Et c'était vrai.

Le repas se poursuivit dans la bonne ambiance, jusqu'à ce que le petite Moïra revienne à l'attaque avec une question inattendue.

— Dois-je t'appeler oncle Rory ?

— Je te demande pardon ? fit-il en avalant son riz de travers.

— Moïra ? s'étonna Gwenn.

— Mais enfin, de quoi parles-tu, ma chérie ? s'enquit Brianna.

— Bah quoi ? J'ai vu tante Gwenn et Rory s'embrasser sur la bouche, dans la salle d'arts martiaux. Et seuls les amoureux peuvent le faire. Alors, cela veut dire qu'ils sont amoureux et qu'ils vont se marier. Du coup, je dois l'appeler oncle Rory, non ?

Les paroles prononcées par l'enfant eurent l'effet d'une claque sur l'assemblée. Pas un mot ne fut prononcé. Gwenn avait les yeux exorbités et les joues écarlates d'embarras. Était-ce le fait que Moïra ait parlé de leur baiser, ou l'idée du mariage, qui la plongeait dans cet état ? Rory avait peur de connaître déjà la réponse, et décida de prendre les choses en main avant qu'elles ne dégénèrent. Il venait juste de la retrouver, et préférait éviter un nouveau conflit avec elle.

— Tu peux m'appeler comme tu veux, ma belle. Mais pour ce qui est de ma relation avec ta tante, cela ne regarde personne ici à part elle et moi. Si nous venons à nous marier, ce sera parce que nous l'aurons voulu et décidé ensemble. Tu comprends ?

— J'ai compris, oui.

Se tournant vers sa mère, elle ajouta :

— Il est beaucoup plus poli que tante Gwenn pour me dire de me mêler de mes affaires !

Cette réflexion permit de briser la glace et de provoquer un fou rire général, sous le regard perplexe de Moïra.

Chapitre 17

Le repas terminé, Gwenn et Rory s'éclipsèrent dans les couloirs de la forteresse. Elle lui fit visiter son bureau, les impressionnants trébuchets vantés par Wang ; admirèrent le superbe panorama depuis les remparts, le coucher du soleil. Puis ils allèrent à l'étage, réservé aux appartements seigneuriaux.

Ils entrèrent alors dans la plus belle chambre que Rory ait pu voir. Les murs étaient entièrement blancs, d'impressionnantes mosaïques dans des tons marron et doré entouraient la cheminée, les fenêtres et la porte d'entrée. La lumière, diffusée par les quatre grandes lanternes suspendues au plafond, faisait apparaître diverses ombres en forme d'arabesque sur les murs. Un lit trônait au milieu de la pièce, garni d'une couverture en fourrure mouchetée. De part et d'autre de celui-ci se trouvaient deux petites tables en bois sombre où étaient posées des lanternes beaucoup plus petites que leurs sœurs du plafond. Un grand paravent en bois servait de tête de lit et plusieurs coussins reposaient à sa base.

Le mur à gauche de la couche était habillé d'une immense bibliothèque, où un nombre incroyable de manuscrits et de parchemins étaient exposés. À sa droite, trois grandes fenêtres se dessinaient sur le mur, plusieurs coffres à leur pied, tandis que la grande cheminée était flanquée de chaque côté par un magnifique miroir. Sous le plus éloigné, il y avait même une très belle baignoire en cuivre. Face à celle-ci, de gros coussins recouvraient le sol, ainsi que deux sièges, confortablement parés. Si le paradis devait ressembler à quelque chose, ce devait être à cela.

— Je n'ai jamais vu de chambre aussi majestueuse et… pure que celle-ci, dit-il, hypnotisé.

— Merci. La plupart de ces meubles et objets viennent de Constantinople.

— Tu y es déjà allée ? demanda-t-il, en admirant un coussin brodé, posé sur l'un des sièges.

— Oui, il y a trois ans. C'est un endroit magnifique, qui n'a rien à voir avec Skye. Il y fait beau tous les jours et très chaud. Tu ne peux pas imaginer comme j'ai souffert le martyre avec cette chaleur. L'architecture est tout en courbes et en couleurs. Même les oiseaux ont des plumages aux couleurs éclatantes. C'était vraiment incroyable.

— Et tu as rapporté toutes ces choses de là-bas, dit-il en reposant le coussin.

— Pratiquement. Les miroirs, les mosaïques, les lanternes, les coffres, tous les coussins et la fourrure viennent du marché de Constantinople.

Il caressa la couverture aux motifs étonnants.

— C'est la fourrure de quel animal ?

— Le marchand m'a dit que c'était du léopard.

La seule image du léopard que connaissait Rory était

celle du drapeau anglais. Une espèce de gros chat jaune, sans tache. Pas tellement raccord avec ce pelage, pour le moins atypique.

— Elle est magnifique.

— Oui. Le moucharabieh, lui, vient du marché de Tanger.

— Le moucha-quoi ?

— Le moucharabieh : le paravent qui est derrière le lit. La plupart du temps, on les trouve dans les harems.

— Et à quoi cela sert-il ?

— Cela permet aux femmes d'observer ce qui se passe dehors sans être vues.

Il fit la moue. L'utilisation de cet objet était étrange. Pourquoi les femmes avaient-elles besoin de se cacher pour voir le monde extérieur ? C'était complétement ridicule.

— Et la baignoire ?

— C'était celle de mes parents.

— Oh ! désolé.

— Ne t'en fais pas, ça va.

Une certaine gêne s'installa et brisa la bonne ambiance qui régnait entre eux. Quelle maladresse d'avoir mentionné ses parents ! Maintenant, il ne savait plus comment poursuivre la discussion, sans avoir l'air d'un parfait idiot.

— Et… Et les murs ? Comment as-tu réussi à les rendre aussi blancs ?

Heureusement, Gwenn saisie la perche qu'il lui tendit.

— Ils ont été blanchis à la chaux. C'est un procédé très utilisé chez les Arabes.

— C'est vraiment très joli… Merci de m'avoir montré ta chambre.

— Je n'ai jamais dit que c'était la mienne, corrigea-t-elle en souriant.

— Tu ne me feras pas croire que tu as décoré cette pièce ainsi pour en faire une simple chambre d'hôte.

Surtout avec la baignoire de ses parents. Mais il préféra garder cette remarque pour lui-même.

— Ma chambre est peut-être encore plus incroyable ?

Il ricana.

— Dans ce cas, pourquoi tes bottes noires sont-elles posées contre le coffre du milieu ?

— Qui te dit que ce sont mes bottes ?

— Tu les avais aux pieds, la première fois que je suis venu ici.

Elle le dévisagea.

— Tu as remarqué cela ?

— Oui. Je remarque tout de toi. Comme, par exemple, que tu as toujours mon lacet en cuir dans les cheveux.

— Ton lacet ? demanda-t-elle en passant la main dans sa chevelure. Oh ! je suis désolée, je n'ai jamais eu l'intention de te le prendre, je…

— Non, s'il te plaît, garde-le.

— Hum… Merci.

La vibration sensuelle entre eux était de retour, et le fait qu'ils soient seuls dans la pièce avec un lit n'arrangeait pas les choses.

Gwenn aussi dut le sentir, car il la vit se mordiller la lèvre. Il avait remarqué qu'elle le faisait toujours quand elle voulait l'embrasser. Ce soir, cependant, elle semblait décidée à assumer ses désirs. Doucement, il la vit s'avancer vers lui et glisser les bras autour de son cou. Il répondit à cette invite, et l'embrassa langoureusement. Cette chambre était le meilleur endroit pour lui faire l'amour pour la première fois. Un lieu magique, magnifique, et surtout d'une pureté angélique. Ce dernier élément n'était dû qu'aux murs à la blancheur éclatante et aux ombres projetées par les lanternes, mais, pour lui, ce lieu était parfait.

La bouche de Gwenn était toujours aussi douce sur la sienne et l'idée d'aller plus loin l'excita davantage. Comme si sa virilité avait besoin d'aide ! Il fit reculer Gwenn jusqu'au lit, qui se trouvait derrière elle, et l'obligea à s'y allonger. Même le lit était incroyable ! Il se serait cru sur un nuage. Ou alors c'était la présence de Gwenn qui magnifiait chaque chose. La bouche toujours rivée à celle de sa belle Amazone, Rory fit glisser les mains sur sa poitrine. Le pourpoint qu'elle avait revêtu l'empêchait de la caresser correctement, mais il s'en contenterait pour le moment.

Gwenn ne semblait pas aussi patiente que lui et s'échinait à retirer la broche qui maintenait le rabat de son tartan sur sa chemise. Il décida de l'aider dans sa tâche et, en moins de temps qu'il n'en faut pour le dire, la retira. Une fois débarrassée de l'épingle, Gwenn ne perdit pas de temps pour lui arracher son haut. Quand elle lui avait dit adorer ses épaules, elle n'avait pas menti. Elle était déjà en train de les caresser.

Décidant, lui aussi, de découvrir son corps, il caressa de ses lèvres sa joue puis sa mâchoire ; enfin, il plongea dans son cou. Il défit maladroitement les boutons de son pourpoint, avant de pouvoir jouir de la vue de ses seins comprimés par des bandes de tissu blanches. Il couvrit de baisers sa gorge dégagée, tout en bataillant pour lui libérer la poitrine.

Quand il sentit le tissu s'assouplir sous ses doigts, Gwenn se tendit d'un seul coup, et les mains qui l'attiraient jusque-là le repoussèrent.

— Non, arrête. S'il te plaît, murmura-t-elle.

— Qu'y a-t-il ? Je t'ai fait mal ? demanda-t-il, en se redressant.

— Non, c'est juste que…

Elle ne le regardait pas dans les yeux. Qu'est-ce qu'il lui arrivait tout à coup ? Il ne s'était pas montré brutal, et elle en avait envie tout autant que lui. Où était le problème, bon sang ?

— Gwenn ? Que se passe-t-il ?

— Je ne veux pas faire l'amour, dit-elle en rougissant.

— Il me semblait pourtant que tu en avais envie.

— Oui, non, c'est que…

Pourquoi ne parvenait-elle plus à s'exprimer ? Était-ce dû au fait qu'elle soit vierge et donc anxieuse face à l'inconnu ?

— Quoi ? Explique-moi.

— Tu vas me trouver ridicule.

L'entendre dire cela le convainquit. Gwenn était juste intimidée par leur première fois.

— Gwenn, je ne t'ai jamais trouvée ridicule, tu m'entends ? Jamais. Alors, maintenant, dis-moi ce qu'il se passe dans ta jolie petite tête, que l'on puisse reprendre là où l'on s'est arrêtés.

Sa tentative d'humour tomba à plat. Elle n'avait même pas esquissé un sourire. Elle prit plusieurs fois sa respiration, semblant chercher ses mots avec soin. Beaucoup trop de soins pour une histoire de dépucelage. Quoi qu'elle veuille lui dire, le sujet paraissait sérieux.

— Je sais comment se passent les relations intimes entre un homme et une femme, déclara-t-elle.

Jusque-là, il n'y avait rien d'extraordinaire.

— Et il y a quelque chose que tu n'as pas envie de faire en particulier ?

— J'ai découvert comment cela se passait à l'âge de neuf ans.

— Neuf ans ? C'est un peu jeune pour une enfant, mais, si ta mère a jugé bon de te l'expliquer à cet âge, c'est qu'elle devait avoir ses raisons.

— Elle ne me l'a pas expliqué. Je l'ai vu de mes propres yeux.

— Quoi ? Comment tes parents ont-ils pu… Neuf ans, dis-tu ?

Elle acquiesça.

Le massacre de Cuidrach ! Quel idiot il était ! Gwenn avait assisté aux viols commis sur les femmes de son clan. Pas étonnant qu'elle ne veuille pas faire l'amour avec lui. D'autant plus si personne n'avait pris la peine de lui expliquer qu'un viol et l'acte d'amour étaient deux choses très différentes. Il était temps qu'il s'occupe d'elle et qu'elle apprenne enfin à vivre loin de son passé !

— Très bien, Gwenn, écoute-moi. Ce que tu as vu enfant est horrible, un acte d'une barbarie sans nom, qu'aucune femme au monde ne devrait vivre. Mais faire l'amour, ce n'est pas du tout la même chose.

— Ah oui ! Et en quoi est-ce différent ?

Le regard qu'elle lui lançait disait clairement : « Tu

me crois réellement naïve à ce point-là ? » Il allait devoir se montrer très prudent dans le choix de ses mots.

— Quand une femme ne veut pas avoir de relations avec un homme et que celui-ci s'impose de force en elle, l'acte est extrêmement douloureux. Mais, quand elle en a envie et qu'elle est sexuellement préparée, cela devient quelque chose de merveilleux pour les deux partenaires. Je ne dis pas que tous les hommes prennent le temps de s'occuper correctement d'une femme, mais je ne fais pas partie de cette catégorie. Les préliminaires sont tout aussi bons à donner et à recevoir que l'acte sexuel en lui-même.

— C'est à cela que servent les préliminaires ? demanda-t-elle, en fronçant les sourcils.

— Oui. Et plus ils sont longs, mieux c'est, en général.

— Tu es en train de me dire que si je me donne à toi, je ne souffrirai pas ?

— En temps normal, oui, mais…

— Je le savais ! C'était trop beau !

— S'il te plaît, laisse-moi finir ! En temps normal, non, tu n'aurais pas eu mal…

— Mais…

— Mais comme tu es vierge, ta première fois peut être douloureuse.

Elle cligna nerveusement des paupières.

— Quoi ?

— La première fois pour une femme est souvent douloureuse, c'est tout. Après, tu n'as plus mal.

— Ma mère n'était pas vierge quand elle s'est fait violer et elle a souffert le martyre.

— Je parlais d'une situation où les amants sont consentants. Écoute, ta mère et ton père avaient des relations intimes ensemble. Et comme ils étaient amoureux, à ce que je sais, leur vie intime devait donc être très active.

Ébranlée dans son raisonnement, elle le dévisagea un moment avant d'admettre :

— Maintenant que tu en parles, il est vrai que je n'ai jamais envisagé la situation sous cet angle.

— Gwenn, reprit-il, je ne te ferai jamais de mal. Je t'ai fait un serment tout à l'heure et je compte bien l'honorer.

La situation n'aurait pas pu être plus embarrassante. Voir Gwenn à moitié nue et ne pas la toucher était une vraie torture. Et avec cette discussion, il n'aurait pas l'occasion de lui prouver la véracité de ses paroles aujourd'hui.

Quel manque de délicatesse ! s'admonesta-t-il. Gwenn était encore hantée par son passé et le viol de sa mère, et lui, il se plaignait parce qu'il ne ferait pas l'amour avec elle ce soir.

— Je vais te laisser tranquille pour la nuit, dit-il en se relevant.

Il l'avait bien assez perturbée pour la soirée. Pas la peine de persister et de la mettre davantage mal à l'aise.

Il ramassa la chemise qu'il avait abandonnée au sol, et se rhabilla correctement. Sa claymore à la main, il se dirigeait vers la porte, lorsque Gwenn, posant la main sur son dos, le retint.

— Reste.

Surpris, il lui demanda de répéter.

— Reste avec moi. Je n'ai pas envie de dormir seule.

— Gwenn, je pense que tu devrais…

— S'il te plaît, l'interrompit-elle. En tout bien, tout honneur. Je veux juste dormir avec toi.

À l'écouter, cela ne relevait pas d'une épreuve de volonté. Et pourtant !

— D'accord, concéda-t-il. Allons-nous coucher.

Il déposa sa claymore près du lit et se débarrassa uniquement de ses bottes et de son tartan. Gwenn, de son côté, mit une chemise de nuit et vint le rejoindre dans le lit. Elle s'allongea sur son flanc non blessé et s'installa dans ses bras, la tête sur son torse. De sa main libre, il lui caressa le dos et la hanche, tout en faisant attention à sa blessure. Peu de temps après, il sentit la tête de Gwenn se faire plus lourde. Elle s'était endormie. Tant mieux, elle avait besoin de repos après sa blessure, son retour à Cuidrach, leur dispute et, maintenant, cette discussion. Lui, en revanche, il n'était pas près de s'endormir avec son excitation. Du moins, c'est ce qu'il crut, mais, contre toute attente, il finit par tomber dans les bras de Morphée peu de temps après Gwenn, bercé par le parfum de cette dernière.

Tôt le lendemain, Gwenn se réveilla allongée sur le ventre, un poids lourd sur le dos. Depuis quand sa couverture était-elle si étouffante ? Soulevant difficilement la tête pour jeter un regard derrière elle, elle remarqua que ce n'était pas sa couverture, mais Rory qui se servait de son dos comme d'un oreiller. Le rire qui la secoua le dérangea et il s'écarta d'elle en grognant, sans pour autant la quitter totalement. Son bras lui enserrait toujours la taille. Décidément, même dans son sommeil, il veillait sur elle ! Se tournant délicatement, elle prit le temps de l'observer attentivement. Il paraissait plus jeune endormi, plus vulnérable. Elle pouvait facilement deviner à quoi il devait ressembler, enfant. Une vraie terreur, à n'en pas douter. Avec Lachlan et les trois autres, ils avaient dû être une sacrée bande de boute-en-train ! Elle ne l'avait pas remarqué jusque-là, mais les cheveux plus courts qui encadraient son visage ondulaient légèrement.

Repoussant une mèche qui lui barrait la figure, elle se remémora la discussion qu'elle avait eue avec lui la veille. Elle lui avait menti en lui disant n'avoir jamais pris en compte le modèle de ses parents. Elle y avait pensé, mais s'était dit que l'acte devait être aussi désagréable qu'avec les Vikings. Alors que, d'après lui, les relations consenties n'étaient pas douloureuses. C'était ce que Brianna lui avait expliqué aussi, quand elle était tombée enceinte de Moïra. Mais elle ne l'avait pas crue. Magnus, le père de Moïra, avait également essayé de lui en parler, sans résultat. Quand il était mort, attaqué par un sanglier lors d'une chasse, elle l'avait pleuré comme tous les membres de son clan. Cependant, une partie d'elle s'était réjouie que Bri n'ait plus à subir ses assauts. Mais, maintenant, tout avait changé. Encore une fois à cause de Rory !

Il fallait qu'elle parle avec Bri.

Elle sortit silencieusement du lit et s'enveloppa du tartan de Rory. Elle le fit pour éviter d'avoir froid, surtout pas parce que le vêtement avait son odeur.

À pas de loup, elle se dirigea dans les couloirs déserts de la forteresse, et frappa deux coups à la porte chez son amie. Le battant s'ouvrit presque aussitôt. À sa grande surprise, ce ne fut pas Brianna qu'elle vit, mais William !

Les cheveux encore en bataille, il ne la remarqua qu'au dernier moment. Apparemment, il ne l'avait pas entendue frapper.

— Gwenn ! sursauta-t-il.

— William ?

— Will, attends, tu as oublié… Gwenn ?

— Brianna…

Les deux amants se regardèrent bêtement, cherchant quoi dire dans les yeux de l'autre.

— Ne vous fatiguez pas ! J'ai très bien compris ce qu'il se passe ici, poursuivit Gwenn, en espérant briser la glace.

— Je ne crois pas que tu sois la mieux placée pour nous faire des reproches, protesta Brianna.

— Pardon ?

— Ce ne serait pas le tartan de Rory ? demanda William.

— Euh… Je n'allais pas vous reprocher quoi que ce soit, bafouilla-t-elle. Simplement… soyez prudents, avec Moïra.

— Gwenn, je ne suis plus une enfant. Tu n'as pas à t'inquiéter. Je sais ce que je fais. Maintenant, dis-moi… Pourquoi es-tu si matinale ?

— Pour rien. J'ai la réponse à mon problème, répondit Gwenn en s'éclipsant.

Elle entendit vaguement Bri s'interroger sur son comportement, mais ne s'y arrêta pas. Les avoir surpris dès le matin, l'estomac vide, faisait beaucoup pour elle.

De retour dans sa chambre, elle trouva Rory assis sur son lit, en train de chercher son tartan.

— Bonjour. Ah ! je pouvais toujours le chercher !

— Bonjour. Excuse-moi, je pensais revenir avant ton réveil, dit-elle en lui rendant son vêtement.

— Ce n'est rien. Mais, dis-moi, je ronfle si fort que ça pour que tu te sois exilée ? taquina-t-il.

Elle pouffa.

— Non, idiot. Mais je devais voir Bri ; j'avais besoin d'un renseignement.

— Et alors, a-t-elle pu t'aider ?

— Eh bien, non, je n'ai pas pu lui parler. Elle était avec Will.

— Will ? Mon Will ?

— Oui.

— Je vois... Leur relation te pose un problème, c'est cela ? Tu veux que je lui demande de la laisser tranquille ?

— Non, laisse-les, fit-elle, en s'asseyant à côté de lui. Après tout, cela ne me regarde pas.

— Très bien, tu en es sûre ?

— Oui.

— Alors, c'est réglé ?

— C'est réglé, acquiesça-t-elle. Bien, il me faut m'habiller et manger. Après, on pourra y aller.

Rory lui prit la main et déposa un baiser sur son poignet.

— Tu viens avec moi ? Sur la frontière MacLeod ?

— Ce n'était pas ce que j'avais prévu. Je devais prendre la frontière MacDonald et te rejoindre à Caisteal Maol.

— Allez, s'il te plaît..., dit-il en lui bécotant le cou. Viens avec moi...

Il lui mordilla la peau, juste en dessous de l'oreille.

— Oh ! Rory...

— S'il te plaît… susurra-t-il. Il y a un endroit que je voudrais te montrer.

Elle sourit. Pourquoi pas après tout.

— D'accord, tu as gagné, mais arrête de m'embrasser.

— Génial ! dit-il en lui donnant un baiser.

Et un baiser très, très langoureux.

Totalement étourdie, elle le regarda s'écarter d'elle puis sortir de la pièce, un grand sourire aux lèvres. Décidément, cet homme pouvait lui faire faire tout ce qu'il voulait !

Chapitre 18

À l'heure du départ, Gwenn partit avec Rory, laissant le commandement du groupe de guerriers MacDonald à Malcolm, et la surveillance du fort à Brianna. Les navires de guerre des MacLeod étaient arrivés à l'aube, et Rory avait été averti que ses hommes l'attendraient à leur point d'arrêt habituel, comme lorsqu'ils rendaient visite aux MacKinnon. Comme on pouvait s'y attendre, Lachlan s'était proposé pour superviser la flotte auprès d'Awena, tandis que Wang avait préféré rester auprès de Malcolm et des autres MacDonald. La frontière MacLeod étant plus éloignée, il voulait avoir le temps de faire le tour de Caisteal Maol avant l'arrivée de Gwenn.

Galopant à travers les montagnes, Gwenn les conduisit jusqu'à la frontière sud-ouest de leurs clans respectifs. Grâce à Cameron et Angus, le trajet se fit dans la bonne humeur, les deux guerriers passant leur temps à raconter quelques anecdotes croustillantes à propos de leur chef.

Arrivés à la frontière, ils s'arrêtèrent afin de manger un peu et de permettre aux chevaux de se reposer. La chance était de leur côté ; le beau temps et des températures très douces pour la mi-printemps rendaient leur traversée de l'île très agréable.

Leur pause terminée, ils reprirent la route jusqu'au point de rendez-vous nommé Fairy-Pool. Ce lieu se trouvait juste avant la frontière séparant les clans MacLeod et MacKinnon. Un lieu parfait, selon Rory, pour passer la nuit et repartir rapidement.

Durant le trajet, Gwenn remarqua que William paraissait mal à l'aise en sa présence. Il ne lui avait pratiquement pas adressé la parole de la journée, et évitait son regard. Rory aussi avait remarqué le froid qui semblait s'être établi entre eux, et lui avait proposé d'y remédier pendant leur pause. Mais Gwenn ne voulait pas indisposer William plus qu'elle ne l'avait fait le matin même. Elle profita de ce que Rory chevauchait en tête du groupe, en compagnie d'Angus et de Cameron, alors que Will et elle fermaient la marche, un peu en retrait.

— Je suis désolée, lança-t-elle.

— De quoi ?

— De vous avoir dérangés, ce matin, Bri et toi. J'ignorais que vous vous étiez autant rapprochés. Si j'avais su, je ne vous aurais jamais importunés.

— Ma relation avec Brianna ne te pose pas de problème ?

— Non. Je le reconnais, je m'inquiète pour Moïra, mais, pour ce qui est de vous deux, je n'ai rien à y redire.

— Même si elle et moi, ça ne fonctionne pas ?

— C'est votre vie privée, cela ne regarde que vous.

William sembla méditer ses paroles quelques instants.

— Brianna pensait que tu ne prendrais pas très bien cette relation.

Elle ricana.

— Oui, je m'en doute.

— Pourquoi n'acceptais-tu pas son mari ?

— Ce n'est pas que je ne l'acceptais pas, mais je pensais qu'il était violent avec elle.

— Bri n'a jamais dit qu'il la violentait.

— Parce qu'il ne le faisait pas.

— Dans ce cas, pourquoi croyais-tu que…

— Will… C'est compliqué. Je ne suis pas sûre qu'il ne lui ait jamais fait de mal.

— Mais tu viens de me dire qu'il…

— William… S'il te plaît… C'est un sujet que j'ai déjà énormément de mal à aborder avec Rory, alors n'insiste pas.

— Comme tu voudras.

Bravo ! Elle l'avait vexé, maintenant ! Décidément, elle était la maladresse même. Mais elle n'allait pas lui avouer qu'elle pensait que Bri subissait les assauts de son mari la mort dans l'âme, alors que Rory lui avait expliqué la veille au soir que les relations consenties étaient agréables. Bien qu'elle ne soit pas tout à fait convaincue de ce dernier point.

— Will, tout ce que tu as à savoir, c'est que j'espère sincèrement que votre relation fonctionnera. Et surtout que ma grand-mère ne vous surprendra pas, tant que vous n'aurez pas officialisé les choses.

— Rowena est très stricte en matière de mœurs, c'est cela ?

— Tu n'as pas idée à quel point !

— Merci, Gwenn.

Ils échangèrent un sourire, puis laissèrent le silence

s'installer entre eux. Un silence reposant, cette fois, non chargé de non-dits.

— Puis-je te poser une question indiscrète ? reprit Will.

— Cela dépend à quel point elle l'est.

— Tu as passé la nuit avec Rory.

— Ça ressemble plus à une affirmation.

— Parce que c'en est une.

— Dans ce cas, quelle est ta question ?

— Si vous avez passé la nuit ensemble, pourquoi semble-t-il aussi tendu ?

— Tu le trouves tendu ? demanda-t-elle en regardant Rory, qui avançait en tête de file. Je trouvais au contraire que l'on s'entendait mieux.

— Oui et non. Il y a une forme d'intimité entre vous, mais pas celle que les amants ont habituellement. Je ne sais pas si tu comprends ce que je veux dire.

— C'est peut-être tout simplement parce que nous ne sommes pas amants.

— Vous n'avez pas… Oh ! ça alors ! Si l'on m'avait dit un jour que Rory partagerait le lit d'une femme sans la toucher, je ne l'aurais pas cru.

Elle fronça les sourcils.

— Comment suis-je censée le prendre ?

William tira sur les rênes de son cheval et sur celles de Rage, stoppant ainsi leur progression.

— Gwenn, je ne sais pas comment fonctionne votre relation, mais, s'il y a bien une chose dont je suis sûr, c'est que Rory est un homme d'honneur et que jamais il n'abusera de toi. D'aucune manière.

Il l'abandonna sans plus de détails, et rejoignit les

hommes à l'avant. Que venait-il de se passer exactement ? Pourquoi lui avait-il dit cela ?

Après avoir suivi Gwenn à travers les montagnes du territoire MacDonald, Rory prit la tête du groupe pour les conduire dans les Highlands. Il connaissait par cœur ces lieux, que Cameron et Angus surveillaient avec l'efficacité de faucons en chasse. Autant dire que rien ne leur échapperait. Heureusement, parce qu'avec ce qu'il avait en tête, il n'avait aucune chance de se concentrer suffisamment pour examiner les alentours. Il n'arrêtait pas de repenser à cette nuit avec Gwenn, à leur discussion et à cette intimité particulière qui s'était tissée entre eux.

Ce matin, quand il s'était réveillé, il avait trouvé le lit vide et avait cru que Gwenn avait, encore une fois, pris peur et qu'elle s'était sauvée. En caressant la marque laissée par sa tête sur l'oreiller, il s'était rendu compte que le tissu était encore chaud et que, par conséquent, Gwenn n'avait pas quitté le lit depuis longtemps. Quand elle était revenue de son escapade matinale, il avait été chamboulé à la vue de son charmant visage rougi, de ses cheveux emmêlés et de son corps enveloppé dans son tartan. Il n'avait alors eu qu'une envie, celle de la prendre dans ses bras pour la ramener dans le lit et ne plus la laisser en ressortir. Seule sa curiosité quant à la cause de son départ l'en avait empêché. La relation de Will et Brianna semblait la perturber. Comme si elle pensait que c'était une bonne chose, sans pour autant en être persuadée. Probablement à cause de leur discussion délicate. Lui-même ne savait pas comment se comporter avec elle.

Dans la chambre à coucher, l'humeur avait été taquine, et Gwenn avait semblé relativement à l'aise avec lui. Mais, après les divers préparatifs pour le départ, elle s'était renfermée. Était-ce dû à la présence de ses hommes ou à autre chose ? Avec elle, il ne savait jamais.

— Rory ?

— Hum… Oh ! Will ! Excuse-moi, tu disais ?

— Je te disais que je venais d'avoir une discussion particulière avec Gwenn.

— Ah… Et je suppose qu'elle t'a informé qu'elle ne s'opposait pas à ta relation avec Brianna.

— Oui, mais je crois que j'ai involontairement abordé avec elle un sujet sensible.

Aïe ! Pourvu qu'il n'ait pas fait ou dit de bêtises irréparables.

Il tira sur les rênes de Tonnerre pour l'obliger à s'arrêter.

— Qu'est-ce que tu lui as raconté ?

William s'immobilisa à son tour.

— Je lui ai parlé de vous deux et de votre relation.

— Will, en quoi est-ce que notre relation te regarde ?

— En rien, je le sais bien. Mais j'ai passé beaucoup de temps avec Brianna et… comment dire…

— Ne te fatigue pas, je sais ce que j'ai à savoir, marmonna-t-il en talonnant Tonnerre.

— Euh… oui, mais…

— William… Occupe-toi de tes affaires et laisse-moi gérer les miennes tranquillement.

— Comme tu voudras, Rory.

— Rory ! l'interpella Cameron.

— Quoi ?

— C'est ici qu'il faut tourner. Nous sommes arrivés.

Exact ! Cameron avait raison. Ils avaient atteint Fairy-Pool. Rory, tout comme son père avant lui, avait l'habitude de faire escale à cet endroit lors de leurs visites à Caisteal Maol. Un endroit magique et apaisant. D'après la légende, il était habité par les fées, d'où son nom. Une source d'eau chaude jaillissait d'un flanc de montagne et s'écoulait en plusieurs enfilades de bassins, de cascades et de ruisseaux cristallins. Plus on s'éloignait de la source, plus l'eau devenait fraîche, et le campement établi par ses hommes se trouvait dans une grotte entourée de bassins à l'eau tiède. Le lieu était protégé par une brume très opaque, ce qui le rendrait invisible dès la nuit tombée. Si les Vikings voulaient effectuer une visite surprise sur ces terres, ils ne risquaient pas de découvrir le campement.

Abandonnant Tonnerre à Angus, Rory rejoignit Gwenn et lui présenta quelques-uns de ses hommes. Un peu mal à l'aise au début, elle sympathisa rapidement avec les membres de son clan. La plupart d'entre eux avaient eu l'opportunité de la voir en pleine action durant la bataille de Dunvegan et savaient qu'elle était, et de loin, beaucoup plus forte que la majorité du groupe. Sa présence parmi autant d'hommes n'occasionna pas la moindre parole grivoise ou blessante à son encontre. William, Cameron, Angus et son frère avaient raison : la position de Gwenn en tant que future Lady MacLeod était acquise par son clan. Ne restait plus qu'à convaincre la principale concernée.

S'installant autour du feu, auprès de ses hommes,

Rory admira Gwenn, assise en face de lui. Les reflets du feu dans ses cheveux lui donnaient un air mystérieux. Elle aurait pu être l'une des fées qui vivaient ici. Une fée guerrière, protectrice de ce lieu béni. Elle riait aux éclats devant la réaction de ses hommes qui goûtaient le riz qu'elle avait apporté dans ses sacoches. La cuisson de cet aliment était des plus simple : de l'eau, du feu et c'était prêt. Un repas consistant à transporter pour se nourrir lors d'un voyage. Wang avait bien fait de leur en donner avant de partir de Cuidrach.

Quand le regard de Gwenn finit par croiser le sien, son sourire se figea. Bonne ou mauvaise chose ? Pas facile à dire avec tous ces regards braqués sur eux. Mais il espérait que l'étincelle qui se reflétait dans ses yeux était due à sa présence et non à celle des flammes.

La voyant se lever et s'éloigner en direction des chevaux, il décida de la suivre. Même si elle ne craignait rien dans le campement, l'idée de la savoir seule ne lui plaisait qu'à moitié. Comme il s'en doutait, elle allait voir Rage. Son magnifique étalon était en train de s'abreuver dans l'un des nombreux ruisseaux à l'eau cristalline. À l'approche de sa maîtresse, il releva la tête et souffla pour la saluer. Rory n'avait jamais vu une relation aussi fusionnelle entre un animal et un être humain. Ils se comprenaient parfaitement l'un l'autre et, contrairement à Tonnerre, Rage n'avait besoin d'aucune caresse ou de tout autre contact physique pour saisir l'ordre.

— Tu comptes m'espionner encore longtemps ? demanda soudain Gwenn.

— Qui ose t'espionner ? répondit-il.

— C'est cela, joue les ignorants !

— Je ne vois pas du tout de quoi tu parles. Je suis simplement venu m'assurer que tu allais bien, après notre chevauchée.

— Je te remercie, mais, comme tu peux le voir, je vais bien. Tout comme Rage. Même s'il aimerait bien un peu d'avoine, pas vrai, mon beau ?

L'étalon hocha la tête après le commentaire de Gwenn, comme s'il l'avait comprise.

— Désolé, mon grand, mais je n'en ai pas, fit Rory.

— Cela ne fait rien, j'ai autre chose pour lui faire plaisir. Tiens…, dit-elle en lui donnant une pomme.

Le fruit eut l'effet escompté et le cheval retourna s'abreuver.

— Il n'a pas l'air de trop m'en vouloir.

— Non, il devrait pouvoir te pardonner, répondit-elle en riant. Sinon, dis-moi… Ce matin, quand tu m'as parlé d'un lieu que tu voulais me montrer, c'était celui-ci ?

— Oui et non. C'est un peu plus en amont des ruisseaux. Tu aimerais voir ?

— Est-ce réellement prudent de s'éloigner du camp ? demanda-t-elle en regardant en direction de la grotte.

— Personne ne viendra nous déranger.

— Tu en es sûr ?

— Tout à fait.

Elle garda le silence, probablement le temps de peser le pour et le contre. Réaction typique venant de sa part. Parviendrait-elle un jour à lui faire confiance ? Il n'en avait pas la moindre idée, mais une chose était certaine, il ferait tout pour que cela soit le cas, un jour.

— Très bien, allons-y.

Chapitre 19

Fairy-Pool, frontière entre le clan MacLeod et le clan MacKinnon

Rory se munit d'une torche, et Gwenn le suivit jusqu'à sa mystérieuse destination. Elle ne comprenait pas très bien pourquoi il prenait de quoi les éclairer, alors que la nuit n'était pas encore tombée, mais elle supposa qu'il comptait lui montrer une grotte, comme celle qu'ils utilisaient pour le campement. Il lui fit gravir plusieurs rochers et suivre le sentier creusé par la rivière. Étant donné le parcours effectué par l'eau, Gwenn devina que la source de ces nombreuses rivières devait se trouver au pied d'une montagne, qui semblait coupée en deux. Le crépuscule rendait l'eau azur et transparente. À la faveur de la brume, de petits arcs-en-ciel s'étaient dessinés au pied des cascades, et la bruyère que l'on entrevoyait en bordure des rochers apportait une touche violette à ce lieu enchanté.

Après avoir escaladé plusieurs rochers, Gwenn se trouva face au paysage le plus magique qu'elle ait jamais vu. Une cascade chutait d'un amoncellement de roches pour former un bassin dont l'eau s'écoulait en une nouvelle cascade, puis en un ruisseau qui longeait le trajet qu'ils venaient de parcourir. D'un bleu intense, il paraissait vert à l'ombre des rochers. Quelques poissons semblaient y danser et seul le bruit de la cascade se faisait entendre.

— Seigneur ! Rory, c'est absolument magnifique ! s'exclama Gwenn.

— Ça te plaît ?

Elle acquiesça.

— Oui. J'ignorais qu'un tel endroit existait.

— C'est le bassin des fées.

— Devant un tel spectacle, en effet, on ne peut plus douter de leur existence.

— Et encore, tu n'as pas tout vu !

— Comment cela ?

— Viens par ici.

Il s'approcha du bassin et s'assit sur l'une des nombreuses pierres plates qui le bordaient.

— Qu'est-ce que tu fais ?

— Assieds-toi à côté de moi, et mets ta main dans l'eau.

Intriguée par ses paroles, elle fit ce qu'il lui demandait. À sa plus grande surprise, elle sentit que l'eau, qu'elle s'attendait à trouver glacée, était chaude.

— On aurait pu grimper plus haut, mais l'eau y est beaucoup trop chaude pour ne serait-ce que s'y tremper les pieds.

— Tu veux qu'on se trempe les pieds dans l'eau ?

— On peut même se baigner, si tu préfères.

— Eh bien…

Elle en mourait d'envie. Tout était si calme, si reposant. Ici, elle avait l'impression de n'être qu'une jeune femme sans responsabilités, sans guerre à mener. Une pause dans le chaos qu'était sa vie depuis plus de dix ans. Les membres de son clan connaissaient-ils l'existence de ce lieu ? Ses parents auraient adoré y venir, en tout cas, tout comme Alana, qui aimait beaucoup l'eau.

Perdue dans ses pensées, Gwenn fut surprise par le bruit d'un plongeon. Rory, qui en avait apparemment assez d'attendre sa réponse, avait planté la torche dans le sol, abandonné armes et vêtements, avant de plonger dans l'eau sans elle. Il remonta à la surface et s'ébroua. Il était attendrissant. Les gouttes faisaient luire sa peau, ses cheveux plaqués sur sa tête et ses épaules le rendaient encore plus séduisant qu'en temps normal. Comme s'il en avait besoin ! Ses muscles se trouvaient mis en valeur par le jeu d'ombre et de lumière sur son corps. On aurait dit un kelpie, ces métamorphes aquatiques pouvant avoir aussi bien une apparence humaine qu'équine, venu pour la séduire, la pousser à le chevaucher et ensuite la noyer. Telles leurs dangereuses cousines sirènes avec les marins égarés.

— … Ce que tu vois ?

— Pardon ?

— La vue te convient-elle ? Ou veux-tu que je me tourne, pour que tu puisses m'admirer sous toutes les coutures ? se moqua-t-il.

— Ha, ha ! Tu n'as sûrement pas besoin que je réponde à cela. Ton orgueil est suffisamment gros comme cela.

Elle l'entendit vaguement marmonner « S'il n'y avait que cela », mais ne saisit pas le sous-entendu.

— Tu viens, ou pas ? reprit-il plus fort.

— Je ne vais certainement pas me baigner nue avec toi !

— Oh ! je t'en prie. Ce n'est pas comme si tu avais encore quelque chose à me cacher. Je te rappelle que j'ai déjà tout vu, et deux fois.

— Ce sont deux fois de trop.

— Tu seras cachée dans l'eau.

— Elle est transparente !

— Oui, bon… Je te donne ma parole de ne pas te regarder. En plus, je me retourne, comme cela, ta pudeur sera préservée, dit-il en pivotant.

— Je n'ai jamais dit que j'acceptais de me baigner.

— Tu n'as pas besoin de le dire, tes yeux parlent pour toi. Et n'en profite pas pour me regarder ! Moi aussi, je peux jouer les pudiques.

— Et tu es très convaincant dans ce rôle, ironisa-t-elle.

Comme il lui tournait le dos, à présent, Gwenn se permit de l'admirer sans réserve. Plus elle l'examinait, plus elle trouvait cette partie de son corps magnifique. Ses muscles étaient si volumineux que sa colonne vertébrale s'inscrivait en creux du bas de sa nuque jusqu'à ses reins. Elle devinait ses muscles fessiers, sous l'eau, et le moins qu'elle puisse en dire était qu'ils semblaient en parfaite harmonie avec le reste de son corps.

— Je ne t'entends pas te dévêtir. Dois-je en conclure que tu m'admires ?

— Tu aimerais bien, hein ?

— J'aime bien, oui. Mais tu verrais beaucoup mieux si tu venais jusqu'ici.

Évidemment ! Cessant de tergiverser, elle retira ses chaussures et son pourpoint. Pour ce qui était d'ôter son haut-de-chausse et le bandage en lin qui lui ceinturait la poitrine, ce ne fut pas aussi simple. Elle était très pudique, même si elle ne portait quasiment jamais de robe, au contraire d'Awena ou de Brianna. Elle trouvait le port de ce vêtement encombrant et rabaissant. Le porter revenait à se voir réduite au rôle de maîtresse de maison. Un rôle qui l'horripilait au plus haut point. Elle n'en était pas moins une femme et, par conséquent, avait une pudeur naturelle. Malheureusement, comme le cuir et l'eau ne faisaient pas bon ménage, son haut-de-chausse serait abîmé si elle le gardait dans l'eau. Elle n'avait donc pas le choix et l'enleva, tout comme son bandage.

Une fois totalement nue, elle ne perdit pas de temps et se glissa délicatement dans l'eau. Instantanément, ses muscles, raidis par le voyage, se détendirent. Un soupir de plaisir dut s'échapper de ses lèvres, car Rory se tourna aussitôt vers elle. Il nagea jusqu'à sa hauteur, un grand sourire aux lèvres.

— Je finissais par croire que tu ne viendrais jamais !

Il semblait plus soulagé que d'humeur taquine. Ce qui la rassura.

— Oui, eh bien, je ne suis toujours pas sûre que ce soit une bonne idée.

— Fais-moi confiance. Tu n'as rien à craindre, lui assura Rory. Je ne t'imposerai jamais quelque chose que tu ne désires pas.

Le nombre de personnes en qui elle avait confiance se comptait sur les doigts d'une main : Wang, Malcolm, Awena, Brianna et… oui, Rory, dut-elle admettre. À quel moment cela s'était-il produit ?

— J'ai confiance en toi.

Ces quelques mots lui firent hausser les sourcils.

— Vraiment ? demanda-t-il, sceptique.

— Oui. Même si cela m'effraie un peu, avoua-t-elle.

Il lui prit la main gauche, en embrassa la paume, et la plaça sur son cœur.

— Tu ne peux pas imaginer à quel point j'ai prié pour t'entendre prononcer ces mots !

— Tu exagères.

— Non.

Elle dut bien reconnaître qu'il était sérieux. Et cette constatation libéra une part d'elle qu'elle avait minutieusement enfouie au plus profond de son âme. Elle sentit la femme en elle s'ouvrir doucement, puis plus intensément. Tout cela à cause de cet homme. Ou plutôt grâce à cet homme. Il réussissait à guérir ses blessures les plus profondes, ses cicatrices infantiles qui avaient purulé avec le temps. Personne n'avait jamais pris la peine de le faire auparavant. Même Wang n'avait pas été capable de s'insinuer ainsi en elle. Rory était le seul à pouvoir chasser ses démons, à les enterrer définitivement. Ses cauchemars concernant le viol de sa mère, elle les faisait chaque fois qu'une femme qu'elle connaissait se mariait. Il était temps que cela s'arrête. Il n'y avait qu'en Rory qu'elle avait assez confiance pour dépasser son traumatisme.

Doucement, elle se nicha dans ses bras tout en glissant les doigts dans ses cheveux. Elle avait remarqué qu'il aimait qu'elle lui caresse la tête avec ses ongles. Comme un gros lion, il inclinait la tête et en ronronnait presque de bonheur. Ses mains posées sur sa taille étaient si grandes qu'elles l'emprisonnaient toute. Quand elle le vit s'incliner vers sa bouche, elle ne se déroba pas, elle alla même vers lui.

Un soupir lui échappa au contact de ses lèvres.

— Humm…

Les caresses, qui étaient restées jusque-là douces, devinrent plus extatiques. Quant aux baisers, ils étaient incroyables ! Le paysage féerique sembla prendre part au moment avec l'arrivée d'une brume plus intense. Comme si les fées voulaient les protéger du monde extérieur en leur offrant un cocon. Ici, il n'y avait plus ni chef ni guerrier. Juste un homme et une femme s'offrant l'un et l'autre à leur passion réciproque. Gwenn avait l'impression qu'aucune parcelle de sa peau n'était oubliée par Rory. Il s'était occupé de son dos puis de son ventre, avant de prendre le chemin de sa poitrine, dont il exacerbait les pointes avec les doigts. Sa bouche devenait plus gourmande et ses baisers se faisaient plus exigeants. L'instinct viril qui sommeillait en lui était réveillé, et cela excita Gwenn davantage. Elle ne pensait plus au passé, ni au futur, d'ailleurs. Seul le présent lui importait, ainsi que cette envie qui montait en elle.

Le dos en appui contre les pierres arrondies qui bordaient le bassin, elle sentit qu'il la soulevait soudain pour l'asseoir délicatement dessus. Rory se rapprocha d'elle en suivant le mouvement, et l'incita à écarter les jambes. Ses mains descendirent sur son tatouage de dragon, puis jusqu'à ses cuisses, qu'il caressa langoureusement. Sa bouche, qui soumettait la sienne, glissa dans son cou, où il s'attarda, avant de poursuivre son chemin, de mordiller sa clavicule avant de se poser sur son sein. La sensation de sa langue chaude sur elle l'incita à se cambrer et à l'enserrer entre ses jambes. Elle l'emprisonnait à son tour, comme il l'avait fait précédemment avec elle. Ses mains continuaient de couler dans son imposante crinière. Pour le plaisir de sentir ses cheveux entre ses doigts, ou pour le maintenir ? Elle n'aurait su le dire. Mais ce qu'elle savait, c'était qu'elle adorait ce qu'il lui faisait. Il vénérait son autre sein avec la même tendresse que le premier.

Pendant ce temps, ses mains ne restèrent pas inactives et s'approchèrent de l'endroit qu'il semblait décidé à conquérir. L'une d'elles la frôla avant de la caresser plus intimement. Sans en comprendre la raison, Gwenn sentit un nœud se former dans le bas de son ventre, et devenir plus sensible chaque fois que Rory la touchait. Que ce soit avec sa bouche, son torse ou ses mains, son contact alimentait ce nœud, cette tension.

Puis sa langue glissa sur son ventre, avant de s'attarder sur son nombril, qu'il prit plaisir à mordiller. La sensation de ses dents sur sa peau l'affaiblit, et elle se laissa choir sur le dos. Quand il recommença à descendre, elle comprit jusqu'où il comptait aller et, Dieu ! C'était si scandaleusement bon, que le refus qu'elle était sur le point de formuler s'éteignit avant même d'avoir franchi ses lèvres. Lorsqu'elle baissa les yeux et qu'elle vit Rory la fixer, sa langue investissant sa féminité, elle sentit son ventre se contracter plus fortement. Sa tête retomba en arrière et elle admira le ciel se parer de rose, d'orange et de violet. Au loin, elle distingua un rapace voler en cercle au-dessus d'une proie, et plonger à pic vers sa future victime. Un plongeon rapide, sans hésitation. Tout comme l'impression de chute qu'elle ressentit, quand la tension qui l'habitait explosa dans son ventre, la laissant totalement vulnérable.

Quand elle reprit conscience de son environnement, Rory était penché au-dessus d'elle et la regardait avec l'expression que devait avoir tout homme venant de combler une femme.

— Oh ! mon Dieu ! haleta-t-elle.

— Je suis flatté, mais tu peux m'appeler Rory, tu sais.

— Je n'y crois pas ! Même dans ce genre de situation, tu arrives encore à…

Elle ne termina pas tant elle était essoufflée. Son cœur battait la chamade, résonnant jusque dans ses oreilles. Elle était tellement faible qu'elle était persuadée de ne même pas pouvoir lever le petit doigt.

— Tu vas bien ? demanda Rory.

— Oui, oui, je… oui, je vais bien.

— Tant mieux, parce qu'on n'a pas fini.

— Pas fini ?

— Non. Tu es prête ?

En l'observant s'agenouiller entre ses jambes, elle vit le relief brillant d'humidité de son ventre musclé ; le sillon profond entre l'aine et la hanche. Trouva les cicatrices encore fraîches de la bataille de Dunvegan sur ses cuisses. Remarqua sa virilité dure et fière.

Elle avala sa salive.

Ce n'était pas la première fois qu'elle voyait un homme nu et, d'après le peu de comparaisons qu'elle pouvait faire, il n'avait nullement à rougir de ce que Dame Nature lui avait donné.

— Si tu veux que je te rende la pareille, il va falloir

que tu attendes un peu, parce que je ne suis pas sûre de pouvoir me lever.

Sans compter qu'elle risquait d'avoir mal à la mâchoire après.

— Non, dit-il en souriant, on verra cela une autre fois. Aujourd'hui, c'est ton moment.

Elle comprit enfin son intention. Il allait venir en elle. Le passé se rappela à elle, mais elle plongea son regard dans celui de Rory, et n'y vit que de la passion et… de l'amour ? De la tendresse ?

— Viens, je suis prête.

Il acquiesça.

— Tu n'auras qu'un mot à dire, j'arrêterai aussitôt.

— Compris.

Ce serait probablement une torture pour lui, mais elle savait qu'il le ferait.

Il se positionna et, délicatement, se glissa en elle, son regard dans le sien. Elle voyait sa concentration pour ne pas la blesser. Elle sentit sa féminité s'étirer doucement, puis davantage. Dès la première grimace qu'elle fit, il recula, mais revint avant qu'elle ait eu le temps de lui demander. Et s'éloignait de nouveau, chaque fois qu'elle grimaçait ou retenait sa respiration.

Finalement, après un long moment, il fut totalement en elle. De grosses gouttes de sueur ruisselaient sur ses tempes et les veines de ses mains étaient devenues incroyablement saillantes. Il prit le temps de respirer plusieurs fois pour se calmer, et elle sut, au plus profond d'elle-même, qu'elle était l'une des rares femmes au monde à avoir été ainsi choyée par l'homme à qui elle avait donné sa virginité. Elle avait eu un peu mal, mais la douleur avait été grandement supportable. Rory semblait même avoir davantage souffert qu'elle.

— Est-ce que ça va ? demanda-t-il, les dents serrées.

— Oui, oui, je vais bien. Viens…

— *Aye*, dit-il en l'embrassant.

Et, enfin, ils entrèrent dans la danse éternelle. Le balancement de ses hanches, d'abord doux, devint plus rapide. Quand elle commença à respirer plus difficilement, il se fit encore plus conquérant. Il glissa la tête dans son cou et elle s'accrocha à ses épaules musclées. Lui aussi respirait de plus en plus vite et, lorsqu'elle sentit ce nœud maintenant familier reprendre racine dans son ventre, elle sut que son explosion serait plus intense que la précédente.

— Rory ! gémit-elle.

— Viens, ma chérie. Laisse-toi aller, je te tiens.

Elle n'eut pas besoin de plus d'encouragements.

Quand Rory revint enfin à lui, il était toujours en Gwenn, le visage enfoui dans ses cheveux. Elle semblait avoir repris ses esprits et lui caressait tendrement les épaules, selon un trajet dessinant des motifs complexes. Délicatement, il se retira et s'installa à son côté.

— Excuse-moi, j'oublie que je suis lourd, dit-il.

— Non, pas plus que cela, sourit-elle.

— Tu vas bien ?

— Je vois encore des étoiles tourner autour de ma tête, alors je suppose que oui, répondit-elle, euphorique.

À ces mots, une fierté toute masculine s'empara de lui. Il avait tant envie de revenir en elle et de recommencer ce qu'il venait d'expérimenter ! Mais, même si elle avait aimé tout autant que lui ce qu'ils venaient de vivre, il ne devait pas oublier qu'elle était encore vierge peu de temps auparavant. Le sang qui tachait ses cuisses et les siennes était là pour le lui rappeler. De plus, elle somnolait déjà et allait probablement s'endormir.

Ne voulant pas la déranger, Rory attrapa sa chemise et en déchira un morceau, qu'il trempa dans l'eau avant de la nettoyer. Les yeux entrouverts, elle sourit à son initiative et le petit gémissement qu'elle poussa lui prouva que son corps était encore sensible à ses mains. Ce qui ne lui déplut pas.

Son nettoyage terminé, il se glissa dans l'eau pour un brin de toilette, avant de revenir auprès d'elle avec son tartan, dont il les enveloppa. La brume s'élevant du bassin, à leurs pieds, réchauffait suffisamment l'air pour qu'ils ne souffrent pas du froid. Et même si la pierre où ils étaient installés était tout sauf confortable, Rory s'endormit en se considérant comme l'homme le plus heureux au monde.

Chapitre 20

Quand Gwenn s'éveilla, le lendemain, l'aube teintait à peine l'horizon. Son dos était douloureux, ainsi que ses reins, mais elle ne souffrait nullement du froid qui accompagnait habituellement la rosée. En regardant distraitement autour d'elle, elle remarqua qu'elle n'était pas dans la grotte où Rory et ses hommes avaient établi le…

Elle écarquilla les yeux.

Rory ! Seigneur ! Des souvenirs de la nuit précédente lui revinrent en tête.

Elle avait fait l'amour avec Rory au pied de la cascade et s'y était endormie par la suite. D'ailleurs, elle était recouverte de son tartan, ce qui signifiait qu'il était toujours dans les environs.

Tout doucement, elle se retourna et vit que la place près d'elle était vide. Où était-il donc passé ?

Sortant la tête de sous le tissu, elle le vit dans le bassin, en train de nager nu. Il ne l'avait pas encore aperçue, mais cela n'allait probablement pas tarder. Quand il reviendrait vers le bord, il la verrait obligatoirement.

Qu'allait-elle lui dire ? « J'ai passé la meilleure nuit de ma vie, merci beaucoup, mais je préfère qu'on en reste là, avant que je ne tombe encore plus amoureuse de toi » ? Ou bien allait-elle se comporter comme si rien ne s'était passé, et reprendre le cours normal de sa vie ? Dans les deux cas, elle en aurait le cœur brisé. Ciel ! Elle n'aurait jamais dû se laisser aller dans ses bras !

— Bien dormi ?

Allez, Gwenn ! Ce n'est pas le moment de flancher.

— Euh… Pas trop mal. Je suis juste un peu endolorie.

— Tu devrais venir nager un peu, l'eau te fera du bien.

— Tu as raison.

Elle s'approcha lentement du bassin tout en veillant à rester bien couverte par le tartan. Elle le retira juste avant de se laisser glisser dans l'eau. Sa pudeur matinale était ridicule après cette nuit ensemble, mais au moins, l'eau chaude fut un vrai régal pour son corps courbaturé. De son côté, Rory la rejoignit en quelques brasses.

— Je suis désolé, c'est ma faute si tu as mal partout, ce matin, dit-il après s'être approché.

— Oh ! c'est probable, oui, confirma-t-elle en serrant ses bras autour de sa poitrine. Mais dormir sur ce gros caillou n'a certainement pas amélioré la chose.

— C'est vrai.

Il la regardait étrangement. Comme s'il attendait quelque chose de particulier.

— Tout va bien ? demanda-t-il.

Elle comprit à quoi il songeait en lui posant cette question, mais préféra jouer les ignorantes.

— Mis à part mon mal de dos, oui.

J'ai vraiment touché le fond, voilà que je me comporte en lâche !

— Tu sais très bien à quoi je fais allusion.

Comme elle ne répondait pas, il souffla et poursuivit :

— Tu regrettes, déclara-t-il en détournant le regard.

Ce n'était pas une question.

— Non ! s'exclama-t-elle en attirant de nouveau son regard sur elle. Enfin, je ne sais pas trop…

Elle n'osait pas plonger dans ses yeux. Si elle croisait ses magnifiques prunelles outremer, elle se liquéfierait encore une fois.

— Gwenn, je croyais que tu me faisais confiance.

— J'ai confiance en toi, lui assura-t-elle. Mais en moi, c'est autre chose.

Il s'approcha plus encore, lui prit la main et la posa sur son cœur. Elle en sentit les battements désordonnés. Ainsi, lui aussi n'était pas aussi serein qu'il le laissait croire.

— Tu le sens ?

Elle acquiesça.

— Et je suis sûr que si je pose la main sur le tien, il battra au même rythme.

Elle plongea les yeux dans les siens. Que Dieu lui vienne en aide, il avait raison. Il avait toujours raison quand il s'agissait de ses sentiments. Il la comprenait mieux qu'elle ne se comprenait elle-même.

— Je ne sais pas trop comment…, murmura-t-elle, incertaine.

— Quoi ? Dis-moi, n'aie pas peur.

— Nous deux… Comment cela va se passer ? Enfin, je veux dire, quand on en aura terminé avec les Vikings.

— Je pensais que tu me connaissais assez pour le savoir.

Elle se sentir blêmir. Oh non ! Il allait l'abandonner, comme toutes les autres. Maintenant qu'il avait joui de son corps, elle n'avait plus aucun intérêt pour lui. Et dire qu'elle avait cru qu'il avait ressenti quelque chose pour elle, quand il lui avait fait l'amour ! Mais de quoi se plaignait-elle ? N'était-ce pas ce qu'elle voulait encore cinq minutes plus tôt ? Partir et ne plus le revoir.

— … vivras à Dunvegan.

— Pardon ?

Elle secoua la tête.

— Qu'est-ce que tu viens de dire ?

— Une fois que toute cette histoire sera réglée, on se mariera et tu viendras vivre à Dunvegan.

Se marier ? Avec lui ? L'idée du mariage ne lui avait jamais effleuré l'esprit, encore moins celle de devenir Lady MacLeod. Elle aurait le destin de toutes les autres femmes, garder la maison et n'être plus qu'un ventre à remplir, pour lui donner des enfants. Elle avait beau être amoureuse de lui, il ne fallait pas lui en demander trop non plus.

— Non, non, sûrement pas !

— Quoi ? Mais enfin, Gwenn…

— Je suis cheffe de clan, je ne vais pas abandonner les miens pour devenir un ventre à engrosser !

— Un ventre à… Tu es sérieuse ? Tu penses réellement que c'est de cette manière que je te considère !

— Parce que ce n'est pas ainsi que les hommes voient leur femme, peut-être !

D'accord, elle exagérait, mais c'était trop lui demander pour le moment que de devenir maîtresse de maison et mère. Elle ne s'était encore pas faite à l'idée que les relations sexuelles consenties étaient parfaites qu'il lui parlait déjà mariage !

— Ce n'est pas moi qui ai abordé le sujet des enfants, mais toi, fit-il en croisant les bras.

Voilà qu'elle réfléchissait à voix haute, maintenant ! Il ne manquait plus que cela !

— Je suis guerrière et cheffe de clan. Je ne peux pas laisser les miens, Rory.

— Malcolm est bien ton héritier, non ?

— Je ne vais pas abdiquer et me soumettre à toi !

— Non ! Tu seras libre de faire ce que tu veux, je ne t'imposerai jamais quoi que ce soit. Mais as-tu imaginé ce qu'il se passerait, si tu étais enceinte ?

Enceinte ? Pouvait-elle déjà l'être en une seule nuit ? Elle posa la main sur son ventre, et fut prise de court en se rendant compte que l'idée d'avoir un enfant de Rory ne l'effrayait pas tant que cela.

— Gwenn…

Il couvrit sa main de la sienne.

— Je comprends que tu aies peur, mais tu n'as rien à craindre. Je veillerai toujours sur toi et je ne compte pas t'interdire d'être ce que tu es. C'est d'une guerrière que je suis tombé amoureux, pas d'une princesse en robe de bal.

Tombé amoureux ? Rory était amoureux de… d'elle ? Une immense vague d'angoisse la submergea.

— On ferait mieux d'y aller, les autres vont se demander où nous sommes passés.

Elle fit demi-tour et commença à s'extraire de l'eau, avant d'être attirée en arrière, et de tomber dans les bras de Rory. Le brasier, qui irradiait dans son bassin à chacun de ses baisers, la brûla de nouveau. Il l'embrassa langoureusement et elle en oublia pourquoi elle voulait le fuir. Elle s'accrocha à lui et sentit renaître avec bonheur l'émotion de la veille. Sa bouche suivait les directives de celle de Rory et, tout aussi rapidement qu'il l'avait attrapée, il la repoussa.

— Tu peux dire ce que tu veux, mais, toi et moi, c'est réel, déclara-t-il. Je ne t'embêterai pas pour le moment, car tu as raison, il faut qu'on y aille. Mais une fois qu'on en aura terminé avec cette maudite guerre, je reviendrai. Et je peux te jurer que je me battrai jusqu'au bout pour t'avoir ! Que tu le reconnaisses ou pas, tu es mienne, Gwenn, et je n'abandonne jamais ce qui m'appartient derrière moi.

Sur ce, il sortit de l'eau et la laissa avec pour seule compagnie l'écho de ses paroles.

Depuis sa dispute avec Gwenn, Rory était d'une humeur massacrante. Il était d'une compagnie si peu agréable que ses hommes l'avaient laissé seul en tête de cortège, avec ses idées noires.

Gwenn et lui ne s'étaient pas une seule fois adressé la parole depuis qu'ils avaient rejoint les autres. Il sentait son regard dans son dos, mais n'allait pas revenir auprès d'elle en rampant. Il en avait assez de se montrer conciliant. Par tous les diables ! Il l'avait demandée en mariage et lui avait avoué ses sentiments ! Et elle l'avait rabroué. Comment la femme douce et passionnée de la veille et la furie avec qui il s'était disputé ce matin pouvaient-elles être une seule et même personne ? Il avait envisagé qu'elle pourrait le repousser, mais avait cru qu'en lui avouant ce qu'il ressentait pour elle, elle se calmerait. Il s'était trompé. Vivement qu'ils arrivent au fief des MacKinnon et qu'ils affrontent ces envahisseurs ! Il était d'humeur à fracasser des crânes.

Pourtant, tout avait été si parfait quand ils avaient fait l'amour ! C'était la première fois qu'il touchait à une vierge et il pensait avoir réussi l'épreuve. Avec Gwenn, rien n'était gagné d'avance. Jusqu'au bout, il avait craint qu'elle ne le repousse, ou qu'elle ne soit aux prises avec son passé, mais non. Elle l'avait surpris et ils avaient fait l'amour d'une façon si intense qu'il aurait pu croire que c'était la première fois qu'il goûtait aux charmes d'une femme. Il sentait encore le goût de sa chair dans sa bouche, l'odeur de sa peau, la sensation de son corps accueillant le sien. Ô Seigneur ! Comment était-il passé de cette plénitude à cet affrontement ? Qu'avait-il bien pu dire pour qu'elle pense n'être que… Quels avaient été ses mots, déjà ? Ah oui ! Un ventre à engrosser ! Où était-elle allée chercher cette expression, pour commencer ? « *Parce que ce n'est pas de cette manière que les hommes voient leur femme, peut-être !* » Il était certes vrai que certains hommes, une bonne partie même, voyaient les femmes de cette manière, mais à quel moment lui avait-il laissé penser que c'était son cas ? Il avait beau se repasser en mémoire, encore et encore, leur conversation, il ne voyait pas.

Heureusement, Caisteal Maol se dressait enfin devant lui. L'après-midi était plus qu'entamé, et ils avaient encore leur camp à dresser. Étrangement, ils n'avaient pas croisé un seul Viking durant leur voyage, et Rory espérait sincèrement qu'ils n'avaient pas eu le temps de prendre le large avant l'arrivée de Lachlan et Awena avec la flotte.

— Les MacDonald ont installé le campement à deux pas des murailles des MacKinnon, déclara Cameron, qui avait fini par le rattraper.

En effet, plusieurs centaines de tentes aux couleurs du clan se dressaient au pied des remparts.

— Tu crois qu'ils se sont battus ?

— Cameron… Je suis comme toi, j'arrive. Je n'en sais strictement rien !

— Toujours de bonne humeur, à ce que je vois.

— Oh ! ferme-la ! Je n'ai pas besoin de tes commentaires !

— Eh bien, si cela doit être ainsi chaque fois que Gwenn et toi couchez ensemble, vous feriez mieux de vous abstenir ! lança Cameron, avant de s'éloigner avec son cheval.

Mais pour qui se prenait-il ? pesta Rory. Heureusement, leur arrivée au camp lui évita de répondre.

Il descendit de Tonnerre et se dirigea vers Wang et Malcolm. Les deux hommes étaient penchés au-dessus d'une table, et examinaient un plan de la forteresse.

— Rory, Gwenn. Comment s'est passé votre voyage ? demanda Wang.

Gwenn ? Il ne l'avait même pas entendue arriver dans son dos.

— Calmement, trop calmement, répondit Gwenn, sans lui adresser le moindre regard. On n'a pas croisé un seul Viking. Et vous ?

— Pareil. Et le village en bas est vide, on dirait un village fantôme ! annonça Malcolm en frissonnant. On a juste rencontré une petite escouade, en arrivant, mais on s'est à peine battus. Ils se sont repliés derrière leurs remparts. Wang a réussi à avoir des nouvelles.

— Et alors ? l'interrogea Rory.

— Tous les MacKinnon n'ont pas été tués, comme on le croyait. Les survivants sont enfermés dans les geôles du château. Les hommes et les enfants vont être vendus comme esclaves. Quant aux femmes, ils veulent les garder, et se les partager, expliqua Wang.

— Seigneur ! s'exclama Gwenn. Ces hommes sont de véritables monstres !

— Ce n'est pas le pire, poursuivit Malcolm.

— Que pourrait-il y avoir de pire ? demanda Rory.

— D'après la femme que j'ai réussi à aborder, il semblerait que leur capitaine préfère la compagnie des toutes jeunes filles pour… Enfin, vous voyez, répondit Wang.

— Oh ! mon Dieu ! Je crois que je vais vomir !

Gwenn posa une main sur sa bouche.

Étant donné son expression dégoûtée, ce n'était pas qu'une façon de parler. Elle s'éloigna de la table un moment et se plaça face au vent pour pouvoir respirer. Inquiet, Malcolm la rejoignit.

— Malcolm et moi avons repéré les lieux, et l'angle de droite sera le côté le plus sûr à escalader, poursuivit Wang.

— Sur ce point, je te laisse seul juge. Mais comment comptez-vous vous y prendre, une fois là-haut ? demanda-t-il en regardant l'endroit indiqué.

— On tuera les sentinelles. Dès que les remparts seront libres, on ouvrira les portes, et vous pourrez entrer.

— Mais si vous vous faites surprendre, l'alarme sera lancée et vous vous retrouverez seuls.

— Tu n'as pas à t'inquiéter. Tout se passera bien, lui assura Wang avec calme.

Décidément, même une tempête ne pouvait ébranler cet homme.

— Wang, puis-je te demander une faveur ?

— Bien sûr, qu'y a-t-il ?

— Demande à Gwenn de rester ici, avec nous.

— Pardon ? protesta Gwenn.

Par tous les diables ! Pourquoi avait-elle décidé de revenir vers eux à ce moment précis ? Quelqu'un devait vraiment le détester, là-haut.

— L'idée de te savoir à l'intérieur ne me plaît pas, dit-il en lui faisant face.

— Ne crois pas que, parce qu'on a couché ensemble, tu as le droit d'exiger quoi que ce soit de moi !

Il surprit le regard que Wang et Malcolm échangèrent à la suite de cette déclaration.

— Si jamais il t'arrivait quelque chose, je ne pourrais pas te venir en aide…

— Je sais très bien me débrouiller seule ! le coupa-t-elle. Au pire, j'ai Wang pour couvrir mes arrières.

Et puis zut ! Ce n'était pas la peine de discuter avec elle, elle ne voudrait rien écouter. Il n'avait qu'à la laisser se débrouiller, en priant pour qu'il ne lui arrive rien de fâcheux durant la bataille.

— Très bien ! Fais comme tu veux, lâcha-t-il, en partant rejoindre ses hommes.

Chapitre 21

Caisteal Maol, clan MacKinnon

Tout était prêt. Ils n'attendaient plus que les ténèbres. Gwenn avait enfilé sa tenue d'escalade dans les bois et, sortant de la clairière qui se trouvait sur la colline, entre le château et le village, elle vit Rory en pleine discussion avec Cameron, William et Angus. Awena et Lachlan leur avaient dépêché un messager pour les avertir leur arrivée avec la flotte. Les navires de guerre étaient stratégiquement placés entre les rochers bordant la baie.

Depuis qu'elle était devenue cheffe du clan, cette journée était celle qu'elle attendait entre toutes. L'excitation, la colère, la détermination et la vengeance auraient dû se disputer en elle. Au lieu de ça, elle n'avait cessé de penser à Rory et à leur dispute. Il était vraiment fâché contre elle et lui battait froid depuis le début de la matinée. Le seul moment où il avait mentionné quelque chose à son propos, était quand il avait demandé à Wang de la mettre sur la touche. Comme si Wang pouvait lui ordonner quoi que ce soit ! C'était elle la cheffe de clan, qu'il ne l'oublie pas. Depuis, rien. Aucun mot, ni regard ou sourire. Elle devait reconnaitre qu'elle détestait cela. Elle aurait tellement aimé remonter le temps et retourner au pied de la cascade !

— Prête ?

Elle sursauta.

— Oh ! Wang ! Tu m'as fait peur, dit-elle, une main sur le cœur.

— Désolé, mais la nuit est bientôt totale, alors, si tu veux parler à Rory avant d'y aller, c'est le moment.

Elle jeta un regard circulaire sur l'étendue de tentes. Près d'un flambeau, elle le trouva en train de discuter avec ses hommes.

— Ce n'est pas la peine, murmura-t-elle.

— Gwenn, tu devrais…

— Wang, non. J'ai tout gâché, inutile d'en rajouter.

— C'est donc vrai, tu t'es donnée à lui ?

Elle souffla, et ses épaules s'affaissèrent sous le poids de ses émotions.

— Oui, mais j'ai tout gâché, admit-elle.

— Si jamais ta grand-mère l'apprend…

À l'heure actuelle, l'opinion de sa grand-mère était le dernier de ses soucis.

— Elle dira ce qu'elle voudra. Ce qui est fait est fait.

— L'honneur exigerait qu'il t'épouse, affirma Wang, très sérieux.

— Il me l'a demandé et j'ai refusé.

— Tu as fait quoi ? Pourquoi ? Cet homme t'aime, cela crève les yeux.

— C'est ce qu'il m'a dit.

— Et il te l'a avoué ! Il est encore plus courageux que je ne le pensais.

Elle fronça les sourcils.

— Je te remercie, répondit-elle, vexée.

— Reconnais que tu n'es pas la femme la plus ouverte au monde.

— Je crois avoir de bonnes raisons pour cela.

— C'est vrai, mais regarde-le, insista Wang, en indiquant Rory d'un signe de tête.

Ce dernier la fixait d'un regard de braise, tout en écoutant William.

— Ravale ta fierté Gwenn et va le voir, reprit Wang.

— Pour lui dire quoi ?

— Que tu l'aimes aussi, ce serait un bon début.

Comment était-il au courant de ce détail ? Brianna avait-elle vendu la mèche ? Ou était-ce tout simplement elle qui n'était pas douée pour cacher ses sentiments ?

— Juste avant d'aller me battre ? Certainement pas !

— S'il ne survivait pas aux combats, tu t'en voudrais toute ta vie. Crois-moi !

Étonnée, Gwenn le regarda alors rejoindre Malcolm sans ajouter un mot. Wang avait-il aimé une femme, au Japon ? Maintenant qu'elle y réfléchissait, il n'avait jamais rien mentionné à ce propos.

— Tiens.

Sursautant à nouveau, elle se retrouva face à Rory, qui lui tendait son katana et son étui à shurikens. Elle n'aurait pas à aller le retrouver ; une fois encore, c'était lui qui était venu.

— Merci.

Un silence gêné s'établit entre eux et elle en profita pour s'équiper de ses armes.

Tu te défiles, ma fille.

— Rory, écoute, je suis désolée pour ce matin, dit-elle alors, en fixant ses pieds.

Elle n'avait jamais été très douée pour les excuses et, malheureusement, plus elle avançait en âge, plus ce problème se faisait sentir.

Comme il ne répondait pas, elle leva les yeux. Il avait les bras croisés et regardait en direction du château. Les sourcils froncés et la mâchoire serrée, il semblait réfléchir à un problème de taille. Elle avait vraiment dû le pousser à bout pour qu'il mette autant de temps à lui pardonner ou à l'envoyer promener.

— J'aurais juste une question à te poser, avant de te répondre.

— Euh… D'accord. Je t'écoute.

Il la fixa de son regard outremer.

— Pourquoi ?

— Pourquoi, quoi ?

— Pourquoi ne veux-tu pas qu'on se marie ? Pourquoi ne veux-tu pas qu'on vive ensemble ? Et ne me sors pas l'excuse de ton clan, précisa-t-il, en la voyant sur le point d'ouvrir la bouche.

Bon, eh bien ! Si elle espérait échapper aux questions gênantes, c'était manqué ! Rory était solidement campé sur ses jambes et ne la laisserait pas se défiler. Il lui rappelait son père quand elle avait fait une bêtise, et qu'il attendait qu'elle avoue.

— Parce que je…

Elle soupira et alla s'asseoir sur une souche, à deux pas. Il voulait toute l'histoire ? Très bien, elle allait lui donner.

— Enfant, j'imaginais pour moi un mariage de

rêve. Tout mon clan était auprès de moi, et mes parents m'auraient dit à quel point ils étaient fiers de cette union. Et puis, il y a eu le massacre.

Elle revit son père se faire décapiter, sa mère hurler tandis que les Vikings riaient tout en jouissant de son corps. Sa sœur la supplier de lui donner la main, alors qu'elle poussait son dernier soupir.

Un sanglot brisé lui échappa. Perdue dans ses souvenirs, elle sentit soudain qu'on lui effleurait le visage. Rory s'était accroupi devant elle, et avait pris son visage en coupe dans ses mains. Il séchait ses larmes de ses pouces, la fixant avec compassion.

— Reste avec moi, ici. Ne va pas te perdre dans les méandres de ton passé, murmura-t-il.

Elle acquiesça et s'essuya les yeux.

— Tu as raison.

— Continue ton histoire.

— Oui, euh... Après, j'ai... j'ai dû prendre la relève et m'occuper du clan. J'ai eu de la chance. Ma grand-mère, qui était notre guérisseuse, à l'époque, était partie avec un grand groupe de femmes et d'enfants, dont Awena et Brianna, cueillir des herbes médicinales et des fleurs. Des hommes les avaient accompagnées et en avaient profité pour chasser. Quand ils sont rentrés, ils ont découvert les conséquences du drame. Malcolm et moi sommes les seuls de notre famille à avoir survécu au massacre. Tous les autres se sont fait tuer.

» Ensuite, j'ai ordonné que l'on construise une muraille supplémentaire autour du village. Il y avait plus de femmes que d'hommes, à cette époque, et ma grand-mère n'arrêtait pas de parler de mariage. Elle avait fouillé dans les documents de mon père et appris qu'il était en pourparlers avec les Sinclair pour d'éventuelles fiançailles. Quand je l'ai su, je me suis fâchée avec elle. Le mariage ne s'est jamais fait, mais cela ne l'a pas empêchée de me présenter d'autres hommes. Ils n'en avaient qu'après ce que j'avais rebâti, grâce à Wang, et voulaient me museler et me mettre dans leur lit. Le pire d'entre eux a été Garrett Campbell.

— Je te demande pardon ? s'exclama Rory. Ta grand-mère a voulu te marier à mon cousin ?

Ce type odieux était de sa famille !

— C'est ton cousin ?

— Oui. La sœur de ma mère a épousé Douglas Campbell, et Garrett est leur fils aîné.

— Seigneur ! C'est vraiment difficile à croire. Ton cousin est un vrai porc, alors que toi tu... Enfin... tu es différent.

— Garrett a toujours eu ce qu'il voulait ; mon oncle et ma tante lui ont passé tous ses caprices. Mais, si cela peut te rassurer, je ne m'entends pas très bien avec lui.

En effet, elle était rassurée de le savoir. Si Rory avait cautionné le comportement agressif de son cousin avec le personnel féminin des Campbell, elle n'était pas sûre de pouvoir le regarder de la même manière.

— Enfin, tout cela pour te dire qu'on m'a toujours vue comme une personne à placer sous la protection d'un homme. Comme quelqu'un dont on voulait se débarrasser ou, au contraire, comme un trophée à remporter. À cause de cela, j'ai le mariage en horreur. Et l'idée d'avoir des filles qui puissent être soumises à cela à leur tour, ou des fils qui puissent participer à ce genre de pratique, me rend malade.

Rory était toujours accroupi, et lui massait les mains, le regard perdu sur le relief de ses veines.

— Dis-moi, qui s'est occupé de toi, après la mort des tiens ?

— Ma grand-mère.

— Non, je voulais dire, qui t'a aidée à faire ton deuil ?

— Personne en particulier, pourquoi ?

Il releva les yeux pour la fixer.

— Tu veux dire qu'après avoir mis tes parents en terre, tu as pris la tête de ton clan et que personne ne t'a proposé de t'accorder un moment pour les pleurer ?

— Si, ma grand-mère. C'est pour cela qu'elle voulait que je me fiance. Comme si j'allais pleurer mes parents auprès d'inconnus !

Il soupira et secoua la tête.

— Plus je t'écoute, moins je la supporte, souffla Rory.

Elle prit la mouche. Même si elle ne s'entendait pas très bien avec son aïeule, Gwenn n'acceptait pas que l'on dise du mal d'elle.

— Elle a géré la situation comme elle a pu. Elle a perdu ses deux fils, ses belles-filles et l'une de ses petites-filles. Et elle s'est retrouvée toute seule, avec trois enfants traumatisés sur les bras. Tu ne peux pas lui en vouloir.

— Ce n'était pas une raison pour te harceler comme elle l'a fait. Encore moins pour te proposer Garrett comme prétendant ! pesta Rory.

— Peu importe, dit-elle en secouant les mains en un geste désinvolte, ce que je veux te faire comprendre, c'est que ce n'est pas l'idée de me marier avec toi qui m'horripile, c'est l'idée de me marier tout court.

— Gwenn ! cria Wang.

En levant la tête pour voir ce que lui voulait son ami, elle découvrit que le drap d'obsidienne de la nuit était entièrement étendu, dans le ciel étoilé. Il était temps pour elle d'y aller.

Elle se leva.

— Attends…

Avant qu'elle ait pu faire un pas, Rory l'attira à lui et l'embrassa délicatement. Elle se rendait compte, à présent, combien ce froid entre eux l'avait blessée et à quel point ses baisers lui avaient manqué.

— Fais attention à toi, mais on n'en a pas encore terminé avec cette discussion. D'accord ?

— D'accord. Toi aussi, fais attention.

Elle l'embrassa une dernière fois et rejoignit ses hommes.

— Gwenn !

Elle se retourna et regarda Rory, qui était resté au même endroit.

— Je te pardonne.

Elle lui sourit et s'éloigna avec les hommes choisis pour l'escalade.

Les combats allaient commencer. Il était temps pour lui de faire diversion devant l'entrée du château. Rory fixa Gwenn un moment, puis alla rejoindre Will, Cameron et Angus devant l'un des feux de camp, à quelques mètres du pont-levis. Il s'installa de façon à être en face de Gwenn et des autres, même s'il ne les distinguait pratiquement pas. Autour de lui, les chevaux étaient prêts à être montés et, il devait bien l'admettre, sa claymore le démangeait. Mais il devait attendre l'ouverture du pont. Le calme avant la tempête, comme aurait dit son grand-père.

Du coin de l'œil, il distinguait vaguement les silhouettes qui commençaient leur ascension sur les remparts. On aurait dit des ombres se mouvant sur les murs. Il n'y avait aucun bruit, aucun mouvement suspect n'était perceptible sur le chemin de ronde. Les Vikings se trouvaient dans les tours de flanquement, les tours d'angle et sur le chemin de ronde près du pont-levis. Par chance, personne ne surveillait le reste de la forteresse. Rory espérait que rien ne changerait et qu'aucune alarme ne serait lancée. Savoir Gwenn dans ce coupe-gorge l'effrayait, mais, s'il voulait qu'elle accepte d'être avec lui, il devait lui montrer qu'il lui faisait confiance. Même si cela le rendait malade.

— Alors, tu t'es réconcilié avec Gwenn ? lui demanda Cameron.

— *Aye.*

— Vous vous êtes disputés à cause de quoi ? Si ce n'est pas trop indiscret, bien sûr, poursuivit Will.

— C'est indiscret.

— Laisse tomber, Will. Je te parie ce que tu veux qu'il a dû s'y prendre comme un pied avec elle, et qu'elle ne s'est pas gênée pour le lui faire remarquer, lança Angus.

Tous trois se moquèrent de lui de bon cœur.

— N'importe quoi ! Ne fais pas de ton cas une généralité ! répliqua Rory, froissé.

— Le pauvre chéri, il est vexé…

Soudain, une silhouette chuta des remparts. S'étaient-ils fait prendre ? Qu'en était-il de Gwenn ? Avant même de pouvoir avertir les autres, il vit une deuxième silhouette basculer, puis une troisième. Aucune alarme ne retentit pourtant dans le silence de la nuit. Ce qui ne signifiait qu'une chose : ces corps étaient ceux des Vikings que Gwenn et les siens jetaient par-dessus les créneaux, pour ne laisser aucune trace de leur passage. Très intelligent… Ainsi, rien ne laisserait penser à une invasion.

— Tenez-vous prêts ! Les MacDonald se rapprochent.

Instantanément, les plaisanteries cessèrent, et le calme régna de nouveau sur le chemin de ronde. Rory regarda ses troupes, autour de lui. Certains riaient, d'autres buvaient ou encore parlaient distraitement entre eux, mais cette nonchalance affichée n'était qu'un leurre. En réalité, ils guettaient tous ses faits et gestes. À la seconde où son ordre serait donné, ils s'élanceraient comme un seul homme.

Soudain, un cri perça les ténèbres tandis le bruit caractéristique des épées se fit entendre. Le groupe était tout près derrière les remparts.

— Préparez-vous, ce sera bientôt à nous !

Tous ses guerriers se mirent en selle ; Rage s'installa aussi dans le cortège. Même sans sa maîtresse, l'étalon était prêt à partir au combat. D'autres chevaux sans cavalier s'étaient également glissés dans les rangs. Comment les MacDonald dressaient-ils leurs bêtes ?

Rory reporta son attention sur les remparts ; le temps parut ralentir, et l'attente devint insoutenable. Les corps jetés par-dessus les remparts étaient de plus en plus nombreux. Et alors que ses hommes commençaient à perdre patience, le miracle eut lieu : la herse fut levée, le pont-levis abaissé et la grande porte ouverte.

— À l'attaque ! lança-t-il.

Chapitre 22

L'escalade sur la paroi du rempart s'était bien déroulée. Les Vikings, trop occupés à surveiller Rory et la quasi-totalité des troupes en bas des murailles, en avaient oublié de protéger le reste de la forteresse.

Une fois parvenus en haut, les grimpeurs se divisèrent en deux groupes : l'un commandé par Gwenn, l'autre par Malcolm, leur objectif étant de se rejoindre au niveau de la grande porte. D'après les plans obtenus par Wang, le mécanisme pour relever la herse se trouvait d'un côté de l'entrée, celui pour le pont-levis de l'autre, et le chemin de ronde était interrompu au-dessus de l'entrée par un conduit servant à verser de l'huile bouillante en cas d'invasion. L'un des groupes devait donc faire le tour des remparts, afin d'aider l'autre à ouvrir le passage pour l'ensemble des troupes. Le début du parcours serait facile, étant donné la position massive des Vikings à l'avant. Mais plus ils avanceraient, plus il y aurait de gardes et de risques de se faire repérer.

En effet, une cinquantaine de mètres après le début de leur avancée, ils rencontrèrent un premier Viking. Gwenn attendit dans l'ombre avec ses hommes, pendant que Wang se glissait tel un fantôme derrière celui-ci, pour lui briser la nuque. Le pauvre bougre n'eut pas le temps de comprendre ce qui lui arrivait : il s'écroula à terre comme un pantin désarticulé. Gwenn laissa son capitaine se débarrasser du corps et poursuivit son trajet. Deux autres Vikings les affrontèrent, alors qu'ils n'avaient pas fait dix pas. Aidée de l'un de ses hommes, elle utilisa la même prise que Wang pour les neutraliser. Leurs corps furent alors lancés par-dessus les remparts. Convaincus d'être toujours invisibles aux yeux des Vikings, ils continuèrent leur progression, entre arrêts et avancées, corps à corps avec les gardes, jusqu'à la dernière tour menant au passage situé au-dessus de l'entrée. Ils en bloquèrent alors les portes. Au même moment, Malcolm et son groupe apparurent de l'autre côté des remparts.

Après avoir consulté son cousin du regard pour s'assurer que tout était en ordre, Gwenn lâcha son cri de guerre, et les deux groupes attaquèrent simultanément les Vikings en faction, qui ne les virent qu'à ce moment.

L'alarme fut lancée depuis la basse-cour ; aussitôt, tous les soldats qui se trouvaient en bas, à proximité, se dirigèrent vers les tours flanquant l'entrée, où ils trouvèrent les portes closes. Prise dans la folie du combat, Gwenn fit face à un Viking qui n'avait probablement pas vingt ans. Sa musculature commençait tout juste à se développer et sa barbe naissante lui donnait l'air d'un petit garçon essayant de ressembler à un homme. Néanmoins, l'épée qu'il tenait à la main ne tremblait pas, et il l'aurait égorgée sans sourciller si elle ne l'avait pas éventré la première. Dommage pour lui, il était si jeune !

Elle ne perdit pas de temps en regrets, cependant, car elle dut bien vite en affronter un autre à l'épée. Celui-ci se débrouillait bien, mais Wang la couvrait, et le soldat n'eut pas le temps d'anticiper le mouvement que la lame de son capitaine lui traversait le ventre.

À peine repositionnée, Gwenn vit l'un de ses hommes à terre, sur le point de subir un coup fatal. Elle sortit aussitôt un shuriken de son étui et le lança sur l'assaillant. Celui-ci reçut l'étoile argentée en pleine gorge. Lâchant son épée, il retira l'arme et compressa la plaie, pour essayer d'arrêter le flot de sang. Le MacDonald à terre en profita pour se relever et l'achever d'un coup en plein cœur.

La dernière fois que Gwenn avait vu autant de sang, c'était lors du massacre de son clan, et savoir que ce flux vital appartenait à l'ennemi et non aux siens ne lui fut pas d'un grand réconfort. Au contraire, elle prenait la mesure de la stupidité des hommes. Il leur fallait verser le sang pour se faire entendre, alors qu'ils auraient pu débattre et s'écouter. Si seulement les femmes menaient le monde…

L'accès aux remparts libéré, Gwenn entreprit d'abaisser le pont-levis, tandis que, de l'autre côté, Malcolm effectuait la manœuvre pour relever la herse. La descente fut rapide, et le bois claqua violemment en atteignant le sol. Pendant deux secondes, aucun bruit ne se fit plus entendre, hormis l'écho du craquement qui résonna dans la forteresse. Puis un grondement similaire à l'orage retentit. Le martèlement des chevaux qui entraient dans le fort lui sembla assourdissant.

Jetant un coup d'œil dans la cour, elle vit Rory en tête

du cortège, juché sur Tonnerre, Cameron à ses côtés. Angus et Will se trouvaient juste derrière eux, puis venaient tous les MacLeod et les MacDonald, déterminés à venger les leurs. Mais elle eut beau chercher partout, pas le moindre signe du Viking balafré. De l'autre côté des remparts, les drakkars avaient été saccagés par la flotte. Parfait ! Ainsi, ils n'auraient aucun moyen de fuir.

Retournant à la bataille qui faisait rage, Gwenn vit ses hommes jeter des cordes par-dessus le chemin de ronde et se lancer dans les affrontements au sol. Portant les doigts à la bouche, elle émit alors un sifflement strident. Elle s'y prit à deux fois avant de voir Rage apparaître dans la cour. Attrapant alors l'une des cordes à sa disposition, elle se laissa glisser jusqu'à lui. Son katana dans la main droite, les rênes dans celle de gauche, elle dirigea son étalon jusqu'à l'entrée du château.

Si sa mémoire était bonne, la porte donnait sur la salle d'armes et sur un salon de chasse, puis il lui faudrait monter l'escalier en colimaçon qui avait été conçu pour être un véritable coupe-gorge, d'après les MacLeod. Elle arriverait ensuite dans la grand-salle, là où se trouvait certainement leur chef.

Après avoir contourné une bonne partie des affrontements, elle fit grimper à Rage les quelques marches menant aux portes principales. Là, il se cabra, forçant les battants s'ouvrirent sans opposer la moindre résistance. Quand elle entra, aucun guerrier ne vint l'affronter. Il n'y avait personne dans la salle et toutes les armes qui devaient habituellement s'y trouver avaient disparu. Les couards ! Derrière elle, elle entendit Malcolm pester contre la lâcheté du chef viking et Wang descendre de sa monture. Inspirant à fond pour se calmer, elle suivit l'exemple de son capitaine et poursuivit son chemin à pied. Ils fouillèrent le rez-de-chaussée de fond en comble, mais durent se rendre à l'évidence : il n'y avait âme qui vive, ce qui signifiait qu'il leur faudrait passer le fameux escalier.

— Laisse-moi monter d'abord, exigea Wang.

Connaissant les aptitudes de son capitaine au combat, elle lui céda la place à regret. Le plus silencieusement possible, ils se hissèrent au premier étage, où ils tombèrent dans une embuscade. Combien d'hommes y avait-il ? Gwenn n'aurait su le dire, mais une chose était sûre : l'homme qu'elle cherchait n'était pas ici. Sur le côté gauche du mur où ils étaient coincés, elle vit un autre escalier menant à l'étage supérieur. Le salon de musique, le bureau et la bibliothèque du grand-père de Rory. Le bureau ! Le Viking à la cicatrice devait y être.

— Wang ! Il faut que je monte !

Regardant rapidement dans la direction qu'elle venait de lui indiquer, il acquiesça et, progressivement, ils se déplacèrent jusqu'aux premières marches. Wang et Malcolm se positionnèrent de façon à bloquer le passage aux Vikings, et Gwenn s'élança. À présent, elle n'avait plus qu'une chose à faire, trouver son homme et le tuer.

Rory avait commencé le combat de la plus mauvaise des manières, incapable de se concentrer. Il cherchait Gwenn et, de tous les côtés, ne voyait que des hommes. Combattants, blessés, morts ou soldats prenant la fuite, mais aucune silhouette féminine à l'horizon. Même Rage avait disparu ! Tonnerre poussa un hennissement et se cabra. Surpris par ce mouvement, Rory vit son cheval briser le crâne d'un ennemi d'un violent coup de sabot.

— Merci, mon vieux !

Il fallait qu'il se concentre, bon sang ! Au moins pour ses hommes. Gwenn était bien assez forte pour se débrouiller avec Wang et Malcolm, même si son côté protecteur lui hurlait le contraire. Il se remit en ligne auprès de Cameron et fit front commun avec son ami. Les Vikings, bien que moins nombreux et pour beaucoup blessés, se défendaient comme des lions. Seules les jeunes recrues ne faisaient pas le poids. Malheureusement, elles n'étaient pas très nombreuses.

Alors que Cameron et lui avançaient en rythme, il aperçut Gwenn, juchée sur Rage ; elle se dirigeait vers l'entrée du bastion. Mauvaise idée, très mauvaise idée même ! Le plus gros des troupes se trouvait probablement à l'intérieur. Elle allait se faire tuer ! Wang et Malcolm la suivaient de près, et ne semblaient pas décidés à la faire changer d'avis.

Un feu s'était déclaré dans les écuries, sur sa droite, et la panique gagnait les chevaux à l'intérieur. Leur affolement se communiqua à leurs propres montures, qui s'agitèrent elles aussi. Tonnerre se cabrait de plus en plus, et Rory avait les pires difficultés à demeurer en selle.

— Il faut qu'on les laisse partir ou ils vont nous faire tomber et nous piétiner ! hurla Angus par-dessus le vacarme de la bataille et des hennissements.

Il libéra Tonnerre et le laissa filer.

— On doit rejoindre Gwenn et les autres ! cria-t-il à leur attention.

— Où est-elle ? Je ne l'ai pas vue une seule fois depuis qu'on est entrés, répondit William, en essuyant le sang d'une coupure sur sa joue.

— Je l'ai aperçue prendre la direction de l'entrée du donjon, reprit Rory.

Évitant les corps et les combats, ils s'y dirigèrent. Les Vikings leur opposaient une résistance farouche, pourtant, beaucoup d'hommes étaient à terre. Parvenus au pied des marches, ils virent la grande porte ouverte. Rage se trouvait à l'intérieur avec les chevaux de Wang et de Malcolm.

— Allons-y, ordonna Rory, mais faites attention !

Ils avancèrent en formation comme à leur habitude : Rory en tête, avec Cameron et William, Angus à l'arrière. L'entrée menait dans la salle d'armes et le salon de chasse. Mais les deux étaient vides. Pour accéder aux autres pièces, il fallait monter un escalier en colimaçon très raide que son grand-père avait dessiné, de façon à défavoriser au maximum l'ennemi. Un par un, ils s'y glissèrent. Des bruits de combat à l'épée résonnaient à l'étage. Probablement Gwenn et les deux autres.

Continuant prudemment leur ascension, ils entendirent des bruits de pas, juste derrière eux. S'attendant à voir des Vikings, Rory fut soulagé de constater qu'il s'agissait de guerriers MacDonald. Ils poursuivirent ensemble la montée et arrivèrent dans la grand-salle, où Wang et Malcolm bloquaient l'entrée de l'escalier menant au deuxième étage. Gwenn, elle, n'était nulle part en vue.

Cela ne voulait dire qu'une chose : elle était au-dessus, probablement avec l'homme qui l'avait blessée.

À leur approche, les Vikings se divisèrent ; un groupe les affronta, pendant que les autres restaient face aux deux MacDonald. Savoir Gwenn seule avec le chef barbare rendit Rory furieux envers tous ceux qui osaient lui barrer le passage. Il trancha la tête du premier, poignarda celui qui suivait. Un jeune guerrier surgit sur sa droite. Sans pitié, il l'attrapa par les cheveux et l'égorgea. Il poursuivit ainsi son avancée, maudissant tous ceux qui le retardaient.

C'est couvert de sang qu'il arriva à la hauteur de Wang. Celui-ci se décala pour lui permettre de passer dans les escaliers. Quatre à quatre, il grimpa les marches qui ne lui avaient jamais semblé aussi nombreuses. Accédant au palier, il vit, à la lumière de l'aube naissante, le légendaire salon de musique de sa grand-mère entièrement saccagé. Les luths, les cornemuses, les vielles et les flûtes étaient brisés en plusieurs morceaux, les bancs retournés, les coussins fabriqués par les jeunes filles du village éventrés, les tentures aux murs déchirées. Le magnifique portrait de ses grands-parents installé au-dessus de la cheminée, à moitié brûlé dans l'âtre, et les tapis étaient dans un état catastrophique ! Une véritable apocalypse avait eu lieu ici.

Un cri détourna son attention et l'incita à se diriger vers la bibliothèque, dont la porte n'était même plus gondée. Une partie des livres brûlait, à cause d'une torche abandonnée au sol.

Au fond de la pièce, Gwenn était à terre, face au balafré qui l'avait poignardée.

— Comment as-tu pu croire qu'une malheureuse femelle telle que toi pourrait me vaincre, moi, le légendaire Sven Erickson !

Il la menaçait de son épée. Le katana de son Empaleuse était fiché dans un panneau de bois au-dessus d'elle, et l'étui de ses étoiles argentées était vide. Sans bruit, il se dirigea vers eux et se prépara à attaquer le Viking.

— Toi et ton amant, vous avez fait échouer mon plan. Je peux te garantir que tu vas le regretter !

À ce moment-là, Gwenn l'aperçut, et son très léger mouvement de surprise signala sa présence à son adversaire, qui le chargea aussitôt. Rory se déporta sur sa gauche et se retrouva dos à une fenêtre. Le Viking était entre Gwenn et lui à présent. Elle s'était relevée et essayait de libérer son arme du mur. Afin d'attirer l'attention sur lui, Rory attaqua à la claymore. Erickson parait ses attaques facilement. Mais, après quelques minutes de combat stérile, ce dernier se fit plus dangereux. Rory comprit alors pourquoi il était le chef, et pourquoi il se qualifiait lui-même de « légendaire ». Il était ce que son père appelait un « berserker ». Un guerrier devenant aussi puissant et redoutable qu'un fauve quand il se mettait en colère. Si l'on en croyait les légendes, ces hommes n'existaient plus depuis longtemps, mais il semblait qu'il y ait eu une exception. Et cette exception se dressait face à lui.

Acculé, Rory essaya de se dégager, mais Sven anticipa et chargea à revers, le repoussant plus encore vers la fenêtre. Rory sentit le verre exploser au contact de son dos et bascula en arrière sans pouvoir se raccrocher à quoi que ce soit. C'était donc ainsi qu'il allait mourir ?

Sans pouvoir sauver la femme qu'il aimait ? Un sort cruel et injuste. Sa superbe Amazone allait, encore une fois, souffrir. Et ce serait à cause de lui.

— Rory !

Ce fut la dernière chose qu'il entendit, avant d'être happé par les ténèbres.

Chapitre 23

Retirer son maudit katana du mur lui avait pris un temps fou et elle avait bien failli se déboîter le bras. Mais elle avait pris son élan pour attaquer son ennemi à la tête, lequel avait eu la chance de glisser sur le rideau au même moment. Et maintenant qu'elle avait enfin réussi à dégager sa lame, elle voyait l'homme qu'elle aimait passer au travers d'une fenêtre et basculer dans le vide.

— Rory ! hurla-t-elle, en proie à une terreur sans nom.

Oh ! mon Dieu ! Non, pas encore une fois ! Non ! Allons, il fallait qu'elle garde son calme. Peut-être avait-il survécu ? Non, étant donné la hauteur du fort, il lui serait impossible de se relever après une telle chute. C'était un cauchemar, un véritable cauchemar ! Mais elle eut beau se pincer, elle ne se réveillait pas. Une douleur sourde étreignit sa poitrine, l'empêchant de respirer correctement. Elle avait mal, tellement mal qu'elle devait avoir une énorme tache écarlate sur son pourpoint, au niveau du cœur. Parce que non, sa douleur ne pouvait pas être qu'émotionnelle. Elle était trop forte, trop écrasante, suffocante. Elle s'entendait la crier. La hurler plutôt, car, parfois, les mots ne suffisent pas. On ne peut alors que hurler, tel le loup qui hurle à la lune son amour perdu. Sa discussion avec Wang, juste avant le combat, lui revint en mémoire.

— *Ravale ta fierté Gwenn et va le voir.*

— *Pour lui dire quoi ?*

— *Que tu l'aimes aussi, ce serait un bon début.*

— *Juste avant d'aller me battre ? Certainement pas !*

— *S'il ne survivait pas aux combats, tu t'en voudrais toute ta vie. Crois-moi !*

Seigneur ! Pourquoi avait-il fallu que cet homme ait raison ? Et pourquoi, au nom du ciel, n'avait-elle pas dit à Rory ces trois malheureux petits mots ? Par fierté ? Par peur ? Probablement. Et maintenant qu'elle le perdait, elle se rendait compte à quel point elle avait été puérile avec lui. Lui qui n'avait rien fait pour mériter le ressentiment qu'elle avait éprouvé au début de leur rencontre, puis la méfiance et, oui, elle pouvait bien se l'avouer, la défiance dont elle avait fait preuve. Tant de temps perdu pour se trouver de nouveau face à cet ennemi qui la privait encore de son repère, de sa joie, de son avenir.

Elle avait dû faire quelque chose de vraiment horrible dans une autre vie, pour subir autant d'horreurs dans celle-ci. Si elle fermait les yeux, elle revoyait le regard de Rory, juste avant qu'il ne bascule dans le vide, un regard empli de douleur et d'un sentiment d'impuissance. Elle n'aurait jamais cru voir un jour ce genre d'expression sur son visage.

— Pauvre petite chose ! Tu as de la chance, je me sens d'humeur charitable, aujourd'hui. Et pour te prouver ma bonne foi, je vais t'envoyer de ce pas rejoindre MacLeod !

s'exclama Sven en s'approchant pour la pourfendre de son épée.

Le rejoindre ? Dans l'au-delà ? Non, elle ne pourrait jamais le retrouver en lui disant qu'elle était morte en pleurant comme une enfant, sans se battre. De plus, que dirait-elle à ses parents ? À sa sœur ? Non ! Elle n'avait peut-être plus Rory, mais elle pouvait le venger !

Au moment même où cette résolution se faisait jour dans son esprit, elle se remit en position et contra la lame d'Erickson. Elle puisa ses dernières forces dans sa colère, son amour pour Rory, mais surtout dans sa douleur, dévastatrice. Elle se battit comme une lionne enragée, ou peut-être comme une hystérique, mais une chose était claire dans son esprit : l'homme en face d'elle mourrait de sa main. Elle alterna les techniques de combat classiques avec celles apprises de Wang, celles-ci le déstabilisant manifestement. Elle le fit reculer petit à petit, mais il finit par comprendre son intention de le faire tomber par la fenêtre même d'où Rory…

— Tu pensais réellement avoir le dessus de cette manière ?

— Et tu crois réellement que t'écarter de cette fenêtre m'empêchera de te tuer ?

Prenant son élan, elle leva la jambe droite et abattit puissamment son pied sur les doigts qui retenaient l'épée. Le Viking avait pensé à protéger ses parties viriles plutôt que la garde de sa lame. Un geste propre à tous les hommes. À présent désarmé, il la chargea comme un taureau. C'était exactement la tactique qu'il avait adoptée contre Rory. Malheureusement pour lui, elle savait comment retourner cette attaque contre lui. Elle le laissa charger et, quand les mains du *berserker* se posèrent à l'avant de son pourpoint, elle lui attrapa les poignets et bascula en arrière, l'entraînant dans son élan. Lorsqu'elle sentit son dos entrer en contact avec le bois du plancher, elle positionna ses deux pieds sur le ventre du Viking et l'envoya voler au-dessus d'elle. Son crâne heurta le mur ; il eut le nez et l'arcade sourcilière en sang. Même s'il n'était pas mort, il était probablement bien blessé, étant donné la manière dont il se tenait la tête.

Profitant de sa confusion, elle ramassa son katana, qu'elle avait lâché au moment de sa pirouette, et lui trancha les tendons à l'arrière des genoux quand il essaya de se relever. Le hurlement qu'il poussa lui mit du baume au cœur. À présent, c'était son tour de souffrir…

Rory, fourbu de douleur sur le balcon où il était tombé, affrontait les recommandations de Wang, Malcolm et les autres, qui avaient vaincu les envahisseurs.

— Ne bouge pas ! Laisse-moi vérifier que ta tête n'a rien, lui dit Wang.

— Gwenn, il faut que je remonte…, marmonna-t-il.

— Laisse-la mener son combat. Tu as fait une mauvaise chute et tu es resté inconscient un moment. Alors, reste calme ! Plus vite je t'aurai ausculté la tête, plus vite tu la rejoindras.

N'écoutant rien de ce que lui disait l'ancien samouraï, Rory essaya de se relever, mais en abandonna bien vite l'idée, quand il vit le monde tourner autour de lui. Allongé sur le dos, il regarda le ciel au-dessus de sa tête. Il avait eu une chance de tous les diables ! Il était passé à travers la seule fenêtre qui se trouvait au-dessus du balcon de la grand-salle. La chute lui aurait été fatale, sinon.

Il soupira.

Même s'il était toujours en vie, il avait mal partout ! Sa tête résonnait à la moindre parole prononcée, son dos lui donnait l'impression d'être rouillé et plusieurs morceaux de verre s'étaient plantés dans ses mains.

— Je ne pense pas qu'il y ait le moindre problème. Tu as la tête dure, heureusement ! Peux-tu bouger les pieds ? demanda Wang.

Rory remua la jambe droite et le pied, puis fit de même avec la gauche.

— Bien. Les bras ? Les mains ?

Aucun souci de ce côté-là non plus.

— Donne-moi ton nom et ta date de naissance.

— Tu es sérieux, Wang ! Je n'ai pas que cela à faire !

— Réponds si tu veux rejoindre Gwenn !

— Rory MacLeod, chef du clan MacLeod de Skye. Je suis né le 14 mars de l'an de grâce 1177. Maintenant, vas-tu me laisser me lever ?

— Oui, tu peux y aller. Mais doucement !

Vu l'étourdissement qui le saisit une nouvelle fois, Rory n'eut pas le choix. Malcolm et Cameron le soutinrent chacun par un bras, lui laissant le temps de récupérer son équilibre. Il était aussi solide sur ses jambes qu'un jeune faon venant de naître ! Très viril ! Mais après une telle chute, rares étaient les hommes pouvant retourner guerroyer comme si de rien n'était.

— As-tu retrouvé Gwenn ? demanda Angus.

— Gwenn ! Il faut à tout prix que je retourne là-haut !

— Doucement ! le prévint Wang. Tu tiens à peine debout.

Puis, voyant qu'il ne l'écoutait pas :

— Maudite tête de mule ! Vous vous êtes bien trouvés, Gwenn et toi ! Aussi bornés l'un que l'autre !

— Ce maudit Viking est avec elle et, la dernière fois que je les ai vus, elle était vraiment en mauvaise posture ! Je n'ai pas le temps d'y aller doucement ! répondit-il en montant l'escalier, les MacDonald sur les talons.

Arrivé en haut des marches, il reprit le chemin qu'il avait emprunté peu avant, et revint dans la bibliothèque. La vision qui l'accueillit était invraisemblable ! Gwenn était assise sur le bord de la fenêtre d'où il avait basculé, dos au vide, la tête en arrière et les paupières fermées. Elle avait le visage baigné de larmes. Son katana, planté dans le sol entre ses jambes, était souillé de sang frais. Le sang d'Erickson, comprit-il. Celui-ci, assis le dos contre le mur, avait eu l'arrière des genoux sectionné et présentait des traces de coups sur le visage. Mais la cause de son trépas était plus sanglante. Gwenn l'avait ouvert de la gorge au bassin. Seule la garde de son épée était encore visible, au milieu de sa pomme d'Adam. Sa mort avait été extrêmement douloureuse. Une exécution digne de l'Empaleuse.

— Gwenn ?

Comme elle ne lui répondait pas, il l'appela une seconde fois, un peu plus fort. Elle tressaillit alors et ouvrit grand les yeux. Au moment où son regard croisait le sien, elle devint si blême qu'il craignit qu'elle ne s'évanouisse, et ne bascule à son tour dans le vide. Il traversa la pièce à grandes enjambées, son étourdissement oublié.

Dès qu'il arriva à sa hauteur, elle lui sauta au cou et se mit à pleurer à chaudes larmes. Ce n'était pas la première fois qu'il la voyait pleurer, mais elle était toujours restée silencieuse dans sa douleur. Cette fois, c'était le contraire. Elle sanglotait bruyamment, criait, s'agrippait à lui et le serrait fort contre elle. Il lui rendit son étreinte et la serra contre lui autant qu'il le put, sans lui faire mal. Voyant qu'ils étaient de trop, les MacDonald et ses hommes quittèrent la pièce, les laissant seuls. Ils restèrent enlacés plusieurs minutes, jusqu'à ce que Gwenn se mette à marmonner quelque chose dans ses bras.

— Que dis-tu ? demanda-t-il.

Elle se recula légèrement et le regarda droit dans les yeux, le regard brillant de larmes.

— Je t'aime, Rory. Je suis désolée de ne pas te l'avoir avoué avant. Je t'aime tellement que j'ai l'impression d'avoir la poitrine qui saigne depuis que tu as basculé.

— Gwenn… moi aussi, je t'aime…

Dieu merci ! Enfin, elle lui avouait ses sentiments. Il l'embrassa langoureusement et en profita pour effacer toute trace de larmes de son visage.

— C'est quand même fou ! Il faut que j'aie un pied dans la tombe pour que tu m'avoues tes sentiments, ironisa-t-il.

— Ne plaisante pas avec cela, dit-elle en s'essuyant correctement le visage. C'était horrible. Je crois que je vais en faire des cauchemars pendant des semaines !

Il l'attira de nouveau dans ses bras et lui embrassa les cheveux. Il fut heureux de sentir ses mains dans son dos. Elle n'était plus triste, mais réclamait sa protection. Même si elle avait su se défendre seule contre cette vermine.

— Viens, sortons d'ici, dit-il en l'entraînant hors de la pièce.

Elle acquiesça.

— Qu'en est-il des combats à l'extérieur ? demanda-t-elle, quand ils arrivèrent dans le salon de chasse, au rez-de-chaussée.

— Je pense qu'ils doivent être terminés à présent.

Ils sortirent du donjon, le bras de Rory toujours autour des épaules de Gwenn, et constatèrent qu'en effet les affrontements avaient pris fin.

— Rory !

— Duncan ! Dieu merci, vous êtes encore en vie !

— Grâce à votre intervention, répondit Duncan en lui donnant une accolade virile.

— Duncan, laissez-moi vous présenter Gwenn MacDonald, cheffe du clan MacDonald de Skye. Gwenn, voici Duncan MacKinnon. C'est le… Enfin, c'était le capitaine de mon grand-père.

— Duncan… J'aurais préféré faire votre connaissance en d'autres circonstances, le salua Gwenn.

— Et moi donc, milady.

— Y a-t-il des blessés parmi les vôtres ? demanda-t-elle.

— Oui, mais votre charmante cousine s'en occupe déjà, avec un certain Wang, si j'ai bien compris son nom.

Elle acquiesça.

— C'est mon capitaine.

— C'est ce qu'il m'a dit. Rory, je suis désolé de ne pas avoir réussi à protéger Aidan et le clan.

— Ne vous en faites pas, il a été vengé, comme toutes les victimes des Vikings.

— Vous vous êtes chargés de leur chef ?

— Non, c'est cette charmante créature qui l'a fait, répondit Rory en désignant Gwenn. Elle a revêtu ses habits d'Empaleuse pour cela.

— Oh ! Oui, c'est vrai ! C'est vous, l'Empaleuse ! s'exclama Duncan, ahuri.

— Je crois qu'à présent je ne serai plus cette femme, lança Gwenn.

— Merci à vous.

— Je vous en prie, cet homme m'avait aussi pris de la famille.

Autour d'eux, l'importance des dégâts commis lui apparut, à mesure que la fumée des écuries se dégageait.

— Nous allons vous aider à remettre le château en état, déclara Rory.

Duncan prit un air respectueux.

— Maintenant qu'Aidan n'est plus, c'est vous qui devenez le chef du clan, Rory.

— Moi ?

— Oui. Votre mère est l'aînée de sa fratrie et, comme votre grand-père n'a pas eu de fils, c'est à vous qu'il revient de commander.

À son côté, Gwenn siffla.

— Tu vas devenir le maître de Skye, on dirait ! fit-elle en plaisantant.

— Quoi ? Comment ça ? demanda Rory, en regardant Gwenn, abasourdi.

— Eh bien, oui. Tu deviens le chef des MacKinnon, tu es déjà celui des MacLeod et, grâce à notre mariage, tu seras lié aux MacDonald. Tu vas en faire, des jaloux !

— Notre mariage ?

Avait-il bien entendu ?

— Tu es en train de me dire que tu acceptes ?

Un petit sourire timide se peignit sur les lèvres de Gwenn.

— Si ta demande tient toujours, oui.

— Si elle tient toujours ? Mon Dieu ! Bien sûr ! s'exclama-t-il en posant sa bouche sur la sienne.

Après les épreuves qu'ils venaient de traverser, après ce cauchemar avec les Vikings et les souvenirs douloureux qu'elle avait affrontés, elle allait l'épouser ! Rien n'aurait pu mieux clore cette guerre que cette annonce. Ciel ! Jamais il n'aurait cru qu'un jour il serait si heureux à l'idée de se marier.

— Si je puis me permettre, toutes mes félicitations aux futurs mariés, déclara Duncan.

— Merci, Duncan, répondit Rory en lui serrant la main.

— Futurs mariés ? Gwenn t'a dit oui, finalement ? s'enquit Cameron, qui arrivait avec Will, Malcolm, Angus et Wang.

— Elle a dit oui ! acquiesça-t-il.

Tous vinrent les féliciter. Les visages graves d'après les combats retrouvèrent une certaine sérénité. Malcolm, quant à lui, manqua de s'évanouir en comprenant qu'il deviendrait le chef des MacDonald après leur union.

— Un instant, s'il vous plaît…, déclara Rory. Je sais que la responsabilité de ce clan me revient, à présent que mon grand-père n'est plus, reprit-il quand le calme régna de nouveau. Mais être à la tête d'un clan est une chose très importante. C'est pour cela que je laisse ma place à celui qui sera le plus à même de l'occuper : Lachlan, mon frère.

— Quoi ? Moi ! s'exclama ce dernier.

— Oui, toi.

— Mais je ne sais pas si…

— Je t'épaulerai au début, si tu veux.

— Tu verras, savoir quoi faire est simple, poursuivit Gwenn. Ce qui est plus compliqué, c'est la mise en œuvre.

— Merci, chère belle-sœur, cela me rassure vraiment beaucoup !

— Arrête de te plaindre. Moi aussi, je me retrouve chef, et je n'en fais pas toute une histoire ! renchérit Malcolm.

— Peut-être, mais moi, au moins, je ne me suis pas évanoui ! fit remarquer Lachlan, provoquant un fou rire général.

Épilogue

Juin 1201, château de Dunvegan, clan MacLeod

Étendue, nue, dans la superbe baignoire de pierre de Rory, Gwenn repensait aux deux derniers mois écoulés. Qui aurait cru qu'elle serait mariée au chef du clan voisin et qu'elle aurait réussi à prendre de la distance avec son passé ? Certainement pas elle ! Wang, cependant, l'aurait peut-être deviné.

Après l'affrontement contre les Vikings qui avait failli coûter la vie à Rory, il avait fallu prêter main-forte à la reconstruction de Caisteal Maol et à bien d'autres choses encore. En trois semaines, les Vikings avaient dévasté les bâtiments et les terres, et il restait toujours énormément de choses à restaurer. Les MacLeod et les MacDonald avaient aidé à déblayer les écuries et la bibliothèque, qui avait à moitié brûlé, mais il y avait eu aussi les champs à ensemencer d'urgence et les vêlages de printemps à surveiller. Vider le château de tous les corps avait été la corvée la plus pénible. Certains Vikings avaient disparu, comme le fameux capitaine qui abusait des petites filles, ainsi qu'une bonne partie des enfants. Rory et Lachlan avaient retourné l'île, sans trouver trace d'eux nulle part.

Puis ils avaient appris par les femmes qui avaient été faites prisonnières qu'un escadron de Vikings avait été envoyé dans le Nord, afin de demander des renforts pour Erickson.

À cause de cette possible menace, tous les passages secrets de Caisteal Maol avaient été condamnés.

Ils étaient restés sur place plus d'un mois, et Gwenn avait demandé à Rory de reporter leur mariage, jusqu'à ce qu'ils aient fini d'aider les MacKinnon. Rory n'avait pas été très ouvert à cette idée, d'autant plus que Gwenn lui avait annoncé vouloir attendre la célébration avant d'avoir de nouvelles relations intimes avec lui. Une torture à ses yeux ! Quand il avait fini par accepter, il s'était arrangé pour que ce supplice en soit un pour elle aussi. Tous les jours, il lui en avait fait voir de toutes les couleurs.

À présent, cette horrible période était terminée, et elle n'attendait plus que lui pour consommer leur union. C'était en effet ce jour-là qu'avait eu lieu le « mariage de l'île », et les trois clans s'étaient retrouvés à Dunvegan pour l'événement. La fête avait été magnifique. Gwenn avait fait la paix avec Mary, et Nell s'était montrée très cordiale avec Rowena, qui considérait Rory comme un saint depuis qu'il avait réussi le miracle de convertir sa petite-fille au mariage. À l'inverse, Rory avait eu beaucoup de mal avec elle. Depuis que Gwenn lui avait parlé de son passé, il éprouvait une certaine rancune envers son aïeule, et restait froidement poli avec elle. Ses parents et sa sœur lui avaient manqué pendant cette journée particulière, mais Wang avait été un amour en la conduisant à l'autel. Exceptionnellement, elle avait revêtu une robe pour son mariage. Une robe en fine laine d'un bleu très clair, celle que portait sa mère à son propre mariage. Brianna avait fait les retouches en secret et la lui avait offerte comme cadeau de mariage. Moïra, quant à elle, avait été heureuse de jouer la demoiselle d'honneur.

Oui, une journée vraiment parfaite, pensa-t-elle, un petit sourire aux lèvres.

— Tu penses à moi, j'espère…

Rory se tenait en appui contre l'embrasure de la porte, les bras croisés, le regard brillant de bonheur et de désir, un sourire canaille aux lèvres.

— Peut-être bien, concéda-t-elle en souriant. Mais, dis-moi, tu en as mis du temps pour arriver. Qu'y avait-il de plus important que ta nuit de noces ?

Il portait encore sa tenue de mariage, à savoir son tartan de cérémonie et une magnifique chemise au col et aux manches brodés de fils d'or. Sa bague de chef brillait de tout son éclat à sa main droite, et deux petites tresses encadraient son visage. Il était beau à se damner.

— Tu ne pensais tout de même pas que j'allais oublier de te torturer encore une fois ? répondit-il en entrant dans la chambre et en fermant la porte derrière lui.

— Pourquoi pas ? Je ne t'ai pas torturé, aujourd'hui.

— Ah, vraiment ! Tu crois que te voir descendre la nef de l'église dans cette superbe robe – il indiqua le vêtement abandonné sur l'un des sièges face à la cheminée – n'en a pas été une pour moi, peut-être ?

Comment cela de la torture ? N'avait-il pas aimé la voir vêtue d'une robe pour leur mariage ?

— Euh... Je voulais juste te faire plaisir, répondit-elle, incertaine.

Un sourire rêveur se peignit sur son visage.

— Tu as été la plus belle mariée que Skye ait jamais vue, assura-t-il.

Elle pouffa.

— Tu exagères, je te rappelle que cette robe était celle que ma mère portait à son propre mariage.

— Peut-être, mais je suis sûr que tu étais beaucoup plus belle qu'elle, poursuivit-il en se déshabillant.

Se redressant dans la baignoire, Gwenn prit le temps de l'admirer. Elle avait un mari superbe ! La lumière du feu donna un éclat doré à sa peau, qu'elle mourait d'envie d'embrasser. Quand il leva les bras pour retirer sa chemise, son ventre s'étira, ainsi que ses pectoraux, accentuant la forme en V de son bassin. La fine ligne de poils qui allait de son nombril à sa virilité évoquait la pointe d'une flèche, qui lui indiquait la partie de son corps réclamant le plus d'attention. La chemise à terre, elle apprécia la grosseur de ses muscles qui s'affinaient à la hauteur de son coude, avant de s'épaissir de nouveau sur l'avant-bras. La force qu'ils laissaient deviner l'excita délicieusement, et elle eut hâte de se retrouver dans ses bras. Puis elle vit ses mains, ses mains de guerrier, ses mains d'amant, qui s'affairaient au niveau de la ceinture qui maintenait le vêtement sur ses hanches. Quand il la retira, le vêtement tomba à ses pieds et elle put apercevoir sa virilité, plus que prête à l'honorer. Ce mois d'attente avait été un long préliminaire dont ils avaient plus que leur compte, à présent.

— Me feras-tu une place dans ton bain ? susurra-t-il en se positionnant juste à côté de la baignoire.

Levant les yeux vers son visage, elle le vit sourire, fier de son effet sur elle.

— Je commençais à croire que tu ne me le demanderais jamais, fit-elle en libérant de la place derrière elle.

Elle eut tout juste le temps de se décaler qu'il s'installait dans son dos. Prise en étau entre ses jambes, elle sentit son membre contre ses reins.

— Gwenn…, murmura-t-il en l'embrassant dans le cou, les mains sur ses seins. J'ai vraiment besoin de ma femme.

— Et moi, de mon mari.

Il glissa les paumes sur son ventre et la fit pivoter face à lui.

— Chevauche-moi…

— Moi ? Mais ce n'est pas à toi de venir sur moi ?

— Non, gémit-il en l'empalant sur son bassin. Pas ce soir. Ce soir, c'est toi qui mènes la danse, répondit-il en suivant le rythme de ses hanches, les mains posées sur ses reins.

— Guide-moi, alors… Apprends-moi.

— Tu peux compter sur moi, répondit-il en fermant les yeux de plaisir.

Oui, il lui apprendrait beaucoup de choses, elle en était persuadée. Tout comme elle-même lui confierait que, dans quelques mois, le fruit de leur amour viendrait au monde. Mais cela, elle ne le lui dirait qu'après le bain. Ce serait certainement le meilleur cadeau de mariage qu'elle pouvait lui offrir.